'논문의 신' 자현 스님이 대놓고 알려주는 논문 쓰기의 기술

쫄지마
얼지마
숨지마,

스님의
논문법

불광출판사

여는
글

대학원이 필수인 시대, 논문은 기술이다

초A급 몬스터 사냥하기

모든 대학원생이 공통으로 고개를 끄덕이는 한 가지. 그것은 바로 '논문은 안 쓰고 있어도 엄청난 스트레스를 준다'는 점이다. 논술처럼 학원이라도 있으면 좋으련만 그런 학원도 없다. 아! 어떡하란 말인가? 그저 황망하기만 할 뿐이다. 바로 이 문제를 해소하고 행복한 대학원 생활을 열어주기 위해, 나는 이 책을 썼다.

고학력 사회가 더 행복한 것은 아니다. 그러나 유교문화권에 속하는 우리나라는 고학력을 선호하며, 그 결과 해방 이후 평균학력은 계속 높아져 왔다. 그러다 이제는 대학원이 평균학력인 시대에 진입하고 있다.

대학원은 대학과는 또 다르다. 논문을 통한 졸업제라는 구조를 갖추고 있기 때문이다. 그런데 대학원에서 처음 마주치게 되는 논문이라는 괴물은 보통 만만치 않은 놈이 아니다. 즉 초A급 몬스터인 셈이다. 이 몬스터를 최강의 아이템을 장착하고서 한 번 잡아보자. 그러면 몬스터가 떨구고 가는, 졸업이라는 빛나는 전리품은 바로 여러분의 몫이 된다. 이 책은 여러분이 몬스터를 사냥하는 데 필요한 맵핵(Map Hack)의 기능과 레벨에 관계없이 장착되는 최강의 아이템 기능을 하게 될 것이다.

논문 팩토리를 아시나요?

며칠 전 아는 교수님께 전화가 왔다.

"스님, 올해는 논문 몇 편이나 쓰셨어요?"

"9월까지 학진 등재지에 11편 수록했고, 12월 논문심사에 6편 올려놨으니 15편 정도는 되지 않을까요?"

"역시! 저는 올해 겨우 3편 정도 썼는데, 스님은 논문을 찍어내는 것 같습니다."

"선생님, 논문 찍어내는 거 맞습니다. 공장처럼 만들어내는 기술이 있습니다."

"에이, 어디 그런 게 있으려고요?"

"논문은 기본적으로는 내공에 기반하지만, 현대에는 다양한 방식들을 활용한 기술도 무시할 수 없답니다. 해서 이러한 기술과 관련된 논문법 책을 만들고 있습니다."

"진짜 그런 책이 나온다면, 제가 먼저 읽어야겠네요."

나는 석사과정 2곳, 박사과정 5곳을 이수했다. 또 성격적으로나 승려라는 특수신분상 지도교수와 그리 친밀하지 못했다. 이런 상황에서 졸업하기 위해서는 필연적으로 남과는 다른 노력과 기술을 발전시킬 수밖에 없었다. 나만의 노하우, 즉 족보가 만들어진 셈이다.

오늘날 대학원이 평균학력이 되어가고 있는 시대에 내가 축적한 기술적인 노하우를 논문 때문에 고민하는 이들과 공유하고 싶다. 즉 논문 팩토리에 대한 판도라의 상자를 열어주고 싶은 것이다.

종이지도와 백과사전을 보지 않는 시대

나는 1년에 평균 14~15편 정도의 논문을 학진 등재지에 등재한다. 이 숫자는 우리나라 인문학자 전체에서 내가 독보적인 1위라는 것을 의미한다. 해서 나를 잘 모르는 분들은 내가 표절을 한다고 말하곤 한다. 일반학자의 관점에서 이 정도 숫자는 개인이 만들어낼 수 있는 한계치를 훨씬 상회한 것이기 때문이다. 실제로 내가 1년에 등재지에 수록하는 논문의 수는 한 학과 교수 전체가 등재하는 편수보다도 많다.

언뜻 표절 얘기가 귀에 들리면, 나는 "1등이 굳이 커닝할 필요가 있을까요?"라고 말해준다. 나 같은 경우는 등재 편수를 ⅓ 정도 줄여도 인문학자 전체 1등에는 변함이 없다. 그런데 굳이 왜 표절을 하면서까지 논문 편수를 늘리겠냐는 의미다. 또 나 정도의 기술단계에 진입하면, 타인의 논문을 표절하는 것보다 내가 창작하는 속도가 더 빠르다. 시험시간에 커닝페이퍼를 놓고 베끼는 것보다 암기해서 쓰는 속도가 더 빠른 것을 생각하면 되겠다.

또 어느 정도 이상의 공부인이 되면, 자기표절은 존재할 수 있을지언정 타인표절은 불가능하다. 이는 자신에 대한 자부심이 도저히 타인표절을 받아들이지 않고 튕겨내기 때문이다. 타인표절이란 공부인으로서의 자존감이 무너지는 행위다.

진정한 공부인은 빳빳하게 풀 먹인 자신감 만땅으로 사는 사람들이다. 이런 점에서 올바른 공부인에게 타인표절이란, 존재의 여지 자체가 없는 일이라고 하겠다.

어떤 이들은 빨리 쓰는 논문은 깊이가 떨어진다고 한다. 그래서 1년에 한두 편 쓰는 것이 적당하다고 주장한다. 과연 그럴까? 이태백은 평생 1천여 편의 시를 지었는데, 이 시들이 일반인이 평생에 한두 편 창작하는 것만 못할까? 김홍도가 일필휘지로 뚝딱 그려내는 그림이 우리가 평생 노력해서 그리는 그림보다 낫지 않은가! 사실 이것은 시간의 문제가 아니라 기술의 문제다.

인터넷 이후 현대인의 지식 기반은 책에서 인터넷 포털 사이트로 넘어갔다. 이는 인간이 지식을 축적하고 활용하는 방식에 일대 변화가 발생했다는 것을 의미한다. 요즘 시대에는 누구도 종이지도와 백과사전을 보지 않는다. 논문의 제작 역시 마찬가지다. 현대적인 기술발달과 논문에 대한 노하우는 논문 쓰는 시간을 비약적으로 단축시킬 수 있다. 마치 『조선왕조실록』이 인터넷으로 들어오면서 조선사 연구가 보다 치밀하고 넓어진 동시에 빨라진 것처럼 말이다. 발전된 기술은 반드시 속도를 동반한다는 점을 잊어서는 안 된다.

논문에 억눌린 영혼들을 위하여

나는 온라인 게임으로 말한다면, 만렙(滿 Level)을 달성한 서버의 지존이다. 이 지존의 노하우와 아이템이 이제는 여러분에게 공유된다. 이를 통해서 대학원을 떠도는 공부 낭인들이 이제 졸업이라는 해탈을 얻길 바란다.

이 책에서는 특히 졸업하기 어려운 이들을 위해 최대한의 방법적인 배려를 했다. 어차피 자력으로 졸업할 수 있는 분들은 이 책의 독자가 되지 않는다. 이 책의 수요자는 논문에 억눌린, 고통 받는 영혼들이다. 그러므로 나는 당연히 이들의 소리에 보다 많이 귀를 기울일 수밖에 없다. 논문 스트레스를 통해서 다이어트를 할 요량이 아니라면,

이 책을 보라. 그러면 모든 억압을 벗어던지게 될 것이다.

　　지난 2015년 12월에 『스님의 공부법』 책을 내면서, 이 책이 잘 되면 논문법 책을 내보자고 했었다. 이제 2년간의 우여곡절 끝에 『스님의 논문법』 책이 나오게 되었다. 이 책이 잘 되면, 논문법의 실전을 다루는 '실전 논문법'과 '대학에서 학점 잘 받는 법' 등을 만들어보고 싶다.

　　이제 주사위는 던져졌다. 그리고 나에게 세 번째 주사위를 던질 기회가 오도록 만드는 것은 모두 시대의 요구와 독자들의 몫이다. 그리고 책이 완성된 뒤에는 작가 역시 또 다른 독자, 그 이상도 그 이하도 아닐 뿐이다. 이제 또 하나가 끝났으니 머리도 식힐 겸 논문이나 써야겠다.

　　　　　　　나를 가르쳐주신 일곱 분의 지도교수님들께 존경을 표하며,
　　　　　　　　　　　　　　봉은사 판전 곁에서 몇 자 적어본다.
　　　　　　　　　　　　　　　　　　　　　　자현

차
례

Chapter.. 2
누구나 논문의 신이 될 수 있다 _____ 121

알찬
대학원
생활을
위하여

01
대학원은 공부를
배우는 곳이 아니다

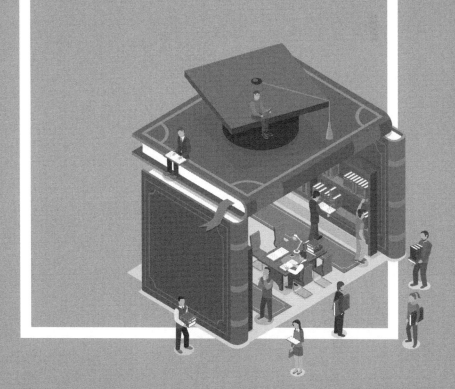

대학원은 이제 필수다

대학의 호객 행위와 대학원의 보편화

현대는 평균학력이 대학원으로 옮겨가는 과도기의 사회다. 그 이유는 크게 3가지로 요약할 수 있다.

첫째는 시대적 필연성이다. 현대인의 수명이 급격히 길어지면서 성장기간 역시 늘어나게 된다. 즉 이전 시대에 비해서 사회에 진입하는 준비기간이 더 길어진 것이다. 이 과정에서 자연스레 대학원 학력이 요청받는 상황이 발생하게 된다.

둘째는 학생에 의한 필연성이다. 우리 사회에는 유교문화의 영향으로 공부하는 사람을 배려해주는 측면이 있다. 여기에 경제성장의 한계로 취업환경이 나빠지자, 대학원이 일종의 도피공간으로 활용되고 있는 점이다.

셋째는 정부와 대학의 필요에 의해서다. 교육부의 대학정원 감축 압박과 대학에 대한 질적인 개선 요구로 학부는 점차 수익성이 줄어들고 있다. 따라서 대학 당국은 대학원을 학부의 대안적인 수익 창출 대상으로 인식하게 된다. 여기에는 교육부가 발등에 떨어진 대학의 문제를 우선 처리하는 과정에서 대학원 정원을 풀어주는 당근을 준 측면도 존재한다. 이러한 정부와 대학의 요구 조건이 맞아들어 가면서, 대학원 정원은 불과 10여 년 만에 폭발적으로 확대되었다.

이 기간 동안 대학원 학생 선발 방식이 시험에서 내신과 면접으로 대체된다. 또 학사와 석사를 이어서 수학하는 학·석사 연계과정과 석사와 박사를 하나로 묶어 수학하는 석·박사 통합과정이 도입되었고, 석사과정과 박사과정의 편입학 등이 용인되었다. 말 그대로 대학원을 통한 대학의 호객 행위는 실로 놀랄 만할 정도로 발전했다. 원인이야 어찌됐건 이 사회가 대학원을 향해 달려가고 있는 것만은 분명하다. 즉 평균학력이 대학원이 되는 시대가 열린 것이다.

평균학력이란 사회구조가 붕괴되지 않는 이상 올라가기는 해도 떨어지지는 않는다. 이 점에서 이 시대에 스트레스를 받지 않고 살기 위해서라도 대학원 진학은 더 이상 선택이 아닌 필수라고 할 수 있다.

대학원은 입학제가 아닌 졸업제다

대학의 학부 과정까지는 졸더라도 학교에 가서만 졸면 특별한 사유가 없는 한 무조건 졸업이 된다. 즉 입학제이기 때문에 대학까지는 학번이 기준으로 작용한다. 그래서 흔히 '너 몇 학번이야?'라는 말을 사용하곤 하는 것이다. 그러나 대학원에서는 상황이 다르다. 대학원은 모든 수업을 이수한 '수료'와 논문을 써서 통과하는 '졸업'이라는 이중 구조로 되어 있다. 여기에서 중요한 것은 수료가 아니라 졸업이다. 즉 대학원은 대학처럼 학번이 중요한 것이 아니라 졸업이 기준이 되는 졸업제인 것이다.

수료는 학부 과정처럼 졸고 있어도 기간만 지나면 자동으로 부

평균학력이 대학원인 시대,
이제 대학원 진학은 더 이상 선택이 아닌 필수다.
그리고 대학원 과정의 성패는
얼마나 빨리 논문을 써서 졸업하는가에 있다.

여되는 통과 과정이다. 그러나 졸업은 논문 작성이라는 지금까지 겪어 보지 못한 특수한 기준을 요구받게 된다. 대학원 과정에서 변화된 요구 사항에 적응하지 못한 사람은 적체된 채 다음 단계로 나아가지 못한다. 즉 수료와 졸업 사이에서 학교를 떠도는 공부 낭인이 되는 것이다. 이 과정에서 효율적인 안내자를 만나지 못하면 마치 늪과도 같은 깊은 수 렁에 빠지게 된다. 즉 대학원 과정이 인생의 발목을 잡을 수도 있는 것이다.

논문을 쓰고 졸업해서 나가면 좋을 것 같기는 한데, 막상 논문 작업을 하려고 하면 잘 진행이 되지 않는다. 논문 쓰기는 지금까지는 경험하지 못한 생소한 것이라 어려운 상황에 반복적으로 부딪히는 것이다. 나아갈 수도 없고 멈출 수도 없는 상황에서 시간만 흘러가고 스트레스만 늘어난다. 게다가 이 과정에서 취업에 유리한 적정 연령을 놓치는 경우도 발생하곤 한다.

대학원의 구조를 이해하라

학점보다 졸업이 중요한 대학원

우리나라 학제 구조를 보면, 고등학교까지는 대학을 가기 위해서 존재한다고 해도 과언이 아니다. 반면 대학에 들어가는 순간 고등학교 때까지의 과정은 전혀 필요가 없게 된다. 즉 지금까지의 과정은 '고졸'이라는 두 글자로 아주 심플하게 축약되는 것이다. 그러나 대학의 내신 성적은 이후 어디를 가게 되든지 그림자처럼 따라다닌다. 설령 편입을 통해서 학력 세탁을 시도한다 해도 이 역시 뚜렷한 족적으로 남게 된다. 그러므로 대학의 내신 성적은 고등학교 때와는 달리 관리가 무척이나 중요하다. 나는 학부 2학년부터 첫 석사와 박사과정에 이르기까지 장장 7년간 올 A$^+$를 받았다. 학우들은 이런 나에게 'A$^+$를 받으려고 다니는 사람'이라고 말할 정도였다. 그러나 성균관대에서 첫 번째 박사학위를 받은 후 대학원의 학점이란 빛 좋은 개살구였다는 것을 알게 되었다. 나 역시 대학과 대학원을 혼동하고 있었던 것이다.

　　대학원은 전문가의 세계다. 따라서 대학원의 핵심은 학점이 아닌 졸업이며, 졸업과 관련한 논문능력이 드러나고 전공이 결정된다. 즉 핵심은 '논문능력'과 '세부전공'이지 학점이 아니라는 말이다. 마치 식당 운영의 핵심은 음식의 맛이지 셰프의 학력이나 학점이 아닌 것과 같다. 전문가 집단에 있어서는 내신보다도 능력이 더 중요하며 이것이 평가 기준이 된다. 프랑스나 이태리에서 유학한 셰프의 레스토랑이 분명 개업 초기에는 영업에 더 유리할 수 있다. 그러나 결국 진검 승부는 음식의 맛에서 결정나는 것이다. 이 점을 이해하는 것이 중요하다.

대학원에서의 내신이란 석사과정에서는 박사에 진학할 수 있을 정도면 충분하고, 박사에서는 졸업에 문제가 없는 정도면 충분하다. 그 외의 모든 노력은 논문능력을 배양하는 데 집중되어야 한다. 왜냐하면 졸업이 없으면 대학원이라는 학력은 존재하지 않기 때문이다. 대학원 수료자의 최종 학력은 대졸이라는 점을 명심할 필요가 있다. 즉 대학원을 즐거운 곳으로 만들기 위해서는, 기본적으로 이곳이 무엇을 지향하는 장소인지 그 목적을 분명히 알 필요가 있다.

대학원의 구조와 석·박사 통합과정

내가 대학원에 들어가서 가장 의아했던 것 중 하나는 학생들이 서로를 '선생님'이라고 부르는 것이었다. '자기들이 선생이면 왜 학교에 와 있나?'라는 생각이 들었었다. 지금이야 학생할인을 나이를 가지고 해주지만, 10여 년 전만 하더라도 학생할인의 기준은 대학생까지의 학생 여부였다. 즉 그때도 대학원생은 학생이 아니었다는 말이다. 대학원생이란 학생인 동시에 전문가를 의미한다. 그렇기 때문에 서로에 대한 호칭 역시 '선생님'인 것이다. 이런 대학원생의 애매한 중간자 위치를 정확하게 이해할 필요가 있다. 즉 대학원생은 주어진 것에만 반응하는 학생이 아니라, 주어진 것을 넘어서 새로운 것을 열어젖힐 수 있는 전문가 역량을 갖춰야만 하는 것이다.

요즘의 대학원 모집 요강을 보면 예전에 없었던 달콤한 유혹이 있다. 그것은 '석·박사 통합과정 모집'에 대한 언급이다.

대학을 졸업하고 박사가 되는 과정은 다음과 같다.

석사과정(2년)

1학기: **6학점** ｜ 2학기: **6학점** ｜ 3학기: **6학점** ｜ 4학기: **6학점**

석사수료 → 논문 초록심사 → 논문 예비심사 → 논문 본심사 1번 → 석사졸업

* 학교에 따라서 예비심사 없이 본심사를 2번하는 곳도 있다. 즉 석사논문 심사는 총 2번인 셈이다.

통과시험
공통: 영어 ｜ 전공공통: 1과목 ｜ 전공선택: 2과목(학교에 따라서 1과목인 곳도 있다)

* 석사과정은 최소 2년에서 최대 6년까지 걸린다. 6년 이상이 되면 영구수료가 되어 졸업자격이 박탈된다.

박사과정(2년)

1학기: **9학점** ｜ 2학기: **9학점** ｜ 3학기: **9학점** ｜ 4학기: **9학점**

박사수료 → 논문 초록심사 → 논문 예비심사 → 논문 본심사 3번 → 박사졸업

통과시험
공통: 영어 ｜ 선택: 제2외국어-전공어(학교에 따라서 제2외국어를 보지 않는 곳도 있다)
전공공통: 2과목(학교에 따라서 1과목인 곳도 있다)
전공선택: 3과목(학교에 따라서 2과목인 곳도 있다)

* 박사과정은 최소 2년에서 최대 10년까지 걸린다. 10년 이상이 되면 영구수료가 되어 졸업자격이 박탈된다.

석·박사 통합과정은 석사 졸업 없이 곧장 박사 수료로 가는 방식으로 수료까지의 기간은 석·박사의 수학 기간을 합한 4년이며 영구 수료 기간은 12년이다. 석·박사 통합과정이 유리한 점은 석사논문을 쓰는 기간이 단축된다는 것이다. 또 대학원생 입장에서 보면 자신이 다른 사람 보다 먼저 박사과정생이 곧장 된 듯한 기분을 가질 수 있다. 그러나 이는 좀 더 있어 보이는 듯한 착각에 불과하다. 여기에는 논문 쓰기의 어려움이라는 중차대한 문제점이 간과되고 있기 때문이다.

학교를 믿지 말라

나는 학생들에게 "박사논문보다 석사논문이 더 어렵다"고 말하곤 한다. 왜냐하면 학부 때까지는 전혀 해보지 않던 논문 작업을 석사논문을 쓰는 과정에서 처음 접하게 되기 때문이다. 야구로 비유하면, 야구를 잘하는 것도 어렵지만 야구를 처음 접할 때 느끼는 당혹스러움과 어려움이 있다는 의미다.

석·박사 통합과정은 석사논문을 건너뛰고 곧장 박사논문을 써야 하는 상황에 직면하게 된다. 마이너리그 없이 메이저리그로 곧장 가는 것은 분명 좋은 일이다. 그러나 마이너리그를 경험하지 못한 상황에서 메이저리그에 적응해 좋은 성적을 낸다는 것은 쉽지 않다. 물론 이공계나 사회학에서는 학문의 특성상 이러한 작업이 그리 어렵지 않게 진행될 수도 있다. 지도교수와 함께하는 공동작업이라는 조건 속에서는 논문 작업이 보다 수월할 수 있기 때문이다. 그러나 개인 연구가 일반적인 인문학에서 이것은 보통 노력으로는 불가능한 일이다. 그래서 나는 인문학의 석·박사 통합과정은 '등록금을 보다 안정적으로 확보하려는 대학의 호객 행위와 속임수¹라고 말하곤 한다.

　　학교는 학생을 위해서 존재한다는 막연하고 낭만적인 생각은 금물이다. 학교 관점에서 학생은 학교를 위해서 존재하는 수단이자 생산 제품일 수 있다는 점에 주목해야 한다. 학교는 학생으로 먹고살며 학생에 의해서 발전하고 학생에 의해 퇴보하는 집단이다. 그렇기 때문에 학교는 학생을 위하는 최대한의 배려를 할 수밖에 없다. 그러나 막상 학교가 위험해지면 학교 중심의 판단에 의해서 일부 학생을 버리는 선택을 한다는 점을 이해할 필요가 있다. 그러므로 학교의 선택을 전적으로 믿어서만은 안 된다. 이 판단은 교수에 대한 신뢰에도 그대로 적용된다. 즉 학교라는 조직을 이해할 필요가 있는 것이다. 결국 최종적 책임 주체는 자기자신이라는 점을 보다 분명하게 자각할 필요가 있다는 말이다.

대학이 선행 지식의 단순한 습득 과정이라면,
대학원은 창의력을 바탕으로 자신의 관점을 제시해야 한다.
그러므로 대학원이 요구하는 전공 능력이 무엇인지
꼼꼼히 살펴보고 진일보한 단계로 나아가야 한다.

대학과 대학원은 학업 목적이 다르다

대학과 대학원의 학업 목적

각 학제에는 해당 학제에 준하는 학업 목적이 있다. 중학교까지의 학업 목적은 이 세상을 살아가는 데 필요한 보편적인 교육이 주가 된다. 그러므로 현재 중학교까지는 의무교육으로 지정되어 있다. 고등학교는 고급화된 보편교육과 대학이라는 전문화된 학문으로 나아가기 위한 준비 측면이 혼재(混在)한다. 따라서 고등학교 때까지 공부는 창의력보다는 암기력이 중요한 항목이 된다.

대학은 전문적인 학문의 영역을 갖추고 있어 각자 전공이 존재한다. 따라서 과목을 선택해서 들을 수 있게 된다. 즉 자신이 관심 없는 분야와는 담을 쌓아도 졸업에 발목을 잡히지 않는 것이다. 이 같은 학문 방식의 변화로 고등학교 때까지 두각을 나타내지 못하던 사람이 돌연 대학에 와서 돋보이게 되는 경우가 종종 발생하곤 한다. 이를 거꾸로 생각하면 고등학교 때까지의 우등생이 대학에서 열등생이 되는 것도 가능하다는 의미다. 천재형 학생은 창의력이 좋고 일에 대한 집중도가 높아 공부도 편식하는 경우가 많다. 따라서 전방위에 걸친 평균지식만을 강조하는 고등학교까지의 현행 교육 방식에 문제가 있다는 지적이 나오게 된다. 때문에 최근에는 이런 문제를 해결하려고 특수목적고나 대안학교에 대한 관심이 활발한 움직임을 보이고 있는 것이다.

대학원은 대학의 전공이라는 특징에 창의력이 결부될 것을 요구한다. 즉 선행 지식을 내 방식으로 소화해서 새로운 관점을 도출해내야 하는 것이다. 주입식 교육에 익숙한 학생들에게는 바로 이 부분이 몹시 큰 재앙이 된다. 자신의 관점과 생각을 조리 있게 그것도 선행연구에 맞춰서 제시해야 한다는 것은 상당한 훈련을 필요로 한다. 또 이 부분은 논문능력과 직결되는 측면이기도 하다.

대학원에서 요구하는 것

나는 대학 수업에서 학생 과제물을 평가할 때 '잘 베껴오는 사람'을 최고로 친다. '잘 베껴오는 사람'의 핵심 단어는 '베껴오는'이 아니라 '잘'이다. 내가 말하는 잘 베껴온다는 것은, 과제물 주제에 가장 맞는 전문적인 지식을 찾아서 요구한 분량에 맞춰 재가공해 오는 것을 말한다. 표절은 분명 비윤리적인 도둑질이며 쓰레기와 같은 행동임은 두말할 나위가 없다. 그러나 선행연구 실적을 답습하지 않고 처음부터 창의력만으로 이루어진 결과물이 나올 수는 없다.

내가 보는 평가 기준은, 가장 유효적절한 지적 산물을 찾아서 그것을 자신에 맞게 재가공할 수 있는 능력이다. 석사과정의 발표 수업이나 과제에서는 이보다 진일보한 단계를 요구한다. 이 단계는 다양한 선행연구에 대한 재가공을 넘어서는 재구성을 필요로 한다. 대학의 보고서가 과제 주제에 맞는 2~3가지의 잘된 선행연구를 자기 방식으로 재가공하면 된다면, 석사과정에서는 10여 종의 연구들을 해체한 후 자신이 생각하고 있는 관점으로 재조립해야만 한다. 그러나 석사과정까지에는 선행연구를 넘어서는 내 생각이 들어갈 필요는 없다. 선행연구들을 해체해서 유효하게 재조립하는 과정 속에 내 관점이 존재하는 정도만으로도 충분하기 때문이다. 그래서 나는 '석사논문까지는 크게 내 생각이 없어도 가능하다'고 말하곤 한다. 석사과정까지는 나를 주장하는 단계가 아니고 선행연구에 대한 이해를 보다 치밀하게 하는 단계이기 때문이다.

그러나 박사과정이 되면 판단 기준이 달라진다. 이 단계는 전체를 일관하는 내 생각과 선행연구를 넘어서는 +α가 존재해야만 하기 때문이다. 즉 박사과정부터는 독립된 전문가로서의 역량이 요청되는 것이다. 이 잣대는 비단 나만의 것은 아니다. 그러므로 판단 기준에 대한 이해는 곧 즐거운 대학원 생활을 담보하게 된다.

석사는 최대한 빨리 졸업하라

장인정신과 개고생

누구나처럼 나 역시 석사논문이 생애 첫 논문이었다. 나는 이 논문으로 진짜 뭔가를 보여주려고 노력했고, 그 결과 2003년 동국대 석사논문은 250쪽이나 되었다. 2014년 고려대 박사논문 240쪽과 비교하면 이는 아주 많은 분량이다. 덕분에 논문을 쓰는 기간도 2년이나 걸렸다. 당시 석사논문의 심사위원으로 오셨던 교수님 한 분은 박사논문도 아니니 분량을 줄이라고 조언해주셨다. 그때 나는 "중요한 내용이기 때문에 줄일 수 없다."고 답했다. 지금 생각해보면 뭣이 중한지도 모르는 치기 어린 대답이었다. 당시 그 교수님께서는 "그래요?" 하며 웃으셨는데, 지금 생각해보면 참 너그러운 인격자라는 생각이 든다.

대학원에는 "대학원 석사논문은 최소 부수만 인쇄하고 돌리지 말라"는 말이 있다. 나중에 보면 창피하기만 하고, 그렇다고 이미 돌린 걸 회수할 수도 없기 때문이다. 육체만 자라는 것이 아니라 정신도 성장하기 마련이다. 그러므로 공부하는 과정에서 '맞다'나 '옳다'라는 판단은 생각이 더 커지게 되면 발전 과정의 오만이었음을 깨닫게 된다. 이 점에서 석사논문은 뱀이 덩치가 커지면서 벗어내는 과정의 허물과

지금 돌이켜보면 내가 석사논문에서 보여주려 한 노력은
장인정신이 아닌 부질없는 개고생이었을 뿐이었다.
흔히 "석사논문은 쓴 사람만 본다."라고 말하곤 한다.
석사논문에는 볼 만한 내용이 거의 없기 때문이다.

유사하다. 즉 당시에는 반드시 통과해야 하는 필연 과정이지만 지나고 나면 그것은 벗어던진 허물에 불과한 것이다. 지금 돌이켜보면 내가 석사논문에서 보여주려 한 노력은 장인정신이 아닌 부질없는 개고생이었을 뿐이다.

석사는 박사를 위한 통과 과정이다

석사논문 초록 발표장에 가보면, 석사과정 학생들이 다른 석사논문을 발표문에 참고자료로 달아놓는 경우를 보게 된다. 나는 그때마다 석사논문은 인용하면 안 된다고 주의를 주곤 한다. 실제로 보다 전문적인 학회논문 심사에서는 석사논문이 인용되면 감점 요인이 된다. 즉 부득이한 경우가 아닌 한 논문 인용이 오히려 마이너스 요인이 되는 것이다. 이는 석사논문이 그만큼 부실한 논문이라는 의미다. 석사논문은 작성자가 처음 쓴 논문일 때가 많아 보고서와 논문의 중간 단계 같은 양상이 나타나게 된다. 더구나 나처럼 뭔가를 보여줄 작정을 하고 어깨에 힘이 바짝 들어가는 논문을 쓸 경우 문제는 더 심각해진다. 선행연구를 잘 취합해 오기만 했으면 치명적인 오류는 없는데, 이 경우에는 오히려 내용상에 오류가 나타날 수 있기 때문이다.

　나는 '관련 자료를 많이 찾아볼 것'을 권하지만 동시에 '논문 분량은 최소화할 것'을 요구하곤 한다. 사실 지금 이것을 가장 강력하게 요구하는 사람이 바로 나다. 그런데 이런 내가 과거에는 교수님의 만류에도 불구하고 250쪽의 석사논문을 썼다. 지나고 나야 보이는 것이야말로 우리 삶의 가장 큰 아이러니인 셈이다. 예전에 각 학과사무실에는 자판기 커피를 여러 잔 배달할 때 가장 많이 이용되는 논문이 있었다.

보통은 무게가 가장 가벼운 얇은 석사논문이 이용되곤 했다. 당시 우리는 "누가 이렇게 논문을 잘 써서 많은 사람들이 이용할 수 있게 하느냐?"라면서 장난삼아 학과 대표논문으로 선정하기도 했다. 그때나 지금이나 석사논문은 별 볼 일 없는 그저 그런 정도일 뿐이다.

흔히 "석사논문은 쓴 사람만 본다."고 말하곤 한다. 논문에 볼 만한 내용이 없기 때문이다. 이것은 석사논문의 한계이자 숙명이다. 석사과정에서는 바로 이 점을 이해하는 것이 중요하다. 즉 석사는 최종 목표가 아닌 박사를 위한 통과 과정인 셈이다.

1학기부터 졸업논문을 준비하라

나는 박사를 진학하려는 석사생에게 '석사는 무조건 빨리 졸업하는 것이 최고'라고 말하곤 한다. 석사에서 멈출 것이 아니라면, 석사란 대학을 위한 고등학교와 같은 과정에 지나지 않기 때문이다. 열심히 하는 석사생 중 과거 나와 같은 '장인정신의 오류'를 범하는 경우를 보면, 나는 박사과정에서 시간을 끄는 것이 더 바람직하다는 조언을 해준다. 왜냐하면 박사는 석사와 달리 자신의 전공을 명확히 해서 자신만의 색깔을 만드는 것이 중요하기 때문이다. 즉 석사는 최단거리를 잡아 달려야 하고 박사에서는 최대한 신중하고 완성도 있는 걸음을 내디뎌야 한다는 말이다. 어차피 박사에 진학하게 되면 석사전공은 필요가 없게 된다. 마치 대학에 가면 고등학교의 노력은 '고졸'로 압축되는 것처럼 박사가 되면 석사 역시 졸업 이상의 의미는 없다. 대학생이라는 부분에는 고졸이라는 뜻이 기본적으로 포함되듯이 박사에게 석사는 당연한 것일 뿐이다. 최종학력과 학력 상위 개념이 존재하는 상황에서 그 전 단계는

첫 학기부터 논문 준비를 하게 되면,
수업에 임하는 태도가 달라진다.
이와 같은 자세는 공부의 효율성을 높여주며
프로의 마음가짐을 빨리 갖추도록 해준다.

의미를 잃어버리게 마련이다. 그러므로 박사과정에 진학할 생각이라면 석사논문 기간은 최대한 짧게 하는 것이 유리하다.

　　논문 기간을 짧게 잡는다고 해도 논문에 표절이 있어서는 안 된다. 그러므로 나는 언제나 석사 1학기부터 논문 주제를 고민하고 자료를 모아 준비하라고 조언해주곤 한다. 한국인의 일반적인 정서에서는 새로운 1학기나 1년 정도는 조금 안일하게 지내는 경우가 많다. 또 학생들은 졸업논문은 학기 과정을 모두 수료하고 난 뒤에 준비해도 늦지 않다고 생각하기 일쑤다. 그러나 대학원부터는 전문가 집단인 프로페셔널의 세계라는 점을 이해해야 한다. 프로에게 느슨한 방심이란 곧 죽음이다. 바로 이 점에 대한 각성이 중요하다. 1학기부터 차근차근 준비한다고 해도 2년 만에 졸업할 수는 없다. 그렇게 해도 인문학 전공인 경우 졸업에 최소 3년은 걸린다. 그러나 2년 수료한 뒤에 졸업을 준비하면 또 다시 1~2년 동안 준비 기간이 더 늘어나 총 4년 정도가 걸린다는 점에 주목해야 한다. 즉 준비가 빠를수록 그만큼 시간을 단축할 수 있는 것이다. 또 여기에는 석사를 빨리 졸업하지 못하면 능력이 부족한 사람으로 보이지만 박사 졸업에서는 시간을 끌어도 연구하는 사람으로 인식되는 측면도 존재한다.

　　또한 첫 학기부터 논문 준비를 하게 되면, 수업에 임하는 태도가 달라진다. 즉 상시 전투 준비 태세가 되는 것이다. 이와 같은 자세는 공부의 효율성을 높여주며 프로의 마음가짐을 빨리 갖추도록 해준다. 이런 점에서 나는 박사 졸업논문 준비 역시 석사 졸업처럼 빠를수록 좋다고 말한다. 시간을 끄는 것은 박사과정에서만으로도 충분하다.

대학원은 스스로 공부하는 곳이다

전공보다 교양이 어렵다

대학 수업에서는 교양과목은 쉽고 전공과목은 어렵다. 그리고 학부 전공 수업보다 대학원 전공 수업이 더 까다롭다. 그러나 이것은 반드시 맞는 말만은 아니다. 때론 그 반대인 경우도 있기 때문이다. 바로 교수의 경우다. 학생의 입장에서 전공은 까다롭지만, 교수의 입장에서 전공이란 평생을 해온 전문 분야일 뿐이다. 특히 전공을 선택해서 들어온 학생은 이미 그 과목에 관심이 있는 이른바 잡아놓은 물고기다. 그러므로 수업이 좀 팍팍하게 진행되어도 아무런 문제가 없다. 또 전공이란 특수과목이기 때문에 이 분야에 관심이 있는 학생은 이 전공 교수 외에는 다른 선택의 여지가 없다. 즉 특정 대학이라는 특수시장에서의 독과점인 셈이다. 그러나 교양은 상황이 다르다. 유사한 과목들이 경쟁하고 있고, 학생들의 선택에 의해 과목의 인기가 결정된다. 이 상황에서 우위를 점하기 위해 교수는 수업의 질만이 아닌 흥미를 유발할 수 있는 교수법을 개발해야만 한다. 이 점에서 학생과 달리 교수에게 있어서는 교양이 전공보다 더 어렵게 느껴지는 것이다. 즉 공통교양은 말발이 없는 교수에게는 무덤인 것이다.

대학원 과목은 더 전문화되기 때문에 교수의 입장에서는 가장 쉽다. 또 대학원은 상대평가가 아니다. 이는 교수 입장에서는 점수를 주기 편하고, 학생 입장에서는 점수에 대한 항의가 발생하지 않는다는 것을 의미한다. 또 대학원에서 특정 수업을 듣는다는 것은 그 교수가 지도교수이거나 최소한 졸업논문의 심사위원으로 들어갈 수 있다는 것을 의미한다. 대학과 달리 대학원에서는 졸업의 유무를 논문 심사라는 과정을 통해서 교수가 전권을 쥐고 있다. 이를 흔히 '목줄을 쥐고 있다'고 표현하는데, 이것이 수직적인 갑을 관계를 형성하는 요인이 된다.

대학원 수업은 보통 전공어로 하는 경우가 일반적이다. 교수의 전공어 능력은 대학원생에 비할 바가 아니다. 그러므로 학생은 시쳇말로 대거리를 할 수가 없다. 여기에 대학원의 수업 방식은 교수가 진행하는 것이 아니라, 학생들이 돌아가면서 발표하는 형식으로 되어 있다. 이렇다 보니 학생이 준비를 해오면 교수는 이에 대한 피드백이나 코멘트만 하면 된다. 그런데 수업 과목을 교수가 선택한다는 점에서, 학생은 제아무리 준비를 해와도 홈그라운드에 있는 교수를 넘어설 수 없다. 결국 교수는 아주 간단한 노력만으로 수업 전체를 장악할 수 있다. 이런 수업 구조를 이해한다면, 대학원이 교수에게는 가장 쉬운 강의라는 것을 알게 된다. 즉 일반적인 생각과 달리 교수 입장에서의 수업 난이도는, '대학원 전공 → 학부 전공 → 학부 교양' 순으로 어렵다고 할 수 있다.

자기 관점에 근육을 만들라

대학원 수업은 관점을 확립하고 이 관점에 근육을 만드는 작업이다.

따라서 발표 수업이 중심이 된다. 사실 발표 수업이란 수업 시간보다는 준비 단계에서 공부의 중요한 요소가 모두 이루어진다. 이 말은 대학원 자체는 공부를 배우는 곳이 아니라는 뜻이다. 대학이 교수에게 공부를 배우는 곳이라면 대학원은 자신이 공부한 것을 겨루는 장이자 그 문제점을 지적받는 곳이다. 이 점에서 대학원 수업에서 가장 중요한 것은 스스로 공부할 수 있는 능력을 키우는 것이 된다.

발표와 토론 수업은 관련 주제에 대해 각자 집취(集聚)한 자료를 가지고 벌이는 자랑의 공간인 동시에 작은 전쟁터다. 이 전쟁터의 무기와 방패는 원전자료와 선행연구에서 확인되는 여러 가지의 축적된 연구 성과들이다. 이것을 가지고 화려한 경기를 펼쳐내는 곳이 바로 대학원 수업 공간이다. 그래서 "대학원 공부는 스스로 하는 것이지 남에게 배우는 것이 아니다"라는 말이 있는 것이다. 발표와 토론장에서 내 능력을 뽐내기 위해서는, 필연적으로 원전자료 이해와 선행연구의 활용 능력이 요청된다. 이 과정에서는 필연적으로 전공어에 대한 요구가 대두하게 마련이다.

각 전공에 맞는 언어 능력 즉 전공어 능력이 부족할 경우, 1차 자료에 대한 정확한 이해가 불가능하다. 대학까지의 교육에서는 번역된 2차 자료만으로도 공부가 가능하다. 그러나 대학원이 되면, 1차 자료를 이해하지 못하면 논문을 쓰거나 말을 하는 데 확신을 가질 수 없다. 그렇기 때문에 전공어에 대한 이해는 필수적인 상황이 된다. 내가 학위과정 중일 때만 하더라도 대학원 수업에서는 일부러 번역서가 없는 원전자료를 텍스트로 선정하는 것이 일반적이었다. 이는 두 가지 이유 때문이다. 첫째는 학생들의 전공어에 대한 능력 신장을 위해서이며, 둘째는

발표와 토론 수업은 각자 집취(集聚)한 자료를 가지고 벌이는 자랑의
공간인 동시에 작은 전쟁터다. 로마 시대 원형 경기장에서 벌어지는
검투사의 대결을 생각하면 된다. 이 전쟁터의 무기와 방패는 원전자료와
선행연구에서 확인되는 여러 가지의 축적된 연구 성과들이다.

가르치는 교수가 편하다는 점이다. 이는 학생들이 수업을 따라오기 위해 번역에 치중하는 과정에서 교수에게 날카로운 질문을 할 여력이 사라지기 때문에 교수가 편하다는 뜻이다.

논문을 손에서 놓지 마라

발표와 토론에서 공격과 방어에 유리한 무기를 손쉽게 갖추는 방법은 학회논문을 많이 보는 것이다. 또한 1차 자료에 대한 분석 능력을 갖추는 것도 매우 중요하다. 그러나 혼자 생각해서 날카로운 관점을 가진다는 것은 녹록지 않은 일이다. 그러므로 잘된 선행연구 논문을 보면서 시간을 단축할 필요가 있다. 현대사회는 거의 모든 자료가 공개되어 있다. 또 우리는 다양한 연구가 동시다발적으로 진행되는 연구의 홍수 시대를 살고 있다. 바로 여기에서 중요한 것은 유효한 자료들을 얼마나 빨리 효율적으로 찾고 확보하느냐의 문제다.

수업 기간에 이런 노력을 꾸준히 전개하게 되면 졸업논문을 쓰는 것은 어렵지 않게 된다. 그러나 이 과정이 귀찮아서 자료를 많이 섭렵하지 않고 대충 넘어가기를 반복하게 되면, 졸업은 요원한 일이 되고 만다. 즉 업어치나 메치나 한번은 고생을 해야만 한다는 말이다. 이런 상황에서는 실력 향상을 위해 그때그때 수업 기간을 활용하는 것이 당연히 유리하다. 매번 조금씩 하게 되면 작업량이 줄고 습관화된다는 이점이 있다. 또한 이런 과정을 통해서 좋은 학점을 얻고 주위의 인정 또한 덤으로 얻을 수 있다.

선배를 믿지 마라

전문가의 아집

사회가 발전하고 경제력이 높아질수록 사람들은 표면적으로는 예의 바르고 도덕적인 모습을 갖는다. 그러나 그 이면에서는 잔잔하고 고요한 가운데 더욱 비윤리적인 상황이 치열하게 전개되곤 한다. 이러한 양상은 지식인과 전문가일수록 더 심각하다. 가을의 단풍은 멀리서 볼 때는 아름답지만, 가까이 가면 나무가 이용가치가 다한 잎들을 죽여내는 살육(殺戮)의 현장인 것처럼 말이다.

전문가 그룹들은 쓸데없이 자존심이 세다. 같은 학과 교수들 중에도 사이가 틀어지면, 연구실이 바로 옆에 붙어 있는데도 메일로만 안건을 주고받는 경우도 있다. 그런데 그 원인을 찾아보면 그것이 너무 하잘 것 없는 것이라 실소를 자아내게 하곤 한다. 어떤 교수들은 같은 과에 재직하면서도 20년 동안 회의가 아닌 사적인 대화는 한 번도 안 하고 지냈다. 그런데 그 원인이 불과 2만 원의 학회비 문제에서 촉발된 것이었다. 그렇게 그분들은 정년이 되도록 평행으로 가는 것이다. 이런 모습이 전문가의 또 다른 우울하면서도 고집스런 일면이다. 그래서 대학에서는 '사람 못된 게 교수 된다'는 말도 있고, 교수들끼리도 '저 사람

졸업을 못하고 있는 선배의 조언은 때론 독이 된다.
그리고 만약 그 선배를 따른다면 자신의 졸업에 문제가 발생한다.
이유는 간단하다. 졸업 못하는 사람을 따르기 때문이다.
즉 장님이 장님을 인도하고 있는 상황인 것이다.

은 도대체 교수 안 했으면 뭐해서 먹고살았을까?' 하는 말을 하고는 한다. 나는 상위 집단으로 올라갈수록 더욱 사람답지 않은 사람들이 많다는 것에 놀라곤 한다. 물론 이들은 다른 사람에 대한 기본적인 배려 등에서는 나무랄 데가 없다. 그러나 이것은 자신도 침해받기 싫어하는 개인주의의 작용일 뿐이다. 그러다가 어떤 이익이 연관된 상황이 발생하면 이들의 진면목이 여실히 드러나게 된다. 이익의 경계선에서 다양한 방식의 날선 공방이 시작되는 것이다.

　　대학원이나 박사과정도 이러한 흐름으로부터 벗어나 있지 않다. 그러므로 대학원에 간다고 해서 인격자가 될 것이라는 착각은 멀리 던져버려야 한다. 수행불교인 선종에서는 학문적인 교종을 '머리만 무겁고 실천이 부족한 집단'이라고 비판했다. 비슷한 양상이 대학원에도 존재한다고 보면 된다. 즉 대학원이 지식의 수요와 자아 성취 및 삶의 보람으로 작용할 수는 있지만, 이것이 그대로 인격을 담보하는 것은 아니라는 말이다. 특히 공부나 논문능력이 좋은 사람일수록, 더 예리하게 파고들고 잘 따지는 사람이라는 점을 유의할 필요가 있다. 이런 사람에게 후덕함을 기대하는 것은 쉬운 일이 아니다. 그러나 지금 도래하고 있는 100세 시대에 고급지식의 확보는 선택이 아닌 필수다. 고급지식을 확보하지 못하게 되면 삶의 질에 현격한 문제가 발생할 수 있다. 그러므로 우리는 문제점을 직시하고 그 가치를 즐길 수 있는 여유를 갖춰야만 하는 것이다.

졸업논문에서 선배는 독이 된다

대학원은 대학과는 또 다르기 때문에, 대학의 우등생이 대학원에서도 반드시 두각을 나타내는 것은 아니다. 이렇다 보니 선배에 의지하는 경우가 발생하곤 한다. 사실 나는 대학에서의 선배도 공부하는 데 도움이 된다고는 판단하지 않는다. 그런데 대학원에서는 이 문제가 보다 심각하다. 대학원에는 정규 학기를 수료한 뒤에 논문을 쓰는 과정에 있는 연구생들 즉 선배가 있게 마련이다. 대학원은 대학과 구조가 다르기 때문에, 이것을 익히는 과정에서 선배의 도움을 받는 경우가 종종 있다. 특히 선배들은 먼저 수업을 들은 사람들이기 때문에 각 교수님의 성향을 잘 알고 있다. 소위 족보다. 이런 점에서 선배와 가까운 것은 대학원 생활에 있어서 상당히 유용하다. 그러나 선배가 도움이 되는 것은 딱 거기까지일 뿐이다.

　　졸업논문과 관련될 때 졸업하지 못한 선배는 이렇다 할 도움이 되지 못한다. 앞서도 언급한 바와 같이 대학원은 입학제가 아니라 졸업제다. 그렇기 때문에 능력 있는 사람들은 빨리 졸업하고 나가게 된다. 이는 다시 말하면 학교에 오래 남아 있는 사람은 졸업 능력이 부족하다는 의미다. 내가 박사과정에 재학 중일 때, 과에는 10년 가까이 졸업하지 못하면서 선배 행세를 하는 사람이 있었다. 더 놀라운 건 이 분은 그때까지도 청강으로 수업에 들어온다는 것이다. 그래서 이 사람을 따르는 학생들도 몇 있었는데, 이들은 대부분 졸업에 문제가 발생하곤 했다. 이유는 간단하다. 졸업 못하는 사람을 따르기 때문이다. 즉 장님이 장님을 인도하고 있는 상황인 것이다. 그러니 뭐가 될 것이 있겠는가? 오히려 될 사람도 안 되는 것이 당연하지 않은가? 대학원에서 능력 있는 사람은 빨리 사라진다. 그리고 이런 선배는 대부분 후배를 봐줄 시간이 없다. 왜냐하면 자기 졸업이 우선이기 때문이다. 그러므로 시간이 많은 선배는 의지처가 되는 동시에 독이 되는 것이다.

　　대학원에서 졸업 못하는 사람들의 모든 변명은 동일하게 '졸업 논문을 잘 쓰기 위해서'다. 그러나 후에 졸업논문을 비교해보면 대개는 이런 사람의 논문이 더 형편없는 경우가 많다. 논문은 오래 묵힐수록 농익어서 좋아지는 술이 아니다. 논문은 관점과 감각의 산물이기 때문이다. 결국 감각이 뒤떨어지는 사람은 오래 잡고 있어도 좋은 성과를 만들어내지 못한다는 말이다. 속담에 "개꼬리 3년 묵어도 황모 못 된다"는 말이 여기에 해당한다.

　　모든 선배가 논문 집필 과정에서 무용하다는 말은 아니다. 단 나를 봐주는 선배는 무용하고 나를 봐주지 않는 선배는 유용한 경우가 일반적이라는 것이다. 그러므로 대학원은 입학이 아닌 졸업이 기준이 된다는 점을 언제나 상기할 필요가 있다. 즉 능력에 따라서 선배가 후배가 되고 후배가 선배가 될 수 있는 구조가 바로 대학원인 것이다.

02
대학원 수업은
발표가 생명이다

수업은 2년을 주기로 돌아간다

대학원은 2년간의 학기제다

대학원은 대학과 달리 학기제다. 그렇기 때문에 학기마다 신입생을 모집하며, 1학기 휴학도 가능하다. 이것이 학년제인 대학과 대학원의 가장 큰 차이점이다. 즉 대학의 학년이 대학원에서는 학기인 셈이다. 또정규학기는 2년 과정이기 때문에 수업은 2년을 주기로 돌아간다. 그러나 석사과정은 3과목도 수강신청이 가능하므로 3학기 만에 수업을 마칠 수도 있다. 내가 처음에 석사과정을 다니던 2000년대 초만 하더라도, 평균학점이 4.3 이상이 되는 사람은 3학기 만에도 수료가 되는 조기 수료 제도가 있었다. 조기 수료를 하게 되면 4학기는 등록금을 내지않아도 되는데, 이는 학생에게는 유리하지만 당연히 학교 입장에서는불리하다. 그래서인지 요즘 이 제도는 사라진 것 같다. 즉 3학기까지로모든 학점을 이수한다고 하더라도 4학기는 의무적으로 등록해야 하는것이다. 그리고 박사과정에서는 수료한 뒤에도 논문학기라고 해서 2년동안 소정의 연구등록금을 더 내야 한다. 그러나 이러한 연구등록은 석사과정에는 존재하지 않는다.

　　대학원에 진학하기 전에 학교 홈페이지를 통해서 학과의 커리큘

해당 학과의 커리큘럼을 이해하는 것은 매우 중요하다.
전체 과목의 전반적인 구조를 파악할 수 있기 때문이다.
학교 홈페이지나 강의계획서보다 확실한 방법은
조교를 통해서 학과의 특징과 교수들의 성향까지 알아보는 것이다.

럼을 확인하는 경우가 있다. 그러나 홈페이지란 언제나 늦은 정보만을 제한적으로 제공하는 느려터지고 불확실한 허상일 뿐이다. 그러므로 실질적인 것은 입학 후에 학과 사무실 조교를 통해야 확인할 수 있다. 이때 전체 과목의 전반적인 구조를 이해하는 것이 중요하다. 이를 통해서 해당 학과의 특징과 교수들의 성향을 파악해 볼 수가 있기 때문이다. 부분적인 것을 이해하는 능력도 중요하지만 전체 맵을 볼 수 있다면 상황은 훨씬 유리해진다. 게임에서는 맵해킹이 중요하다는 것을 알지만, 대학원에는 이러한 맵이 공개되어 있음에도 이것에 주의를 기울이는 경우는 거의 없다. 그러나 전체 구조에 대한 파악은 공부의 흐름을 알게 해서 관련 서적들을 보는 데 도움을 준다. 또한 전체에서 부분을 이해하는 데 있어서도 훨씬 긍정적으로 작용한다.

강의계획서보다 교수의 성향이 중요하다

요즘 대학 수업에서는 강의계획서가 꼼꼼하게 작성되어 중요한 간판 역할을 톡톡히 하고 있다. 대학의 경쟁이 가속화되면서 예전처럼 무성의하고 형식적인 강의계획서가 아닌, 훨씬 디테일한 강의계획서가 올라오기 때문이다. 그러나 이는 대학까지일 뿐이다. 대학원에서는 아직까지도 무성의한 강의계획서가 일반적이다. 그렇기 때문에 강의계획서는 별로 신뢰할 만한 자료가 아니다. 여기에 정교수가 되면 그나마도 끝까지 올리지 않고 버티는 경우도 비일비재하다.

대학원에서 강의계획서보다 중요한 것은 교수의 성향이다. 일반적으로 다음 학기의 수업내용과 방식은 전 학기의 마지막에 결정되곤 한다. 즉 다음 학기에 '우리 무얼 해보자'고 하거나, 학생들에게 '뭘 해볼까 하는데 어떠냐?'는 논의가 있는 것이다. 이때 새로운 주장이 수렴되어 다음 학기 수업 내용이 결정되는 경우도 있고, 또 때에 따라서는 전 학기의 수업이 연장되는 상황도 존재한다. 즉 대학원은 강좌 명칭과 무관하게 수업 내용이 바뀌기도 하는 것이다.

절에서 흔히 하는 말 중에 "대중이 원하면 소도 잡아먹는다"라는 말이 있다. 사찰에서 살생과 육식은 금기시하는 것이지만 모든 구성원들이 원한다면 때론 편법도 가능하다는 말이다. 이것은 기본 원칙과 소속원의 갈망이 충돌할 경우에 어떤 것을 우선할 것이냐를 말해주고 있다. 그런데 대학원에서는 수업도 이렇게 바뀌고는 한다. 이는 학생이 적으므로 원하는 것을 반영해줄 수 있는 자유로움이 존재하기 때문이다. 그렇기 때문에 강의계획서는 신뢰할 수 없다. 우리 때만 하더라도 신학기의 첫 시간에 들어와서 교재와 수업 내용을 결정하는 교수님도 계셨다. 요즘이야 이 정도까지는 아니지만 대학원 수업이 보다 자유로운 것은 사실이다. 그러므로 대학원의 수업에서는 교수의 성향 파악이 관건이며, 과거에 어땠는가를 알 수 있는 족보를 파악할 수 있다면 말 그대로 굿(Good)이다.

인접 학과의 시간표도 파악하라

대학교수들은 학교 수업 이외에도 나름의 연구와 학회 직책 등 자기 일을 가지고 있는 경우가 많다. 그렇기 때문에 같은 교수의 수업은 학기만 바뀔 뿐 같은 요일과 같은 시간에 배정되는 것이 일반적이다. 또 대학원생 정도가 되면 대학생과는 달리 직업이 있는 경우도 있다. 그러므로 나에게 필요한 수업 요일이 맞는지를 파악하는 것도 중요하다. 대학원은 수강 과목의 숫자상 일주일에 2~3일 정도만 학교에 가면 된다. 그러므로 나와 맞는 수업의 요일을 확인할 필요가 있는 것이다. 또 부득이하게 수업을 몰아서 학교에 오는 날을 줄여야 한다면, 다른 학과의 수업을 들어서 해결하는 것도 가능하다.

나는 박사과정 때 울산에서 비행기를 타고 통학을 해야 했다. 언뜻 들으면 럭셔리한데 이게 경제적으로는 보통 죽을 맛이 아니다. 그래서 나는 수강신청 기간에는 관심 있는 학과의 모든 시간표를 확인했다. 그렇게 해서 운이 좋으면, 다른 학과의 수업을 넣어서 오전 9시부터 저녁 6시까지 내리 9시간 즉 3과목 신청이 가능한 적도 있었다. 첫 비행기를 타고 가서 막 비행기를 타고 오는, 말 그대로 밥 먹을 시간도 없는 일정이었다. 하루 만에 수업을 마칠 수 있어서 좋기는 했지만 그 하루는 죽음의 하루였다. 그러나 이러한 무모한 도전 덕분에 나는 다양한 수업을 듣게 되었고, 결국 여러 영역에 걸쳐 공부를 할 수 있는 기반을 마련했다.

한 번은 다른 학과 수업을 신청했는데, 첫 시간에 교수님께서 "왜 이 수업을 신청했느냐?"라고 물었다. 그래서 나는 입에 발린 말로 "관심이 있어서 교수님 수업을 꼭 들어보고 싶었습니다."라고 대답했다. 이 말을 듣자 교수님 얼굴에 흡족한 미소가 번지는 걸 보았다. 그때 나는 A⁺를 받은 것으로 기억한다. 그런데 다음번에 비슷한 일이 있었을 때는 좀 치사하다는 생각이 들어서 사실대로 말했다. "수업 시간이 맞는 게 이것밖에 없습니다."라고. 그랬더니 "내 수업에 환영하지 않습니다."라는 답이 즉각적으로 돌아왔고 결국 학점은 B⁺를 맞았다. 참고로 박사과정에서 B⁺란 상당히 양에 차지 않을 때 주는 점수다. 인생에서 진실이란 때론 상대를 위해서도 필요하지 않은 상황도 존재하는 것이다.

발표 주제와 순서 선정이 수업의 절반이다

첫 수업이 가장 중요하다

요즘에야 대학에도 첫 시간에 출석을 하지만, 예전에는 첫 수업에 안 가는 것은 당연한 권리이자 미덕이었다. 사실 나도 대학원에서는 첫째 주에 빠지고 이 기간을 이용해 외국에 나가기도 했다. 물론 이것은 이때 내가 학과를 이미 꿰뚫어볼 수 있는 고참이었기 때문에 가능한 행동이었다.

사실 대학원 수업에서 학기 중 가장 중요한 것은 첫 수업 시간이다. 대학에서 첫 수업 시간은 학생 입장에서는 교수와 수업 내용을 간보는 시간일 뿐이다. 그러나 대학원에서는 이때 수업의 틀은 물론이거니와 발표 순서가 결정된다. 물론 교수의 성향을 완전히 파악했고, 전공에 자신이 있어서 무슨 주제의 발표가 걸려도 자신 있다면 첫 시간을 빠져도 된다. 그러나 이런 상황이 아니라면, 대학원에서 첫 수업을 빠지는 것은 간이 배 밖으로 나온 무모한 행동이다. 왜냐하면 발표 순서와 주제가 정해질 때, 그 수업의 전체 무게가 결정된다고 해도 과언이 아니기 때문이다.

나는 대학원을 많이 다녔기 때문에 대학원의 구조 자체가 매우 익숙하다. 아무래도 좀 안다 싶으면 경시하게 마련이다. 게다가 나는 당시 박사논문 심사를 올리기 위해서 박사논문에 매진하고 있었다. 그래서 첫 시간을 젖혔는데, 이후에 실로 엄청난 후폭풍에 시달리게 된다. 당시 발표 주제는 인도와 중국의 석굴사원이었다. 나는 직접 일정과 팀을 짜서 외국에 답사를 간다. 그것도 1년에 수차례 이상 나가는 나름 한 역마살 하는 위인이다. 그런데 첫날에 가지 않았다는 이유로 쉬운 아잔타·엘로라석굴이나 용문·운강석굴과 같은 주제들이 모두 끝나고, 나에게 할당된 것은 인도의 준나르석굴이었다. 주제 선정 이유는 둘째 주가 되어서야 들어온 사람에게 남은 과제가 준나르석굴뿐이기 때문이었다. 나는 사실 준나르라는 이름을 그때 처음 들어보았다. 진짜 빼도 박도 못하는 상황에 봉착한 셈이다. 수업을 마치고 부랴부랴 관련 자료를 찾았지만, 국내 자료는 전혀 없고 외국 자료도 눈을 뒤집어야 할 상황이었다.

석굴사원처럼 구조와 유물이 동시에 등장하는 대상은 직접 가보지 않으면 내용 파악에 어려움이 있다. 마치 설악산에 대해서 한 번 가보지도 않고 전문적인 발표를 한다고 생각하면 되겠다. 게다가 당시 나는 박사논문 심사를 받아야 해서 여기에 총력을 기울여야만 하는 상황이었다. 즉 외국 자료가 일부 있더라도 이를 정확하게 판단하거나 조사할 조건도 안 되었던 것이다. 덕분에 지인의 도움을 받아서 강한 인상이 남는 씁쓸한 발표를 하게 되었다. 이것이 바로 자신을 과신한 사람이 첫 수업을 빠진 과보라고 하겠다.

방학 때 공부하라

대학원 수업의 주제는 보통 직전 학기 말에 고지되는 것이 일반적이다. 그러므로 관심과 성의만 있다면, 이와 관련된 내용들을 방학 때 공부하는 것이 가능하다. 내가 처음에 대학원을 다닐 때만 하더라도 열정이 충만했기 때문에, 실제로 이런 노력을 경주하곤 했다. 어찌 보면 이것은 거대한 차원에서의 예습이라고 할 수 있다. 예습의 효과는 첫 수업에 유감없이 발휘된다. 교수가 여러 발표 주제를 짜와서 순서를 정하자고 하면, 내용을 모르는 사람들은 유불리를 몰라서 허둥대게 된다. 그러나 미리 사전 지식이 있는 경우에는, 어떤 주제를 선택하는 것이 유리한지 정확하게 알고 있다. 즉 땅 짚고 헤엄치기가 아닌 예습하고 발표 주제 잡기인 셈이다. 이것만 성공하면 한 학기가 무척 여유롭고 풍요롭다.

발표 주제는 보통 중요도에 의해서 선별되는데 여기에는 난이도의 차이가 존재한다. 언뜻 생각하기에는 자료가 많은 것이 유리하다고 생각할 수 있지만 사실은 그렇지 않다. 너무 자료가 많으면 그 자료들을 훑어서 정리하기가 생각처럼 쉽지 않다. 또 널리 알려진 것은 다른 사람들도 기본지식이 있기 때문에 질문이 많이 나온다. 그리고 자신만의 특징을 부여하기 위해서는 지금까지의 자료들과는 다른 뭔가 한칼이 필요하다. 그러나 이는 결코 쉬운 작업이 아니다. 그러므로 중간 정도 난이도에서 교수님과 학생들이 잘 모르는 부분이 사실은 가장 유리하다. 이런 경우는 질문도 적고 노력한 것에 비해서 훨씬 잘한 것 같은 인상을 심어주기 때문이다. 수업 과목은 총체적이기 때문에 상대적으로 관심이 쏠리는 부분도 있고 별로 관심이 없지만 반드시 들어가있어야 하는 부분도 있다. 이런 상황에서 내가 감당할 수 있는 적절한 위치를 빠르게 찾아야만 하는 것이다. 이러한 적절점을 찾는 선구안(選球眼)이 바로 방학 때 이루어지는 선행학습이다.

수업의 난이도는 수강생 수가 결정한다

대학원의 수업 방식은 학생의 발표다. 그렇기 때문에 학생 수의 많고 적음은 발표 횟수가 몇 번인가로 그대로 직결된다. 즉 사람이 적으면 고개만 돌리면 발표가 돌아오는 상황이 연출되는 것이다. 한 수업에 4명 정도의 학생이 있다고 가정해보자. 이때 3과목을 수강하면 거의 매주 발표가 돌아온다. 여기에 기말과제가 별도로 추가되므로 말 그대로 숨 돌릴 틈 없는 발표의 파노라마가 연출되는 것이다.

수강생이 적으면 출석을 부를 필요가 없다. 누가 왜 못 오는지를 정확히 알기 때문이다. 강의실이 아닌 교수 연구실에서 수업이 진행되기도 하며 갑자기 야외 학습이 추진되기도 한다. 수업 시간이 널뛰기를 할 때도 있고, 수업의 방향이 중간에 바뀌어도 바뀐 주제에 사람들이 관심을 보이기만 하면 그 주제로 계속 달려가기도 한다. 이런 상황은 교수의 성향에 따라서 강군이 양성되는 배경이 되기도 하고, 시간을 허송하는 무의미한 결과를 도출하기도 한다. 그러나 분명한 것은 수강생이 적으면 학생은 힘들지만, 그 결실로 나름의 내공이 축적된다는 점이다. 그래서 나는 "대학원은 좋은 학교가 어려운 것이 아니라 사람이 적은 학교가 어렵고, 출석을 부르는 대학원은 이미 대학원이 아니다."라고 말하곤 한다.

발표 수업의 핵심은 자신감이다.
교수라 하더라도 부분적인 면에서는
최근에 자료를 정리한 발표자를 능가할 수 없다.
그러므로 자료는 치밀하게 준비하되
발표는 당당하고 과감하게 배짱을 가지고 임해야 한다.

발표 수업의 핵심은 자신감이다

인터넷이라는 신(神)을 활용하라

나는 "오늘날 신이 존재한다면, 그것은 구글이나 네이버다."라고 말하곤 한다. 현대사회는 과거와 같이 정보를 독점하는 시대가 아니다. 그러므로 관건은 공개되고 개방된 정보를 어떻게 재구성해서 자기화하느냐에 달려있는 것이다.

대학원 수업은 학생 개인의 발표를 통해서 돌아간다. 그러므로 인터넷을 이용해서 유효한 자료를 얼마나 빨리 취합해내느냐는 매우 중요하다. 물론 인터넷 정보란 제한적이고 껍질뿐인 경우도 많다. 그러므로 이를 단서로 실질로 들어갈 수 있는 방법을 획득할 필요가 있다. 이러한 노하우는 반복되는 작업을 기초로 한다. 결국 반복 작업이 효율성과 노하우를 만들어낸다는 말이다. 이것이야말로 생활의 발견인 동시에 생활의 달인을 만들어내는 구조라고 하겠다.

발표 자료는 인터넷을 기반으로 하고 학회논문이 중심이 돼야 한다. 처음에는 자료를 취합하고 세련된 가공 기술을 익히는 것이 중요하다. 욕심을 부리지 않는 모방과 이것의 자기화가 핵심인 것이다. 이러한 작업이 계속 진행되다 보면 점차 나만의 주관이 형성되면서 자료를 걸러내는 능력이 갖춰지게 된다. 이 작업이 중요한 이유는 이 노력들이 누적되어 마침내 논문을 만들어내는 능력으로 재탄생하기 때문이다.

발표 수업의 특징은 준비해간 발표자는 공부가 많이 되는데, 다른 사람들은 큰 관심을 가지지 않는다는 점이다. 실제로 내 발표가 닥쳐오면 다른 사람 발표를 들으면서 내 발표 준비만으로 머리를 채우고 있는 경우도 더러 있다. 이 때문에 어떤 면에서 대학원 공부는 자신의 주체적인 자각이 없으면 대학 수업보다도 배우는 부분이 적다. 그러므로 대학원 공부는 학교에서 배우는 것이 아니라 스스로 하는 것이다.

발표 수업의 핵심은 자신감이다. 교수라 하더라도 부분적인 면에서는 최근에 자료를 정리한 발표자를 능가할 수 없다. 이 점을 이해하는 것이 중요하다. 그러므로 자료는 치밀하게 준비하되 발표는 당당하고 과감하게 배짱을 가지고 임해야 한다. 틀릴 것을 두려워하면 발전은 기대할 수 없다. 그러므로 자신감을 가지고 실제 부딪쳐보면서 동급생을 압도하는 것이 좋다.

발표의 기술을 익혀라

적은 언제나 가까이에 있는 사람이기 마련이다. 특히 대학원은 수가 적고 이들은 유사한 전공자로 길러지게 된다. 결국은 경쟁자가 되는 것이다. 그러므로 동급생에게 친밀하면서도 강렬한 인상을 심어줄 필요가 있다. 발표 수업에서 전공능력이 부족한 것처럼 인식되면, 졸업은 할 수 있을지 몰라도 그 이상에서 문제가 생기기 때문이다.

발표 수업이라는 특징상 수업 시간에 능력 차가 드러나는 것은 어쩔 수 없다. 그러므로 우습게 보이지 않기 위해서는 끊임없는 노력을 경주해야만 한다. 다른 사람과 변별되는 깔끔한 한칼이 있으면 좋지만, 이것을 만들기는 쉽지 않다. 그러나 무딘 쇠가 갈려서 날카로운 칼이 된다는 점에 유념할 필요가 있다. 즉 지속적인 노력 속에서 점차 타인이 범접하지 못하는 한칼을 갖춘 전공자로 거듭나는 것이다.

사실 발표 자료를 만드는 것과 발표를 하는 것은 기술적인 영역이 다르다. 즉 두 가지는 논리적 층위가 다르다는 말이다. 좋은 발표 자료는 분명 좋은 발표의 배경이 된다. 그러나 발표의 기술이 없다면 발표 자료는 많은 노력이 깃든 졸작으로 전락하고 만다. 내용의 일관성을 유지하면서도 딱딱하지 않고, 부드럽게 말하면서 전문가로서의 특징까지 겸비한다는 것은 보통 어려운 일이 아니다. 그러나 이렇게 되기 위한 과정이 대학원이라는 점에 주목할 필요가 있다. 즉 대학원 과정에서 스스로 자신을 그렇게 되도록 깎아가야만 하는 것이다.

발표는 발표 자료처럼 문건으로 만들어지는 것이 아니다. 이런 점에서 현장을 잘 주도할 수 있는 순발력과 상황대처 능력이 있어야 한다. 발표 자료는 문서화된 불변성을 가지기 때문에 정직하지 않으면 문제를 노출한다. 그러나 발표는 현장에 따른 순간적인 것이므로 100% 정직할 필요는 없다. 발표에서는 정직보다도 확신을 주는 자세가 더 유리하다. 또 전혀 예상하지 못한 돌발 질문이라도 당황할 필요가 없다. 발표자가 당황하는 모습은 동료에게 금방 읽힌다는 점을 유념해야 한다. 그러므로 조금은 뻔뻔해질 필요도 있다. 왜냐하면 난감한 모습을 보이는 것이 진짜 난감한 일을 초래할 수 있기 때문이다.

그리고 정 문제가 될 것 같으면, '그와 같은 주장도 있다'는 방식 정도로 여지를 주는 것도 괜찮다. 질문자는 존중해주되 확신에 찬 모습을 보이는 것이 중요하다. 그러나 자신감이 있는 것은 좋지만 질문자를 무시하는 듯한 자세를 보여서는 안 된다. 이것은 발표를 떠나서 인격과 관련된 문제이기도 하다.

평가를 잘 받는
손쉬운 방법

모든 대학원은 절대평가다

상대평가와 절대평가

과거에는 대학 성적이 절대평가로 매겨져서 '성적을 잘 주는 교수님'이 존재할 수 있었다. 모든 대학에 전설처럼 내려오는, 선풍기로 시험지를 날려서 멀리 날아가는 순으로 성적을 처리했다는 이야기는 절대평가 시대의 낭만적인 상황을 반영한 것이다. 절대평가에서의 기준은 철저하게 교수의 판단이다. 그러므로 여기에서 중요한 것은 교수와 학생의 관계가 된다.

1990년대 중반부터 대학 성적은 상대평가로 바뀐다. 절대평가에서 너무 무분별하게 학점이 남발되는 상황이 연출되었기 때문이다. 즉 학점의 변별력이 없어져버린 것이다. 상대평가의 성적 산출 방식은 주어진 비율에 따라서 학생 수를 끊는 방식이다. 예컨대 상위 10%까지 A영역을 줄 수 있고, 상위 30%까지 B영역을 주면 된다는 따위다. 이때 컴퓨터 프로그램이 정해진 비율을 준수하기 때문에 미리 정해진 인원 이상이 들어가면 성적 저장 자체가 되지 않는다.

상대평가에서는 전체 수강생의 성적 총합을 기준으로, 1등에서부터 꼴등까지 등수를 매기고 A⁺부터 정해진 비율에 맞춰 차례로 입력하게 된다. 이때 1등이 90점이라도 상관없다. 상대평가는 점수보다 등수로 표현되는 비율이 더 중요하기 때문이다. 즉 90점은 절대평가에서는 90~94점 영역이므로 A^0가 되지만, 상대평가에서는 등수를 기준으로 하므로 전혀 문제될 것 없이 A^+가 되는 것이다. 물론 절대평가의 점수를 상대평가의 총점에서도 맞춰 대등하게 평가할 수 있으면 더 좋다. 그러나 점수를 매기다 보면 이게 그리 쉬운 일이 아니다. 그렇기 때문에 상대평가에서는 등수를 기준으로 끊게 되는 것이다. 즉 요약하면 '상대평가는 등수 기준'이고 '절대평가는 점수 기준'이다.

교수와의 관계 설정이 중요하다

상대평가는 상위성적의 비율이 결정되어 있기 때문에 제약이 있다. 그러나 모든 대학원은 절대평가다. 이로 인해서 성적인플레가 발생하게 된다. 학부에서는 B^0도 나쁘지 않은 점수지만 대학원에서 B^0면 '다시는 내 수업에 들어오지 마라'는 의미나, 자퇴를 권하는 우회적인 점수가된다. 물론 대학원과 학부의 점수기준에는 차이가 있다. 학부성적은 A가 100~90점, B가 89~80점, C가 79~70점, D가 69~60점이고, 59점 이하는 과락인 F가 된다. 그러나 석사과정에서는 A가 100~90점, B가 89~80점, C가 79~70점, 69점 이하는 F이며, 박사과정에서는 A가 100~90점, B가 89~80점, 79점 이하는 F가 된다. 즉 단계가 올라갈수록 과락인 F의 범위가 10%씩 늘어나는 것이다. 여기에 절대평가라는 점까지 감안한다면, B^0는 쉽게 나올 수 없는 상징적인 점수가 된다.

　　상대평가가 동료와의 경쟁이라면 절대평가는 교수와의 관계라고 할 수 있다. 이 점에서 교수와의 관계를 어떻게 설정하느냐가 매우 중요하다. 그러나 대학원은 점수가 절대적이지 않다는 점을 상기하고 수직적인 관계를 만드는 것은 지양(止揚)해야 한다. 사람 사이의 관계란 친해질수록 더 잘해주기를 원하게 마련이다. 그러므로 처음에 기대치를 확 낮추는 것도 한 방법이다. 이러면 조그만 작은 변화에도 상대방이 긍정적인 자세로 보기 때문이다. 즉 나쁜 남자 작전인 셈이다.

대학원에는 믿기지 않는 전설 같은 이야기가 많다. 그중에는 학위논문을 쓰다가 지도교수 집에 개밥 주러 갔다는 이야기도 있다. 지도교수 가족이 모두 해외여행을 가면서 집에 남아있는 개에게 개밥을 주도록 시켜서 개밥 셔틀이 되었다는 웃픈 이야기다. 또 어떤 사람은 지도교수 이름으로 번역서를 만들어주고 졸업했다는 얘기도 있다. 요즘에야 이런 분들이 거의 없지만 얼마 전까지만 해도 상당히 있었다.

실제로 학회논문에서 중요한 작업은 제자가 다 했음에도 제1저자에는 지도교수가 올라가는 일도 있다. 또는 지도교수가 논문의 마무리만 하고서 자신을 단독저자로 올리는 파렴치한 경우도 있다. 그나마 아이디어라도 지도교수가 주면 다행인 상황이다. 어떤 경우는 논문 작업을 같이 해서 빨대를 꽂은 것은 아니지만, 제자의 아이디어를 편취하는 사건도 있었다. 이런 학문의 도둑질은 현재도 심심찮게 목격되는 현재진행형이다.

점수도 따고 인정도 얻는 노하우

점수를 따내는 기술 3종 세트

학생이 교수를 개인적으로 빈번히 찾아가는 것은, 그것이 설령 전공과 관련된 문제라도 절대평가 상황에서는 반칙일 수 있다. 즉 상도덕이 아닌 것이다. 그러나 수업 시간의 성실도로 자신을 어필하는 것은 문제가 없다. 그러므로 나는 '눈 맞춤(eye contact)'과 '이쁜 질문' 그리고 '노트 필기'를 권하곤 한다.

인간관계에서 눈 맞춤만큼 유용한 수단도 없는 것 같다. 자신의 말에 귀를 기울여주고 인정해주는 자세는 사람을 기쁘게 한다. 이 점에서 눈 맞춤은 대학원을 떠나서 삶에서도 매우 유용한 방법이라고 하겠다. 물론 눈 맞춤에는 가끔 고개를 끄덕여주고 동의하는 것 같은 추임새를 넣는 것 또한 포함된다. 그리고 이것은 교수를 넘어서 발표자에 대한 예의이기도 하다.

대학원에서는 질문을 하는 것이 중요하다. 그러나 교수에게 하는 질문과 학생 사이의 질문은 달라야 한다. 먼저 교수에게 하는 질문은 교수가 관심 있어서 말해주고 싶어 하는 부분을 묻는 것이 중요하다. 교수가 모르는 부분을 묻게 되면 그것은 질문이 아니라 재앙의 시작이 된다. 그렇기 때문에 교수의 전문성이 잘 드러날 수 있는 부분을 요령 있게 질문하는 것이 포인트다. 게임에는 접대용 게임이라는 것이 있다. 이것은 상대에게 져주면서 상대방을 즐겁게 해주는 배려이자 예우다. 교수에게하는 질문은 바로 이러한 접대용 게임이 되어야 한다. 그러나 게임에 익숙하지 않으면 매끄럽게 져주는 것은 결코 쉬운 일이 아니다.

너무 티가 나게 지면 상대가 분노하기 때문이다. 그러므로 적절하게 지기 위해서는 평상시에 많은 노력이 필요하다. 교수에게 하는 질문도 마찬가지다. 이런 것이 바로 '이쁜 질문'이다. 질문을 하는 방법으로 교수가 말하고 싶어 하는 부분을 긁어주는 것이다. 이것이야말로 교수의 인정을 받는 지름길이 된다. 물론 어찌 보면 이런 약삭빠른 질문만 하면서 대학원 기간을 보낼 수는 없다. 그러므로 공부와 관련된 진솔한 질문이 기본이 되어야만 한다. 즉 진솔한 질문에 '이쁜 질문'이 양념처럼 첨가되어야 하는 것이다.

이쁜 질문도 동급생인 학생에게 하는 경우에는 상황이 좀 다르다. 이때는 날카로운 질문을 부드럽게 하는 것이 관건이다. 상대를 너무 궁지로 몰면서 자신을 드러내려고 하는 것은 추후에 대인관계에서 강력한 후폭풍에 시달릴 수 있다. 그러므로 상대가 체면을 차리는 선에서 나의 우월함이 드러나는 정도의 질문을 하는 것이 좋다. 이것 역시 이쁜 질문이다. 학생 간에 존재하는 이쁜 질문의 결과는 동급생들이 나에게 의지하는 상황으로 나타나게 된다. 즉 같은 학생인데도 전공과 연관해서는 내가 동급생보다 한 단계 높은 위치에 서게 되는 것이다.

같은 학생이라고 해서 공격으로 일관하는 미운 질문을 하게 되면, 당장은 승리에 취한 느낌 속에서 짜릿한 쾌감을 느낄 수 있다. 그러나 대학원생은 이후 같은 전문가 그룹의 동료가 될 사람들이라는 점을 명심해야 한다.

나 역시 대학원을 처음 다닐 때는 상대를 흠씬 두들겨서 그로기나 KO를 시키는 것이 능사라고 생각했었다. 그러나 되돌아보면, 이런 행동이야말로 치기 어린 미숙함일 뿐이었다. 주변을 보면 아직도 이런 분들이 있는데, 이런 사람들은 대부분 나중에 유학을 가는 빈도가 높다. 이는 이들의 능력이 좋기 때문이기도 하지만 암암리에 적이 많아서 있을 수 있는 땅이 적은 문제도 존재한다. 자기에게서 나간 화살이라도 크게 한 바퀴 선회하게 되면 다시 자신에게 되돌아온다는 점을 이해할 필요가 있는 것이다.

노트 필기로 기억하라

노트 필기는 상대의 말을 정리하는 수단인 동시에 나의 정신을 환기하는 방식이기도 하다. 노트 필기에서 가장 좋은 이점은 필기하는 과정에서 곧바로 복습하는 효과가 있다는 점이다. 아무래도 들은 내용을 글자로 적으려면 생각을 정리하고 쓰는 과정에서 되뇔 수밖에 없다. 즉 기억하기인 셈이다. 이때 졸음이 달아나는 효과는 부가적이 이익이 된다. 그렇다고 필기한 노트를 다시 볼 필요까지는 없다. 대학원의 노트는 대학과 달라서 시험에 필요한 것은 아니다. 그러므로 기록하는 자체로 뇌에 새기고 겸해서 교수의 신뢰를 확보할 수 있는 정도면 충분한 것이다. 관찰자인 교수의 입장에서는 성실하게 필기하는 학생에게 신뢰가 쌓이는 것은 당연한 결과다.

점수를 따내는 기술 3종 세트.
'눈 맞춤(eye contact)'과
'이쁜 질문',
그리고 '노트 필기'.

나는 수업 시간에 수업 내용만을 기록하지는 않는다. 때론 전공과 관련된 아이디어를 적기도 한다. 다른 사람의 말을 듣다 보면 불현듯 새로운 생각이 섬광처럼 스칠 때가 있다. 이것을 메모하고 어떤 경우는 즉석에서 논문을 구상하기도 한다. 실제로 이렇게 만들어진 학회논문도 10편이 넘는다. 그리고 심심하면 낙서를 하거나 그림을 그리기도 한다. 어떤 의미에서 대학원의 노트는 필연성이 없다. 그러므로 자유롭게 끄적이면서 복습하고 성실한 이미지를 주면서 나의 정신을 환기하면 그것으로 노트 필기의 효용성은 300% 달성되는 셈이다.

매주 발표와 기말과제 폴더

대학원의 수업과 평가는 보통 매주 돌아가면서 한 명씩 하는 발표와 기말과제 발표의 두 가지로 이루어진다. 이 중 배점이 보다 높은 것은 기말과제 발표다. 그러나 "가랑비에 속옷 젖는다"는 속담처럼 그 사람의 인식을 결정하는 것은 매주 발표 속의 상황이 되곤 한다. 즉 기말과제 발표에서 큰 거 한방을 준비한다면 모르지만 그렇지 않다면 매주 발표가 더 중요하다는 말이다. 매주 발표에서 어필하는 방법은 간단하다. 다른 사람이 발표할 때 이쁜 질문거리를 찾고 순발력 있게 치고 나가면 된다. 물론 이 작업을 수행하기 위해서는 기본적인 내공은 필수다. 그러나 이 방식은 계속해서 신경을 집중해야 한다는 점에서 상당한 피로도가 요구된다.

나는 이보다는 기말의 한방에 집중하곤 했다. 나는 수업 방식에 대한 호불호가 뚜렷하다. 내가 싫어하는 수업은, 기말과제로 원전 자료나 논문을 번역해서 요약 발표하는 방식이다. 나는 이런 과제를 '단순노가다'라고 칭하곤 한다. 이는 자유도가 제한되고 특별한 변별점을 만들어낼 수 없는 단순 작업일 뿐이기 때문이다.

　　내가 좋아하는 수업의 기말과제는 주제만 정해져 있고, 말 그대로 알아서 재주껏 해오는 방식이다. 나는 박사과정 기간에 기말과제만으로 학회논문을 수십 편 발표했다. 즉 기왕 할 기말과제를 좀 더 노력해서 아예 학회논문을 완성해버리는 것이다. 이렇게 되면 점수 따기도 수월하고 교수나 학생들에게 인정받기에도 좋다. 말 그대로 한 방을 터트리는 것인데, 여기에 추가로 논문 실적까지 올라가게 되니 말 그대로 금상첨화인 셈이다. 그러나 발표를 조금 쉽게 하려고 발표문만 만들면 이런 작업은 이때 이후로는 전혀 쓸모없는 노력이 되고 만다. 헛고생까지는 아니지만 개고생인 것이다.

　　대학원을 졸업한 사람이라면 누구나 노트북이나 PC에 기말과제 자료를 담아두는 폴더를 가지고 있다. 어떤 일이 발생해서 자료가 날아가기라도 하면 무지 아까운 것이 바로 이 폴더다. 그러나 이는 졸업하면 다시는 열어볼 일 없는 폴더이기도 하다. 이 폴더 속 자료는 마치 어린 시절에 가지고 놀던 창고 속의 장난감처럼, 추억은 깃들어 있지만 현재에는 전혀 의미를 가지지 못한다. 이런 상황이 된 것은 기왕 마음먹고 할 때 깔끔하게 완성하지 못한 부족함이 있기 때문이다.

　　어떤 학생들은 기말과제를 만들면서 '지금 당장은 시간이 없어서 못하지만, 다음에 기회가 되면 언젠가는 이걸 주제로 논문을 만들어봐야겠다'고 생각하곤 한다. 그러나 다음으로 미뤄진 가치는 영원히 다음 안에만 존재할 뿐이다. 그러므로 어쩔 수 없이 해야 하는 상황에서 조금 더 노력을 기울여 논문을 완성해보는 것이 성취감도 있고 수업을 돌아보는 내내 기분이 좋아진다. 물론 그것은 기말이라는 과제의 홍수 속에서 극기의 노력을 통했을 때만 가능한 일이다.

04

졸업시험 통과하기

외국어시험 통과하기

자격시험과 기준

대학원에는 졸업논문 심사를 진행하기 위한 선결 조건으로서의 자격시험이 있다. 이 시험은 선결 조건이기 때문에 자격시험을 통과하지 못하면 졸업논문을 제출할 수 없다. 자격시험은 다시금 '외국어시험'과 종합시험 즉 '전공시험'으로 나뉜다. 두 시험 역시 석사과정과 박사과정의 통과 점수 기준이 다르게 적용된다. 석사는 70점 이상이고 박사는 80점 이상이어야 하는데, 이는 석사와 박사의 기준 차이에 따른 것이다. 그런데 외국어시험에서 영어는 전공에 관계없는 공통과목이기 때문에 영어학을 전공하는 학생들은 이 기준에 +10점을 더 요구받게 된다. 전공자에게 부여하는 일종의 페널티라고 이해하면 되겠다.

외국어시험은 석사는 영어 한 과목으로, 학교 차원에서 공통문제로 출제한다. 공통문제란 대학원의 학과에 따른 차이가 없이 모든 대상자가 치러야 하는 동일한 문제라는 의미다. 보통 영어문제는 학교가 선정하는 영어 전공자가 출제하는 것이 일반적이다. 그렇기 때문에 어떤 문제가 출제될지에 대한 판단이 어렵고, 또 각자의 전공 내용과 무관하므로 상대적으로 어렵게 느껴진다. 따라서 대부분의 대학에서는 이미 치른 기출문제 즉 족보가 있으며, 암묵적으로 이 족보로부터 크게 이탈하지 않는 범위에서 문제를 낸다. 그러나 일부 학과에서는 학과의 특성에 맞는 영어시험을 자체적으로 출제해서 치르기도 한다. 이런 경우는 같은 영어시험이라 해도 전공과 부합하는 내용이기 때문에 상대적으로 쉽게 된다.

외국어시험은 실질적으로는 영어시험이기 때문에 영어가 전공어인 학과에서는 문제될 것이 없다. 그러나 영어와 무관한 인문학 전공자에게 이는 상당한 스트레스 요인 중 하나다. 즉 영어 전공이 아니더라도 공대나 의대에 있어서 영어시험은 무의미한 반면, 국문학과 같은 전공은 영어가 쉽지 않다는 말이다.

영어시험과 관련해서 가장 재미있는 전공은 철학이다. 서양철학 전공자는 영어가 쉽고 동양철학 전공자는 전공어가 한문이기 때문에 영어에 어려움을 느끼기 때문이다. 실제로 내가 아는 동양철학전공 교수님 중에는 당신의 영어 실력이 가장 좋았던 때는 '고3'이라고 말하는 분도 있을 정도다.

나머지 공부도 있다

외국어시험은 전공능력과 무관하다. 그렇기 때문에 석사 1학기부터 응시할 수 있다. 그러므로 영어와 무관한 전공이라면 외국어시험은 최대한 빨리 치는 것이 유리하다. 왜냐하면 전공 공부에 집중하다 보면 점차 영어능력이 떨어지기 때문이다. 또 첫 학기부터 시험 응시가 가능하므로 떨어질 폭 잡고 부지런히 응시하는 것도 한 방법이 된다. 그러나 요즘은 대학원 진학이 쉬워지면서 영어에 문제되는 학생들이 있다. 내

영어시험에 자신이 없는 사람들을 위해
방학 때 특별반을 만들어 대체강좌를 실시하기도 한다.
이 강좌는 너무 쉬워 '봉숭아 학당'이라고 부르기도 하니,
이 제도를 활용해 영어시험을 가뿐하게 통과하는 방법도 있다.

가 처음 대학원에 갈 때만 하더라도 전공시험과 영어시험을 보고 대학원에 입학하는 일반전형이 보편적이었다. 그러나 이후 내신과 면접만으로 대학원에 진학하는 특별전형이 일반화된다. 지금도 일반전형과 특별전형의 구분이 있기는 하지만, 이것은 모집기간의 차이일 뿐 내용상에서 시험은 사라졌다. 이로 인하여 영어 때문에 졸업하기 힘들게 되는 학생들이 존재하는 경우가 발생하곤 한다.

요즘은 직장을 다니다가 늦게 공부하는 만학도가 다수 있다. 이런 학생에게 영어시험이란 실제로는 남산이지만 체감되는 것은 히말라야를 방불케 한다. 이 문제를 해결하기 위해 대학에서는 여름과 겨울방학 때 영어시험과 관련된 특별반을 만들어 자격시험을 통과할 수 있도록 배려하는 제도를 마련했다. 이것을 대체강좌라고 하는데 일명 '나머지 공부'인 셈이다. 나머지 공부는 방학 기간 중 대략 2주 정도의 기간으로 개설된다. 어떤 강좌는 너무 쉬워서 학생들이 '봉숭아 학당'이라고 부르기도 한다.

제1외국어시험은 독해 문제로 출제된다

요즘 젊은 학생들 중에는 조기교육과 어학연수 등으로 인해 영어능력이 좋은 사람들도 많이 있다. 이런 경우는 토익이나 토플 내지 텝스 성적이 있으면 이걸로 대체하는 것도 가능하다. 대체강좌 개설과는 대조적이다. 즉 대학원의 영어능력은 말 그대로 냉탕과 온탕인 셈이다. 그런데 흥미로운 것은 어중간한 학생들이 토익 등으로 대체하고 영어능력이 아주 좋은 학생들은 오히려 학교의 외국어시험을 본다는 점이다. 이들에게 이유를 물어보면 '싸고 편하기 때문'이라는 답이 돌아온다. 즉 이들에게는 공부 안 하고 잠깐 가서 보는 학교시험이 가장 편한 것이다. 강자의 포스가 느껴지는 답변이 아닐 수 없다.

외국어시험은 보통은 영어 지문이 2개 정도 나와서 해석하는 방식으로 진행된다. 그렇다 보니 단어를 띄엄띄엄 알아도 버무려서 적을 수만 있으면 통과되곤 한다. 즉 작문이나 괄호넣기처럼 어려운 시험이 아닌 것이다. 답을 적을 때는 시간이 많으니까 최대한 많이 범범하게 적는 것이 유리하다.

외국어시험 채점은 학교 안의 전공교수에게 배정된다. 이런 점에서 채점자 역시 이것이 통과시험이라는 것을 잘 인지하고 있다. 그렇기 때문에 너무 광활한 여백의 미를 강조하지만 않으면 발목을 잡지는 않는다. 또 대학에서도 대학원을 수익 사업으로 보기 때문에 영어시험이 까다롭다는 평판을 얻는 것은 좋지 않다. 전공시험이 까다로운 것은 상황에 따라서는 긍정적일 수도 있지만 영어시험이 어렵다고 알려지면 이를 피해서 다른 학교로 진학해버리기 때문이다. 영어와 관련해서 나머지 공부가 있는 것을 보더라도 대학의 방침을 읽어보는 것은 그리 어렵지 않다. 또한 학내의 채점자 역시 무리한 평가를 하지는 않는다. 즉 학생이 채점자가 점수를 줄 수 있도록 충분히 배려하면 채점자 역시 이를 충분히 고려해준다고 이해하면 된다.

제2외국어 문제는 꿰뚫어볼 수 있다

박사과정의 외국어시험에서는 석사와 달리 제2외국어가 추가된다. 제2외국어는 전공어 중 선택할 수 있게 하는데, 예컨대 동양철학전공이라면 중국어·일본어·한문 같은 과목 안에서 선택하면 된다. 제1외국어인 영어는 공통시험이기 때문에 채점도 학교에서 선발된 사람이 하게 된다. 그러나 제2외국어는 전공어이기 때문에 학과 안에 문제 출제자가 있고, 또 채점도 관련자가 하도록 되어 있다. 즉 학생이 출제자가 누구이며 채점자가 누구라는 것을 인지할 수 있는 상황인 것이다. 그러므로 역대의 기출문제인 족보와 교수의 성향 정보를 종합하면 통과는 그렇게 어렵지 않다. 단 여기에서 반드시 고려해야 할 사항은 학과의 어느 분이 휴식년이냐는 것이다. 휴식년에 걸린 분은 문제 출제와 채점에서 모두 배제된다. 그러므로 헛우물을 파지 않으려면 이 점 역시 반드시 고려해야만 한다.

채점하는 교수 역시 이름을 가리더라도, 시험을 신청하는 학생이 몇 명 없기 때문에 대충 누구인지 알게 된다. 이런 상황이기 때문에 어느 정도의 기준만 충족시켜주면 떨어지는 확률은 적다. 또 이것은 전공어이기 때문에 학생의 능력 역시 크게 부족한 경우는 많지 않다.

제2외국어시험은 제1외국어와 달리 사전을 지참할 수 있다. 사실 전공자에게는 영어보다 전공어가 쉽다는 면에서 굳이 이럴 필요가 있는가 싶지만 이는 대부분의 학교에서 통용되는 공식 규정이다. 그런데 요즘은 대학원이 쉬워지면서 제2외국어가 외국어시험에서 사라지고 있는 추세다. 제2외국어가 전공어라는 점에서 본말이 전도된 양상이긴 하지만 현실은 엉뚱하게도 그렇다. 그러므로 외국어시험에서는 영어가 문제가 된다고 보면 되겠다.

제2외국어는 전공어이므로 학과 안에서 문제 출제와 채점을 한다. 그러므로 역대 기출문제인 족보와 교수의 성향 정보를 종합하면 통과는 그렇게 어렵지 않다.

종합시험 통과하기

하루 종일 치르는 종합시험

종합시험은 대학원의 학기 중에 이수하는 전공과목과 관련된 전공시험을 가리킨다. 일반적으로 석사과정은 공통 1과목과 선택 2과목을 보고 박사과정은 공통 2과목과 선택 3과목을 보게 된다. 최근 들어서는 대학들이 학생들의 부담을 줄여준다는 명분하에 석사 1과목, 박사 2과목으로 줄이고 있는 추세다. 이 역시 학문의 질을 낮추는 상업적 접근의 결과에 따른 것이다. 보통 시험시간은 과목당 100분을 주는데, 덕분에 하루에 시험을 모두 치르면 말 그대로 하루 진종일이 걸린다. 오전에 시작해서 점심 먹고 다시 오후 늦게까지 시험을 보는 것이다.

요즘은 문서 작업을 주로 컴퓨터로 하기 때문에 손글씨를 오래 쓰는 일은 무척 어렵다. 그래서 하루 종일 시험을 보다 보면 나중에는 손에 쥐가 나고 마비가 올 정도다. 그래서 나는 꼭 글씨 쓰기 편한 중성펜을 사용했다. 또한 새 펜을 넉넉하게 준비해가는 것이 좋다.

종합시험에서 가장 위력을 발휘하는 것은 기출문제 모음인 족보다. 아무래도 같은 교수님이 계속해서 내는 문제는 일정한 패턴으로 반복되게 마련이다. 즉 세부적인 내용은 조금씩 달라져도 중요하게 강조하는 부분은 유사하기 때문이다. 그래서 학생들 사이에는 그 교수님은 어떤 건 꼭 나온다는 말이 돌 정도다. 종합시험의 공통문제는 전공과 관련된 개론이나 통사(通史)적인 것이 출제된다. 그러므로 웬만해서는 떨어지지 않는다.

공통문제는 신청한 모든 학생이 시험을 보지만, 전공선택은 각자 선택한 소수의 사람들만이 본다. 전공선택에서는 지도교수의 문제가 제일 쉽다. 문제가 쉬워서라기보다는 지도교수 문제는 학생의 주 전공이기 때문에 그만큼 쉽게 느껴지는 것이다. 여기에 지도교수라는 친분관계 역시 일정 부분 영향을 미치게 된다. 아무래도 팔은 안으로 굽게 마련이기 때문이다. 반면에 다른 교수의 전공선택은 그리 만만한 것이 아니다. 특히 학과에 족보를 뛰어넘는 형이상학적인 교수가 있으면 진짜 난리가 난다고 생각해도 된다. 요즘은 대학원이 전체적으로 쉬워져서 종합시험에서 잘 떨어트리지 않는 경향이 있다. 예전에는 영어시험에서는 떨어지는 경우가 적었지만, 종합시험은 3수나 4수를 하는 것이 일반적이었다. 그러나 요즘에 이런 경우는 거의 없다.

출제자가 채점자인 전공선택

전공선택은 출제한 교수가 채점을 겸하기도 한다. 전공교수가 1명씩밖에 없다 보니 문제를 낸 사람이 채점도 하는 상황이 벌어지는 것이다. 이런 상황에서 제아무리 이름과 학번을 가려도 신청자가 빤하기 때문에 교수는 학생이 누군지 알고 있다. 이 때문에 공부를 제대로 안 하면 지도교수 과목은 신청하지 않는 경우도 더러 존재한다. 떨어질 것이 두려워서가 아니라 어느 정도 이상 못 쓰면 창피해서 얼굴 볼 낯이 없기 종합시험은 자격만 되면 무조건 응시하라.
운 좋게 붙은 과목은 통과되고
떨어지는 과목만 재시험을 보면 된다.
큰 노력 없이 2~3학기면 통과할 수 있다.

때문이다.

채점자가 시험 본 학생을 알아볼 수 있는 조건은 감정적인 문제가 생겼을 때 테러의 수단으로 작용하는 통로가 되기도 한다. 어떤 학생은 교수와 언쟁을 했다고 해서 10번이나 전공시험에서 탈락한 경우도 있다. 이 학생은 결국 다른 학교로 가서 새롭게 박사과정을 다시 해 졸업했는데 이미 나이가 많아 좋은 직장을 얻지는 못한 것으로 기억한다. 물론 요즘은 이렇게 잔인하게 하는 경우는 없다. 다만 대학원에서 교수와 충돌할 경우 불이익이 돌아갈 수 있다는 점만은 오늘날에도 잔존하는 것은 불변의 진리다.

종합시험은 자격만 되면 계속 보라

종합시험은 전공을 다루는 시험이기 때문에, 외국어시험과는 달리 전공의 3분의 2를 이수해야 신청할 수 있다. 즉 3학기를 마쳐야만 시험에 응시할 자격이 주어지는 것이다. 또 시험을 봐서 떨어지면 그 떨어진 과목만 다시 봐서 통과하는 구조로 되어 있다. 수능시험처럼 전체를 다 볼 필요 없이 부분 시험도 가능하고, 한 번 통과된 시험은 다시 볼 필요가 없다. 사전에 이러한 시험의 구조를 숙지하는 것이 유리하다.

한번은 한 학생이 종합시험을 걱정하고 있기에 내가 공부할 필요 없이 자격만 되면 무조건 보기 시작하라고 가르쳐줬다. 무슨 말인고 하면, 무턱대고 시험을 봐서 운 좋게 붙은 과목은 통과되고 떨어지는 과목은 재시험을 보면 큰 노력 없이도 2~3학기면 통과할 수 있기 때문이다. 내가 이런 말을 해주는 걸 마침 지도교수님이 듣게 되었는데, 다른 학생들 공부 안 하게 한다고 이런 건 제발 좀 가르쳐주지 말라고 했던 기억이 있다. 나는 당시에 이미 여러 박사학위가 있어 내 나름의 노하우를 축적하고 있었기에 가능한 조언이다. 어떤 분은 떨어지면 창피한 것 아니냐고 할지 모르지만 더 창피한 것은 시험 볼 엄두조차 못 내는 것이다. 그러므로 종합시험은 무조건 수료하기 전부터 봐야 한다.

학회논문으로 종합시험을 대체하라

예전에는 종합시험은 무조건 봐야 했다. 그러나 최근에 외국어시험이 토익 등으로 대체되는 것처럼 박사과정에서는 종합시험 역시 학회논문으로 대체되는 것이 용인된다. 여기에서 학회논문이란 학술진흥재단 등재지(KCI)나 네덜란드의 스코퍼스(SCOPUS) 및 미국의 SCI급 논문을 가리킨다. 즉 국내적으로나 국제적으로 인정받는 학술지에 게재된 논문만 인정되는 것이다.

보통 이렇게 대체할 경우에는 학회논문 2편이면 충분하다. 박사과정에서는 졸업논문 심사를 올리는 전제 조건 중 하나로 학회논문 2편을 발표해야 한다는 조항도 있다. 이렇게 학회논문이 필수라는 점을 고려한다면, 박사과정의 종합시험은 오늘날에는 유명무실하다고 해도 과언이 아니다. 왜냐하면 조금만 생각해보면, 굳이 종합시험을 별도로 공부한 뒤 응시료를 내고 시험을 보기보다는 학회논문으로 대체하면 그만이기 때문이다. 그런데도 이러한 제도가 학교 차원에서 시행되는 것은 박사논문을 제출하기 위한 학회논문은 1편만 KCI나 SCI급이고 나머지 1편은 굳이 이 정도까지는 아니어도 되기 때문이다. 현대의 대학 평가에는 KCI나 SCI급 논문 등재 개수가 큰 배점을 차지한다. 그렇다 보니 KCI나 SCI급 논문 등재를 장려하기 위해서 이와 같은 제도가 시행되고 있는 것이다.

　실제로 최근 들어서는 학생이 KCI나 SCI급 논문에 등재할 경우 1편당 50만원 정도의 '학술지 게재 장려금'을 지원해준다. 이는 대학이 KCI나 SCI급 논문 편수를 간절히 원하고 있다는 것을 의미한다. 그러나 그와 동시에 이제 종합시험은 볼 필요가 없으면서도 돈을 받는 상황이 연출된다. 즉 제도를 정확하게 모르는 학생만 고생하는 과도기의 상황이 빚어지고 있는 것이다. 물론 특정 학과에 따라서는 이 제도가 전공능력을 떨어트린다고 판단하여 대체가 불가능하도록 해놓은 경우도 있다. 나 역시 이런 학과 규정을 모르고 학회논문 별쇄본을 가지고 종합시험 대체를 신청하러 갔다가 퇴짜를 맞고 전 과목을 시험 봐야 했던 씁쓸한 기억을 가지고 있다.

05
대학원의 핵심은
지도교수다

지도교수가 졸업의 전권을 쥐고 있다

문제점은 있지만 바꿀 수는 없다

대학원은 대학과 달리 지도교수 밑에서 전문적인 영역을 학습하는 형식으로 되어 있다. 도제양성과 비슷하다고 생각하면 되겠다. 그러나 현대처럼 자료가 공개되어 있고 자유롭게 접근할 수 있는 사회에서 이와 같은 방식은 실상 별 의미가 없다. 제아무리 출중한 능력을 갖추고 있는 사람이라고 하더라도 한 사람에게만 배우는 방식보다는 다자간의 교류를 통한 학문 증진이 효율적이기 때문이다.

그러나 제도는 언제나 현실의 변화를 따라가지 못하는 법이다. 그러므로 대학원은 지도교수와 지도제자라는 이미 철 지난 구조를 오늘날에도 견고하게 유지하고 있다. 이렇다 보니 대학원에서도 지도교수가 실로 막대한 영향력을 행사하게 된다. 사실 지도교수와 껄끄러운 사이가 되면 지도제자는 곧바로 졸업이 요원해지는 적신호와 마주해야 한다.

현재 대학원 졸업제도는 표준화되고 객관적인 잣대보다는 학위논문이라는 주관성이 강한 평가 방식에 의해서만 졸업이 가능한 구조다. 이는 분명 현대사회에서는 타당하지 않다. 그러나 요점은 현재 그

"졸업논문은 지도교수와 함께 쓰는 것이다."
졸업논문에는 지도교수의 이름이 함께 들어간다.
문제가 생기면 지도교수의 체면도 구기게 되는 것이다.
주제 선정부터 모든 작업이 지도교수의 승인하에 이뤄지게 된다.

것이 현행 제도라는 점이다. 그러므로 이 제도를 숙지하고 이에 적응하는 것이 보다 효율적인 대학원 생활과 졸업에 도움이 된다.

　　대학원에는 "졸업논문은 지도교수와 함께 쓰는 것"이라는 말이 있다. 내가 졸업논문에서 지도교수님 의견을 반영하지 않고 내 주관을 내세워 고집을 피우자, 지도교수님이 들려준 말씀이다. 그리고 "졸업하면 스님 방식으로 논문을 쓰면 되지만, 졸업논문은 내 이름도 들어가는 거니 그렇게 하면 안 됩니다."라고 하셨다. 졸업논문에는 표지에서부터 누가 지도하여 작성된 논문이라는 표기가 들어간다. 그러므로 당신 생각과 충돌하는 것을 수용할 수 없다는 말이다. 나는 이 말을 듣고 곧바로 수정 작업에 들어갔다.

　　학회논문은 작업자의 이름만 걸리는 논문으로 단독 작업이 가능하다. 그러나 졸업논문에는 지도교수의 이름이 함께 들어간다. 즉 문제가 생기면 지도교수도 체면을 구기게 되는 것이다. 이렇다 보니 졸업논문은 주제의 선정에서부터 모든 작업이 지도교수의 승인하에 이뤄지게 된다.

　　또 졸업논문의 심사위원 위촉과 통과 여부 역시 지도교수의 주도로 이뤄진다. 그러므로 지도교수는 졸업을 목적으로 하는 대학원에서는 절대적인 위치를 가지게 된다. 실제로 어느 대학에서는 논문의 심사위원장을 지도교수가 겸하는 경우까지 있다. 이런 경우는 지도교수에게 얼마나 맞췄느냐에 따라서 전적으로 졸업의 명암이 갈리게 된다. 그래서인지 그 대학은 동문의 결속력이 다른 대학보다 월등히 강한 특징을 보이고 있다.

갑을 관계와 앞잡이

예전에야 학문적인 종속은 특정한 학풍과 학맥을 유지한다는 점에서 바람직한 면이 있었다. 그러나 현대에는 학문적인 종속 역시 문제가 되는 상황이다. 빠른 변화 속도를 나이든 교수들의 입장에서 신속하게 받아들여 변모하기 어려울 뿐더러, 지도제자가 경계를 무너트리지 않고 특정 관점을 답습한다는 것도 문제가 있기 때문이다. 그런데 더 문제가 되는 것은 학문적인 종속이 아니라 인간적인 종속이다. 아무래도 지도교수의 권한이 크면 클수록 인간적인 종속 상황이 발생하기 쉽다. 학생이 능력이 부족할 때 지도교수에 대한 의존도가 커질 수밖에 없으므로 이러한 종속이 더 크게 나타난다. 즉 학생의 실력이 낮을 경우 그 학생은 졸업하기 위해서 다른 방식으로 지도교수에게 어필하게 된다. 이 과정에서 각종 잡무를 도맡는 등 부당한 요구를 수용할 수밖에 없게 되는 것이다.

지도교수가 졸업논문의 전권을 쥐고서 통과시키는 현행 방식에서 이 문제는 개선될 수 없다. 그래서 나는 동일 주제를 가지고 학회논문 2편을 수록하면 석사학위를 주고 5편을 수록하면 박사학위를 주자는 주장을 하곤 한다. 즉 지도교수는 논문의 진행은 도와주지만 졸업의 전권을 가져서는 안 된다고 말이다. 그러나 이것은 현행 제도에서는 그저 요원한 외침일 뿐이다.

지도교수가 졸업의 전권을 가진다는 말은, 실력보다도 지도교수와의 관계가 우선이라는 의미가 된다. 이 때문에 지도교수의 생일이나 스승의 날, 심지어는 명절을 챙기는 데 열을 올리는 일도 발생한다. 실제로 일부 학생은 스스로 앞잡이가 되어 다른 학생들에게 선물비를 나누어 부담시키는 경우도 있다. 학우들을 팔아서 자신의 입지를 다지는 공사를 구분하지 못하는 행위마저도 서슴지 않는 것이다. 물론 이 과정에서 학생들의 의견을 청취하지만 좁은 대학원 구조에서 누가 선배의 말을 대놓고 반대할 수 있겠는가? 또 결국 돌아서 들어가면 괘씸죄를 면하기 어려운데 말이다. 이런 문제점을 끊어줘야 할 사람은 지도교수뿐이다. 그러나 사람이란 아무래도 대우를 받을 때 기분이 좋게 마련이다. 이렇다 보니 이런 병폐는 쉽게 근절되지 않는다. 또 이들이 이후 교수와의 친분을 토대로 조교가 되고 졸업 후에는 강사나 취업에서 우선하여 배정받는다. 이 과정에서 실력이 있지만 대인관계가 부족한 학생들은 오히려 도태되는 상황이 발생한다. 물론 특출한 실력이 있다면 이러한 구조에서도 살아남을 수 있다. 그러나 대학원이라는 게 그렇게까지 큰 편차가 존재하는 조직이 아니다. 그러므로 결국 실력 있는 학생이 패할 수밖에 없는 상황이 만들어지게 되는 것이다.

논문보다 우월한 구조가 존재하는 슬픔

우리나라 대학원은 아직까지도 한 지도교수 아래에서 같은 전공으로 석사와 박사를 이수하는 것을 당연시 여긴다. 여기에 학부전공까지 통일되면 이것이 흔히 말하는 성골(聖骨)이다. 그러나 이는 학문의 다양성과 세계적인 대학의 추세나 기준에서 보면 아주 웃기는 일이다. 석사논문의 확장판으로 박사논문을 쓰는 사람은 스스로 공부를 하지 않는다는 것을 그대로 드러내는 것이다. 또 이 과정은 갑을 관계가 공고화되는 결과를 산출한다. 이것이 우리나라의 대학과 학문을 망치는 주범이다. 그래서 교육인적자원부의 BK21 (Brain Korea 21) 사업에서는 이 사업에 선정된 학과는 타 학교 출신을 50% 받아야 한다는 기준을 제시하고 있을 정도다.

학문은 자유로워야 하며 학교는 공부만으로 판가름이 나야 한다. 상인은 수익 창출로 군인은 국가방위로 자신의 존재를 증명하듯, 학교는 오직 공부를 위한 전쟁터여야만 하는 것이다. 지도교수와의 관계를 떠나 논문만 좋으면 졸업할 수 있는 구조가 가장 이상적이고 바람직한 학교다.

지도교수 선정 방법

지도교수 선정은 턱밑까지 미뤄라

대학원 입학의 면접 과정에서는 학생에게 '어떤 전공을 할 것이냐?'를 반드시 묻는다. 이때 이와 관련된 담당교수가 암묵적으로 지도교수가 된다. 실제로 박사과정에서는 해당 전공교수에게 미리 찾아가서 지원해도 되는지를 먼저 묻고 지원서를 내는 경우도 많다. 즉 지도관계를 맺기 위해서 사전에 인사를 드리는 것이다. 그러나 학교에서 정하는 기준에 따르면 대학원 2학기 말에 지도교수를 위촉하도록 되어 있다. 즉 지도교수가 공식적으로 확정되는 것은 2학기 말이라는 말이다.

지도교수가 한 번 확정되면 이를 바꾸는 것은 쉽지 않다. 반면에 암묵적인 상황은 결정된 것은 아니기 때문에 확정 과정에서 변경이 가능하다. 이미 확정된 뒤에 바꾸는 것은 해당교수와 척을 지자는 의미가 되어 그 학과에서 졸업하는 것이 쉽지 않다. 그러므로 확정되기 전까지는 바뀔 수 있다는 생각을 가지고 최대한 여러 교수의 다양한 수업을 들을 필요가 있다. 왜냐하면 내가 선호하는 전공도 중요하지만 대학원의 구조에서는 지도교수와의 합(合) 역시 중요하기 때문이다. 본래 내가 하고 싶은 전공이 있었더라도 수업을 듣는 과정에서 지도교수와 성격이 너무 맞지 않으면 전공을 바꾸는 방법도 가능하다. 전공을 바꾸기도 싫다면 극단적으로는 다른 학교의 대학원으로 편입하는 것도 한 방법이다.

대학원에서는 지도교수가 절대적인 영향력을 가진다는 점에서 지도교수 선정은 최대한 천천히 하는 것이 좋다. 2학기 말에 하는 것이 원칙이더라도 이런 행정은 무시해도 크게 문제되지 않는다. 그러므로 최대한 주변을 관찰하면서 신중을 기해야 한다. 이것이 바로 지도교수의 선정에서 가장 중요한 제1 원칙이다.

지도교수의 위치를 판단하라

교수라고 해서 다 같은 교수는 아니다. 어떤 교수는 학계에서 인정받는가 하면 어떤 교수는 학과에조차 부담을 주기도 한다. 지도교수 선정에는 이와 같은 주변의 여건도 고려하는 것이 좋다. 즉 지도교수 위촉에는 나와의 관계 이외에도 다양한 측면들을 검토해야만 할 필요가 있는 것이다.

지도교수의 대외적인 영향력은 지도제자들의 취업과 직결되기도 한다. 그러나 영향력이 있어도 지도제자를 적극적으로 추천하는 분이 있는가 하면 그냥 방치하는 분도 있다. 이것은 사람의 성격과 관련되는 부분이다. 즉 자기 사람을 챙기는 면인데 막상 챙겨주면 좋기도 하지만 피곤한 부분도 존재하게 마련이다. 아무래도 잘 챙겨주는 분일수록 요구하는 부분의 기대치가 크기 때문이다. 그러므로 반드시 어떤 경우가 좋다기보다는 자신의 상황과 성격에 따라서 맞는지를 판단하는 것이 중요하다.

나는 성격상 대인관계를 귀찮아한다. 그렇다 보니 지도교수와의 관계 역시 데면데면한 것이 좋았다. 그렇게 혼자 논문이나 모든 일을 알아서 처리해서 지도교수 역시 무관심한 분을 선호했다. 나 같은 경우는 대학원의 아웃사이더인 셈이다.

그런데 내가 아는 한 교수는 지도교수가 봐주기를 원했지만, 너무 방치하는 분한테 걸려서 고생했다고 한다. 그러면서 자신을 '야인'이라고 하는데, 의외로 이런 분들이 많이 있다. 아웃사이더가 스스로의 선택에 의한 것이라면 야인은 방치되어서 만들어진 것이다. 이런 상황에서도 학문적인 개인기가 있다면 졸업도 하고 교수도 될 수 있다. 그렇지 않은 경우는 도태될 수밖에 없다. 그러므로 대학원에서는 나에게 적합한 지도교수를 찾는 것이 무엇보다 중요하다. 그리고 해당 학과에서 이것이 불투명하다면 좀 더 돌아가는 한이 있더라도 다른 학교에 편입하는 길도 고려해보아야만 한다.

젊은 교수가 상대적으로 합리적이다

나는 선택권이 있으면 지도교수는 최대한 젊은 교수를 추천하는 편이다. 젊은 교수는 상대적으로 합리적이며 인사치레를 따지지 않는다. 이런 현상은 영·미권에서 유학한 분들에게서도 자주 나타나는 양상이기도 하다. 내 지도교수 중 한 분은 미국에서 유학하신 분이었다. 그런데 학기 말에 당신 연구실의 컴퓨터에 문제가 생겼다. 아무래도 이런 문제를 해결하기에는 젊은 학생이 도움되게 마련이다. 이 때문에 수업 시간에 컴퓨터 잘하는 학생이 도와주기를 요청했다. 한 학생이 기꺼이 도와주겠다고 하자 "지금은 말고 학점처리가 끝난 뒤에 도와 달라."고 했다.

그 이유는 아무래도 지금 도움을 받으면 학점을 공평하게 주기 힘들 것 같기 때문이라고 했다. 이런 말을 듣고 학생들 사이에서 "아직 저 어른은 미국물이 덜 빠졌어."라고 했던 기억이 있다.

보통사람들은 출신 학교 수준이 곧 교수의 등급이라고 판단한다. 그러나 나는 교수 수준을 학교로 구분하기보다는 임용 연도로 나눈다. 80년대부터 90년대 초반까지는 베이비붐 세대로 인하여 대학이 팽창하던 시기였다. 이 때문에 교수가 부족한 학교 현장이 나타나게 되었다. 당시에는 석사학위만으로도 교수가 되는, 요즘으로 치면 깜짝 놀랄 만한 사건들이 자주 벌어졌다. 지금은 박사학위가 없으면 강사도 못하는 것이 일반적이니 실로 격세지감이라고 하겠다. 그러므로 이 시대에 임용된 분들은 실력이 낮은 경우가 많다. 그러나 지금은 대학이 강력한 구조조정 상황 속에 처해 있다. 따라서 교수로 임용되기가 예전보다 훨씬 어려워졌다. 지금 교수에 임용되는 젊은 분들은 나름 능력과 재주가 있는 사람들이다. 즉 그 분야에 한칼이 있는 것이다. 그러므로 연줄로 교수가 된 분만 피하면 모두가 실력 있는 분들이라고 해도 과언이 아니다.

내가 말하는 '젊은 교수가 보다 합리적'이라는 말의 의미는 학문적 대화에 감정이 섞이지 않는다는 뜻이다. 설령 교수 자신의 생각과 다르더라도 분명한 근거에 입각해서 타당성만 갖추면 합리적인 분들은 그것을 용인한다. 대신 명확한 자료를 제시해야 하므로 학문적인 노동 강도는 더 높다. 또 이런 분들은 개인적으로 친해져도 이 친소관계와 학점 및 학위논문을 구분한다. 즉 친한 것은 친한 것이고 학업에서 요구되는 부분은 철저히 요구하는 것이다. 이런 점에서 공부하는 사람에

나에게 적합한 지도교수는 누구일까?
대외적인 영향력은 있는가?
임용연도는 어떻게 되지?
사고방식이 합리적인가?

게 많은 도움이 된다.

젊은 교수들은 앞 세대와 달리 사고방식이 개인화되어 있다. 그래서 제자라고 하더라도 좀처럼 무리한 것을 요구하지 않으며 예의 바르다. 즉 수평적인 관점이 강하다는 말이다. 이런 점에서 나는 선택권이 있다면 젊은 교수를 선호하는 것이다.

지도교수는 부모가 아니다

한국적인 정(情) 문화

내 지도교수님 중 한 분은 스승의 날만 되면 어떤 핑계를 대든 연구실에 계시지 않고, 다른 한 분은 어떤 일이 있어도 연구실을 비우지 않는다. 앞에 말한 교수님은 자신이 연구실에 있는 것이 학생에게 부담을 준다고 생각한 것이고, 연구실을 지키는 교수님은 학생들이 찾아오는 것이 기쁘고 보람이라고 생각해서라고 한다. 같은 교수임에도 이렇게까지 판단이 다를 수 있다.

그럼 어느 분의 판단이 맞는 것일까? 나름의 논리구조가 있으니 누가 맞다고 단정하기는 어렵다. 그러나 분명한 것은 연세가 드신 교수님일수록 유대관계를 중요시한다는 점이다. 이는 그 분들이 사셨던 시대적인 배경과 당대의 문화에 따른 것이다.

유대관계를 중시한다는 말은 관계가 좋으면 논문 수준이 조금 떨어지더라도 졸업이 될 수 있다는 의미도 된다. 이런 점에서 학업능력이 부족한 사람들은 이를 자신의 졸업과 관련해 적절히 이용하기도 한다.

스승의 날 연구실을 지키는 분들이 반드시 더 나이가 드신 분만 지도교수 선정 원칙에는 '경이원지(敬而遠之)'도 있다.
'공경하지만 멀리 한다'는 뜻이다.
달이 지구와 가까워져 자기 궤도를 잃어버리면
그것은 결국 달과 지구 모두에게 재앙이 된다.

은 아니다. 인간적인 정이 많은 경우도 여기에 포함되기 때문이다. 즉 이런 기회에 못 보던 제자들도 보고 같이 말해보고도 싶은 것이다. 이런 점에서 두 가지 교수의 성향에는 모두 장단점이 있으며, 여기에 정답은 없다. 그러므로 나와 보다 맞는 분이 누구인지를 아는 것, 이것이 바로 정답이 된다. 즉 객관적인 정답은 없지만 그럼에도 나와 관련된 주관적인 정답은 분명히 존재한다는 말이다.

교수 역시 전문가 이전에 인간이다. 그러므로 자신과 맞는 사람이 편하고 맞지 않는 사람이 불편한 것은 당연하다. 그러므로 상대적인 약자가 될 수밖에 없는 학생의 입장에서 교수의 성향을 분명히 파악해서 지도교수로 선정하는 것은 학생은 물론 교수의 입장에서도 중요하다.

한번 정도는 교수의 입장에서 살펴보라

사실 다른 면에서 생각해보면 교수 입장에서는 학생에게 일방적으로 간택되는 사람일 뿐이다. 이 점에서 교수 역시 자신과 안 맞는 지도 학생이 존재하게 된다. 그리고 나름대로 이것을 표현하는 방식도 가지고 있게 마련이다. 즉 교수는 전문가이지만 반드시 인격자는 아니라는 말이다. 그러므로 교수가 갑이라는 생각을 내려놓고 교수의 입장에서 한번쯤 생각해 볼 필요도 있는 것이다.

내 지도교수님 중에는 연세가 많고 술과 사람을 퍽이나 좋아하시는 분이 계신다. 그런데 하루는 내가 전화를 했는데 누군지를 못 알아보는 게 아닌가? 지도제자도 몇 되지 않는데 왜 그러실까 싶어 다음에 여쭤보았다. 그 까닭은 당신은 지도제자 번호는 휴대폰에 입력하지 않기 때문이란다. 왜냐고 여쭸더니, 술 먹다가 혹시 전화할까 싶어서라고 대답했다. 지도교수가 전화해서 나오라고 하면 안 나갈 수도 없고 나가도 괴로운 상황이 되기 일쑤다. 이런 경우를 당신이 무척 많이 봐왔고 그래서 당신은 절대로 이래서는 안 된다고 생각했단다. 실제로 지도제자를 불러서 같이 한 잔 하자는 분도 있고, 심지어 대리운전을 시키는 사람들도 있는 게 현실이다. 그런데 당신은 술이 취하면 자신을 통제할 수 없어서 아예 전화번호를 입력시키지 않는단다. 참으로 인간적인 분이다. 그러나 이런 분들은 실상 극히 소수에 지나지 않는다.

내가 가졌던 지도교수 선정 원칙에는 '경이원지(敬而遠之)'라는 것도 있다. 이는 『논어』에 나오는 구절로 '공경하지만 멀리 한다'는 뜻이다. 마치 달과 지구처럼 너무 가깝지도 않고 멀지도 않은 거리를 유지하는 것이 내가 바라는 지도교수와의 관계다. 달이 지구와 가까워져 자기 궤도를 잃어버리면 그것은 결국 달과 지구 모두에게 재앙이 된다. 그러므로 나는 인간적인 것을 좋아하지만, 그럼에도 너무 가까운 것은 바람직하지 않다고 생각한다.

지도교수를 믿지 말라

인간은 유전적으로 부모를 신뢰하고 믿도록 프로그램 되어서 태어난다. 이는 성장기간이 긴 인간이 어려서 부모를 믿지 못한다면 생존 자체가 어렵기 때문이다. 이런 점에서 학문에 있어서는 지도교수를 신뢰하는 측면도 존재하게 된다. 그러나 부모와 지도교수는 다른 존재라는 점을 이해할 필요가 있다. 부모는 무조건적으로 자식에게 희생하지만 지도교수는 그렇지 않은 경우가 더 많기 때문이다.

대학원에는 '졸업논문에 도장을 찍는 순간 갑과 을의 관계가 바뀐다'는 말이 있다. 지도제자의 졸업논문에 도장을 찍는 순간 지도교수의 가장 큰 무기인 졸업 권한은 무력화된다. 즉 속칭 목줄이 사라지는 것이다. 물론 이후에 학과에 남아서 강사라도 할 요량이면 이제 그 목줄은 다른 방식으로 존속된다. 그러나 이는 졸업 권한이라는 강력한 목줄에는 비할 바가 아니다.

실제로 지도교수가 무리한 요구를 한 경우에 도장을 찍고 난 후 관계가 끝나는 상황도 비일비재하다. 더 나아가 지도교수를 욕하는 경우도 심심치 않게 볼 수 있다. 내 지도교수님 중에는 졸업하기 전에는 잘 찾아가지 않다가 박사를 졸업한 후에 자주 찾아간 분이 있었다. 그랬더니 교수님이 "다른 사람은 졸업하기 전에는 뻔질나게 찾아오다가도 졸업하면 뜸한데 스님은 반댑니다."라고 말씀하시는 것이 아닌가. 그래서 내가 "졸업하기 전에 찾아 가는 것을 저는 반칙이라고 생각했기 때문입니다."라고 했더니 무척이나 기꺼워하셨다.

지도교수와 제자는 도장을 찍은 뒤에 인간관계가 재정립된다. 이것을 지도교수는 정확하게 알고 있다. 그렇기 때문에 어떤 경우는 제자의 졸업논문을 늦추는 경우도 존재한다. 명분은 '더 좋은 논문을 만들기 위해서'이지만, 실제로는 무임금의 질 좋은 노동력을 놓치기 싫어서인 것이다. 그러므로 지도교수는 지도제자가 반드시 빨리 졸업하길 원하고 있다고 생각하는 것은 오산이다. 물론 나처럼 '경이원지'하는 자세를 취하고 있으면 이용가치가 별로 없기 때문에 졸업을 막을 이유도 없게 된다. 즉 너무 친하게 된 경우에 전혀 그럴 것 같지 않은 상황에서 가끔은 의외의 결과가 도출되는 것이다. 그러므로 교수를 믿지 말고 스스로에 의지하는 것이 낫다.

붓다는 법사의(法四依)에서 '의법불의인(依法不依人)' 즉 진리에 의지하고 사람에 의지하지 말라고 가르쳤다. 이 사람 안에는 당연히 지도교수도 포함된다. 지도제자의 목적은 스승을 넘어서는 독립인으로 우뚝 서는 것이라는 점을 잊어서는 안 된다. 그러므로 지도교수를 믿지 않는 것은 정당한 학문의 전통에서는 지극히 당연한 결론일 수 있다.

06

대학원 외전

시간강사는 교학상장의 기회다

공부 내공과 강의 내공은 다르다

박사과정을 졸업하면 학과에서 강좌를 받게 된다. 일명 보따리장수라고도 하는 시간강사다. 시간강사를 할 수 있는 기회가 오면, 좋은 경험이므로 해보는 것이 좋다. 즉 경력 삼아 한다고 생각하면 편하다. 박사졸업자가 적은 예전에는 박사과정생에게도 시간강사 자리를 주곤 했다. 그때 교수님들이 흔히 하는 말이 '교학상장(敎學相長)' 즉 '가르치면서도 배우는 게 많으니 해보라는 것'이었다. 그러나 우리 때만 해도 박사과정생이 시간강사가 되는 경우는 드물었다. 나 역시 박사과정을 수료하고 나서 시간강사를 시작했었다. 그러나 지금은 박사학위가 없으면 시간강사조차 할 수 없는 것이 일반적이다. 그것도 졸업 학교의 출신 학과가 아니면 쉽지 않다. 그만큼 지금은 박사가 많은 것이다.

처음 시간강사가 되면 어리둥절하기 일쑤다. 다른 사람 앞에서 말할 기회가 별로 없기 때문에 그 대상이 학부 학생이라고 하더라도 진땀이 난다. 실제로 대부분은 너무 준비를 많이 해서 망치곤 한다. 수업은 내용의 전달만이 아니라 유연한 분위기도 한 몫을 한다. 그런데 너무 경직되어 있어 이런 부분을 놓치고 마는 것이다. 학생들은 전공능력은 부족하지만 강의테크닉 판단은 분명하다. 즉 직접 하지는 못하지만 판단하는 눈은 갖추고 있는 것이다.

처음으로 강의 시간이 배정되면 일반적으로 추천한 교수님은 학생들에게 강사의 수업에 대해서 물어본다. 일종의 여론조사인 셈이다. 이때 좋은 평가가 나오면 강사 생활이 편하다. 이런 여론조사는 학교가 바뀌게 되거나 어려운 과목이 걸릴 경우에도 예외 없이 이뤄진다. 그러므로 너무 서둘러서 강사 생활을 하기보다는 다수의 군중 앞에서 말하는 것이 편해진 뒤에 시작하는 것이 유리할 수도 있다.

나와 같은 종교인은 사람들 앞에 서서 말할 기회가 많다. 그렇다 보니 군중을 두려워하지 않는다. 아니 어떤 의미에서는 사람들이 많은 것이 더 편할 때도 있다. 일종의 무대 체질이라고 할 수 있다. 그러나 보통 사람들에게 다수의 청중은 곧 공포의 대상이다. 머릿속이 하얘지는 뇌세탁과 기억 청정기능이 작동하는 것이다. 이렇게 한번 수업을 망치게 되면 이후 부정적인 생각을 긍정적인 관점으로 바꾸는 데는 실로 오랜 시간이 걸리게 된다. 또 이러한 결과가 다음 학기 강의 과목 유무와 강좌 숫자와도 연동된다는 점에서 주의할 필요가 있다.

프로는 일감을 가리지 않는다

내가 여러 강좌를 많이 맡아서 강의할 때는 교수보다 더 많이 번다는 말이 있을 정도였다. 일명 럭셔리 강사다. 이것이 가능했던 것은 일단 내가 군중을 두려워하지 않았다는 점이다. 그리고 어떤 과목이든 나는 수업할 준비가 되어 있었다. 특정 교수가 지도제자를 키워주기 위해 강사로 쓸 경우 처음에는 쉬운 과목을 배정해준다. 그리고 설령 잘 못하

시간강사를 할 수 있는 기회가 오면,
좋은 경험이므로 해보는 것이 좋다.
'교학상장(敎學相長)',
즉 가르치면서 배우는 것이 많다.

더라도 1년 정도 나아지기를 기다려준다. 그러나 같은 학교나 학과 출신이 아닌 사람을 강사로 쓸 때는 그 학과에 마땅한 전공자가 없거나 과목을 진행할 적당한 사람이 없는 경우다. 이 말은 곧 그것이 어려운 과목이라는 의미도 된다.

강사는 다음 학기에 더 하자는 연락이 없으면 끝나는 최강의 을이다(현재 이러한 구조를 개선하기 위한 '강사법' 적용이 시행되려는 단계에 있다). 이 구조에서 살아남기 위해서는 "어떤 전공 외에는 못하는데요."가 아니라, "내가 그 과목 전공자입니다."라고 할 수 있는 배짱이 있어야 한다. 그러고 난 뒤에 노력해서 그 말에 맞춰버리면 그만이다. 실제로 나는 다전공자이기 때문에 학문의 변화 속도에 매우 빠르게 적응한다. 마치 어려서 여러 언어를 배운 사람이 커서 새로운 언어에 대한 학습능력도 월등한 것과 같다. 적임자를 찾기 어려운 과목을 진행하면 힘들기만 한 것은 아니다. 그 과목 나름대로 장점도 있다. 이런 과목을 장악하게 되면 일개 강사라고 해도 갑을 관계가 성립할 수 없다. 학과에서는 필요한 과목인데 마땅히 수업할 사람이 없으니 누구에게 뺏길 염려 없이 계속 가기만 하면 되는 것이다.

수업하기 편한 과목을 강사들은 누구나 선호한다. 그렇기 때문에 이런 과목의 강사는 가장 잘 바뀐다. 그러므로 안정적인 측면에서는 남이 싫어하는 과목을 잡고 있는 것이 더 유리하다. 또한 자신만의 주특기를 개발해서 갑의 자리를 만들어가야 할 필요가 있다. 이는 교수의 임용에 있어서도 그대로 적용되는 매우 유용한 기술이다.

교수 임용은 어떻게 이뤄지는가?

학과의 전횡과 대학의 견제

교수 임용은 대학으로서는 새로운 교원을 채용하는 것인 동시에 학과에서는 같이 할 동료를 선택하는 일이다. 따라서 여기에 학교와 학과라는 양쪽을 모두 조율할 필연성이 존재한다. 과거에는 학과의 입김이 강했다. 이 점이 자신과 친한 사람을 당겨오는 문제점을 양산하자 최근에는 학교에서 정하는 기준이 우선시되는 경우가 점차 늘어나고 있다.

학과에서 신임 교수를 뽑는 일을 주도하게 되면 학과에서 가장 강력한 발언권을 가진 교수가 추천한 사람이 뽑히는 경우가 많다. 아예 누구를 내정한 상태에서 모집과 관련된 전공 공고를 내는 것이다. 보통 교수 임용은 전공 지원자가 3배수가 되어야 진행된다. 이렇다 보니 내정된 사람이 있을 경우에 나머지 두 사람은 들러리가 되고 만다.

학과를 주도하는 교수가 없다면 일반적으로는 그 학과 출신으로 기존 교수들과 관계가 원만한 강사가 임용된다. 그런데 이렇게 되기 위해서는 강사 시절에 기존 학과의 모든 교수에게 약자가 되어야 하는 문제가 있다. 즉 하염없이 기어야 되는 비극적인 상황이 발생한다. 이런 환경에서는 공부능력이 신장하지 못하고 또 교수가 되어서도 줏대가 없게 된다. 결국 학과의 수준이 점차 떨어지게 된다. 이런 문제 때문에 대학 당국은 학과가 임용 과정에서 전횡하지 못하도록 견제 장치를 만들게 된다. 먼저 기본 자격 기준을 높이고 논문에 대한 양적평가와 질적평가 그리고 면접 배점 비율을 정하고 이를 투명화하는 것이다. 학과 내의 인간관계가 좋은 사람은 대부분 논문 실적이 부족하게 마련이다. 즉 뽑아주려고 해도 예선에서 탈락하는 현상이 벌어지는 것이다. 예컨대 대기업의 면접관을 알아도 본선에 올라와야 그 사람이 영향력을 발휘할 수 있는 상황을 생각하면 되겠다.

학과의 지능적인 반격

학과는 학교의 견제를 극복하고 자신에 맞는 사람을 뽑으려고 한다. 이 과정에서 대상자의 논문 실적이 부족하면 전공을 특화시켜서 필요한 인원에 대한 모집을 요청하기도 한다. 예컨대 교수 임용 공고를 '한국고대사'라고 내면 학과에서 미는 사람이 되기 어려운 경우에 한국고대사 중에서 '신라사 전공자에 한함'이라는 부기를 붙이는 것이다. 교수 임용 공고에서 이런 특화된 부기가 붙어 있으면 거의 짜고 치는 판이라고 이해하면 된다.

학교 역시 이런 특별 조항의 불합리성에 대해서 잘 알고 있다. 그러나 학과가 단합해서 특정 전공자가 필요하다고 줄기차게 요청하면 마땅한 방법이 없는 것도 사실이다. 대부분 이런 경우에는 학과에서 충원 계획을 올리면 학교에서는 반려하고, 이렇게 계속해서 공회전하다가 어느 한쪽이 궁지에 몰려서 승복하는 것으로 끝나고 만다. 즉 끈질긴 쪽이 이기는 것이다.

학과가 화합이 잘되는 경우는 생각보다 많지 않다. 학과는 교수라는 자존심이 강한 전문직 사람들이 서로 모여 있는 구조이기 때문이다. 오죽했으면 '교수 세 명을 데리고 가는 것보다 벼룩 서 말을 몰고 가는 것이 더 쉽다'는 말이 있겠는가.

화합이 잘 되지 않는 학과는 신임교수 임용 문제가 걸리면 한 사람으로 쏠리기보다는 두 사람으로 쪼개지는 경우가 많다. 이것은 서로 관계가 안 좋은 교수들이 각자 다른 후보를 밀어 자기 사람을 심어 상대를 궁지에 몰고자 하기 때문이다. 이런 경우에 상황에 따라서 전혀 엉뚱한 결과가 나오기도 한다.

내가 목격한 임용에서는 학과 교수들이 두 팀으로 나뉘어 서로 다른 후보에게 극단적인 점수를 줬다. 그 결과 전혀 안면도 없이 허실 삼아 지원한 들러리 지원자가 1등이 되어 임용되었다. 이런 경우도 있기 때문에 만일 교수가 목적이라면 부지런히 지원하는 것도 하나의 방법이 된다. 왜냐하면 떨어지는 과정에서 임용의 맹점을 정확하게 간파할 수 있기 때문이다. 그래서 '교수 임용은 임명장을 받기 전까지는 모르는 일'이라는 말도 있다.

능력 없는 사람을 선호하는 아이러니

교수들은 자존심이 강하고 개인주의적인 성향이 강하다. 그렇기 때문에 학교 발전을 위해서 객관적으로 능력 있는 사람이 들어오는 것을 원치 않는다. 그보다는 이미 안면이 있는 편안한 사람이거나 자신보다 실력이 떨어지는 사람을 선호한다. 아무래도 강력한 실력자가 들어오면 비교가 되면서 기존의 안정적인 판이 흔들리기 때문이다. 또 대부분 능력자들은 고분고분하지 않는 뻣뻣한 성격을 가지고 있다. 이는 재주 있는 사람들이 가지는 자존감이기도 하다.

나 역시 나를 지지하는 교수님에게 "스님은 논문을 너무 많이 쓰기 때문에 임용이 어려울 겁니다. 교수가 되고 싶으면 논문 쓰는 양을 줄이세요."라는 말을 들은 적이 있다. 사람들이 꺼려해서 밀어낸다는 의미다. 이런 게 바로 교수 사회의 현주소다. 물론 일부 교수들은 후속 세대와 자신이 몸담고 있는 학교의 발전을 위해서 능력 있는 사람이 들어와야 한다고 주장한다. 그러나 이런 분들은 아직까지는 소수에 지나지 않는다.

능력 있는 사람을 밀어내는 교수들의 사고방식은 학교의 경쟁력에 있어서 매우 부정적이다. 그렇기 때문에 학교는 점차 객관화된 지표를 중심으로 하는 교수 임용을 추진하는 쪽으로 변모하고 있다. 덕분에 예전과는 달리 현재는 논문 실적이 가장 많은 사람을 면접점수만으로 뒤집어버리기는 쉽지 않게 되었다. 사실 지난한 노력에 해당하는 실적점수를 불과 10분도 안 되는 면접점수로 뒤집어버린다는 것은 야만이다.

그럼에도 불구하고 학과는 끊임없이 부리기 편하고 약한 사람을 교수로 원한다. 이런 문제점 때문에 일부 학교에서는 학교가 교수 임용 과정 전체를 주관하고 학과 교수들은 이를 보조하는 역할만 하는 경우도 있다. 학교의 발전과 학문의 발전을 위해서 이런 방식은 매우 바람직하다. 단 여기에는 재단의 검은 개입이 없는 투명한 지표가 존재해야만 한다는 전제가 붙는다.

누구나
논문의
신이
될 수
있다

01
논문은 합리적인
거짓이다

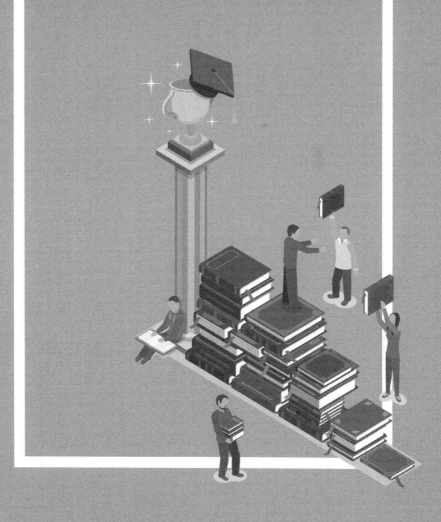

논문은 지성의 산물일 뿐 완벽한 진실은 아니다

논문은 진실에 대한 탐구이자 추리소설이다

사람들은 논문은 전문적이고 확실하다고 생각한다. 그러나 이공계의 논문이란, 더 높은 진실을 규명하기 위한 수단으로서의 또 다른 거짓일 뿐이다. 과학이란 끊임없이 발전하는 것이므로 지금 우리가 진실이라고 판단하는 모든 가치들은 사실 작업가설적인 제한된 진실이기 때문이다. 인문학의 논문 역시 마찬가지다. 이미 사라진 과거에 대한 남은 단편을 가지고 논리구조상에 문제가 없는 해법을 제시하는 것이 인문학의 논문이다. 왕건이나 이성계가 어땠다는 판단을 현존하는 사료만으로 재구성하는 것이 완벽한 진실일 수는 없다는 말이다. 그래서 나는 '논문은 합리적인 거짓'이라고 정의한다.

대부분 인문학적인 진실은 지나가버린 과거 속에 존재한다. 그것을 완전히 복원해낸다는 것은 누가 봐도 불가능한 일이다. 그러므로 '오직 모를 뿐'이야말로 정답인 것이다. 그러나 그렇다고 해서 이렇게만 방기하고 있을 수는 없다. 논문이 비록 완벽한 복원을 이루지는 못하지만 최선의 복구 작업을 통해서 최상의 결과물을 도출할 수는 있다. 이것이 바로 인문학에서 말하는 논문의 의미다. 그러므로 논문은 완전하진 않지만 그 자체로 충분한 가치를 내포하는 지성의 산물일 수 있다. 논문에서 중요한 것은 관련 자료를 빈틈없이 찾아내서 공통분모를 도출하고, 이를 통해서 새로운 결과를 산출해내는 작업이다. 즉 이미 알려진 것을 가지고 모르는 부분으로 진일보해나가는 노력이 논문인 것이다.

논문의 목적은 진실에 대한 탐구다. 그러나 이 작업은 동시에 인간에 대한 설득을 내포하고 있다. 논문을 읽는 사람이 고개를 끄덕일 수 있도록 만들어야 비로소 논문이라는 말이다. 설득하기 위해서는 일관된 논리 전개가 필수적이다. 즉 정답이 없는 문제에서 정답을 추구하고 그 과정에서 상대를 설득하는 다중의 복합적인 작업이 바로 논문 창작이다.

하나의 체계적인 글쓰기 구조가 논문으로 인정받고 공인되는 것은 그것이 정설이 된다는 뜻이다. 그리고 이 과정에는 전문가의 심사 즉 판단이 존재한다. 이 심사를 통과하기 위해서 논문은 기본적인 자료 조사는 물론 탄탄한 구상과 일관된 전개라는 스토리가 존재해야만 한다.

논문이란 어떤 의미에서는 추리소설과 같다. 이미 가지고 있는 작은 단서들을 조합해서 지금은 사라진 퍼즐의 다른 조각을 찾아내야 하기 때문이다. 물론 논문 중에는 실험의 결과와 새로운 발견을 보고하는 형식도 존재한다. 그러나 이러한 소개 논문은 진정한 논문이라고 하기에 다소 부족한 면이 있다. 마치 범인이 너무 명백하면 재미있는 추리소설이 될 수 없는 것처럼 말이다.

다양성에 정답은 없다

소개 논문은 대상이 극히 제한적이다. 예컨대 우리가 전혀 모르는 새를 발견해서 소개한다는 것은 장시간의 탐험과 노력을 요하는 어려운 일이기 때문이다. 이렇게 소개 논문은 논문을 작성하는 것은 쉽지만 논문의 바탕이 되는 새로운 발견은 어렵다. 이에 비해서 우리가 이미 아는 새에 대한 새로운 습성을 탐구해서 밝히는 작업이 일반적인 논문이다. 그리고 이 작업은 이것의 정확성과 유용성을 이전의 전문가들에게 인정받아야만 한다. 이러한 과정을 겪고 나야 한 편의 논문이 완성되어지는 것이다.

논문은 정답에 대한 추구일 뿐 그것이 불변의 정답일 수는 없다. 이런 점에서 하나의 문제에는 다양한 답이 공존할 수도 있게 된다. 희랍 철학자들이 수학이 진리를 대변한다고 열광했던 이유는 수학에는 하나의 정해진 답만이 존재하기 때문이었다. 그러나 수학에서 π가 끝나지 않는 무리수인 점을 보면, 현실에서 정답을 기대한다는 것은 그 자체가 이미 난센스다.

논문에서도 바로 이 점을 인정할 필요가 있다. 즉 하나의 문제에 다양한 각기 다른 관점의 논문들이 동시에 존재할 수 있는 것이다. 어떤 의미에서 이와 같은 다양성이야말로 진리의 참된 속성이라고 하겠다. 논문은 바로 이러한 진리를 그림자처럼 바짝 추격한다. 실제로 나는 한 문제에 대해 총 3가지 관점의 논문을 3편으로 나누어 쓴 적도 있다. 남아 있는 퍼즐 조각만으로는 3가지의 가설이 모두 가능했기 때문이다. 또 나는 이를 각각의 논리로 타당성을 변증해서 각기 KCI 논문으로 수록했다. 즉 3가지 답을 모두 인정받은 셈이다.

이 밖에도 나는 하나의 논문을 완성해서 발표한 뒤에 추후에 내 주장에 내포하는 논리의 허점을 인지하고는 이에 대한 새로운 반박 논문을 쓰기도 했다. 어떤 사람들은 자신의 논문을 자신이 비판하는 것은 타당하지 않다고 말하기도 한다. 그러나 나는 자신에 대한 비판이야말로 학자의 진정한 양심이라고 생각한다. 사람은 누구나 틀릴 수 있고 논문 역시 이러한 인간적인 행위를 반영하는 산물에 불과하다. 그러므로 논문에 대한 절대성을 버리는 것이 중요하다. 이것이 극복되면 논문을 쓰는 사람은 훨씬 더 자유로운 공간에서 무한의 가능성과 조우하게 되기 때문이다.

새로운 관점이 논문을 만들어낸다

새로움이라는 함정에서 벗어나라

기존의 연구들을 재검토하고 이것을 완전히 뛰어넘는 새로운 관점을 제기하는 논문은 더할 나위 없이 훌륭하다. 이런 점에서 이런 논문은 발명특허 같은 논문이라고 할 수 있다. 마치 벨이 전화기를 만들고 빌 게이츠가 윈도우(Window)를 만든 것처럼 그것은 새로운 시대를 만들어 낼 수 있는 큰 걸음이기 때문이다.

그러나 다시 생각해보면 이러한 새로움이란 결코 쉬운 일이 아니다. 그러므로 이런 생각으로 논문에 접근한다면 단언컨대 그 사람은 논문을 쓸 수 없다. 이것은 붓을 잡자마자 왕희지처럼 쓰고 화폭을 마주 대하자마자 모나리자를 그리겠다는 생각이기 때문이다. 논문을 처음 쓰는 사람들은 대부분 이런 문제점에 봉착한다. 그러나 내가 생각할 정도면 다른 사람들도 이미 생각해보았기 마련이다. 그래서 선행연구를 검토해보면 더 이상은 내 주장을 낼 공간이 없다는 것을 자각하고 좌절하기도 한다. 그러나 이것은 너무 커다란 밑그림을 그리기 때문에 발생하는 오류일 뿐이다.

스마트폰과 같은 기기를 새롭게 만들려고 하지 말고 현재의 스마트폰의 문제점에 대해서 집중해보라. 누구나 아는 스마트폰의 배터리 문제를 한 번 생각해보자. 배터리를 오래 가게 하기 위해서 단순하게는 화면의 크기나 화소를 줄여서 전력 소모를 절약할 수 있다. 반대로 배터리 용량을 늘릴 수도 있다. 또한 배터리를 갈아끼우는 방식과 충전 속도를 증대시키는 방법도 개발할 수 있다. 물론 가장 근본적으로는 배터리 기술을 개발해서 밀도가 높고 가벼운 배터리를 만들어내는 것이 궁극적인 관건일 것이다. 배터리와 관련한 주제들은 근원적인 새로움은 아니지만 문제 해결과 관련된 부분적인 새로움인 것만은 분명하다. 바로 이런 모든 면이 논문거리라고 생각하면 된다. 이렇게 생각하면 논문은 생각보다 쉽고 주제는 주변에 널려 있다. 물론 여기에는 자신이 주장하는 타당성을 근거자료와 논리적인 설득을 통해서 변증해야만 한다는 전제가 존재한다.

특허에는 '발명특허'와 '실용신안특허', 두 종류가 있다. 건물로 얘기할 때 발명특허가 신축이라면 실용신안특허는 부분적인 개·보수와 리모델링에 해당한다. 어떤 사람은 개보수는 기존 건물의 문제점에 대한 수정이라는 점에서 논문일 수 있지만, 리모델링은 새로운 부분이 없기 때문에 논문이 아니라고 주장한다. 그러나 리모델링 역시 충분한 의미와 새로움을 가질 수 있고 이 역시 논문이 될 수 있다. 왜냐하면 새로움 없이 리모델링하는 것은 불가능하기 때문이다.

황룡사에 관한 연구는 지금까지 100여 종이 넘는다. 이런 각각의 연구는 모두 나름의 주장과 타당성을 확보하고 있다. 1238년에 몽고군의 방화로 소실된 후 빈터만 남은 사찰에 대한 연구가 100여 종이나 되는데, 완전히 새로운 연구가 과연 더 나올 수 있을까? 나의 답은 '없다'이다. 바로 그렇기 때문에 황룡사 연구는 기존의 연구들을 재가공하는 리모델링 방식으로 전개될 수밖에 없다. 이 과정에서 중요도에 따라 정확한 교통정리를 하면 이것으로도 논문의 의의는 충분하다. 물론 이러한 작업을 완수하기 위해서는 보다 세심하고 심도 있는 사유가 동반되어야만 한다.

논문에도 기술이 필요하다

주변에서 논문을 쓰려고 해도 주제를 잡지 못하겠다는 사람들을 자주 만난다. 그러나 그들의 문제는 근본적으로 논문이 무엇이라는 관점이 뚜렷하지 않은 데 있다. 당구 선수가 도저히 칠 수 없을 것 같은 위치에서 각을 뽑아내 공을 쳐내는 것처럼 그곳에는 특별한 눈, 즉 관점이 필요하기 때문이다. 여기에는 잘 치는 능력도 중요하지만, 그보다도 관점이라는 기술적인 측면이 더 크게 요구되는 것이다.

　　네모반듯한 나대지에 어떤 건물을 지어야 하는지는 누구나 생각할 수 있는 쉬운 일이다. 그러나 불가사리 같은 비균형적인 형태의 땅에 효율적인 건물을 올려야 한다면, 여기에는 반드시 새로운 관점이 필요하다. 논문 쓰는 것도 이와 같다. 그러나 모양 좋은 나대지는 이미 앞선 선배학자들에 의해서 점유되어 있는 상태다. 그러므로 후배의 입장에서는 비균형적인 땅을 선택하거나 또는 리모델링을 선택할 수밖에 없는 것이다. 그리고 여기에는 건축과 관련된 자본 이외에도 변별적인 관점이 필요한 것이다. 자본이 공부 내공이라면 관점은 공부 기술이다. 기술은 자본을 절약하면서도 목적을 효율적으로 달성할 수 있도록 해준다. 이것이 현시대에 논문의 기술이 필요한 이유다.

완전한 논문에 대한 환상을 버려라

논문은 잔도(楼道)의 일부분이다

중국의 역대 왕조는 전란이 발생하면 서남쪽의 사천(四川)으로 피난을 가곤 했다. 『삼국지』의 촉 땅에 해당하는 사천은 산세가 험준해서 잔도를 이용한 방어가 용이했기 때문이다. 잔도란 벼랑에 수평으로 나무 막대를 박고 그 위에 판자를 까는 좁은 길을 말한다. 한 사람이 지키면 만 명이 통과하지 못하는 것이 바로 이 잔도다. 또 유사시에는 이 잔도에 불을 지르고 퇴각하면 적은 길을 새로 만들면서 와야 하기 때문에 말 그대로 하세월이 걸리게 된다.

　　『삼국지』를 보면 유비 역시 이 방법으로 군대를 추스를 수 있는 시간을 버는 대목이 등장한다. 그러면 군대를 재정비한 유비가 다시 중원으로 나가기 위해서는 어떻게 해야 할까? 자신이 불태운 잔도를 다시금 하나하나 복구하면서 나가야만 한다. 논문 작업도 사실 잔도를 복구하는 것과 같다. 만일 학문의 대상이 역사학이라면 그것은 과거에 엄연히 존재했던 사실이지만 현재는 불타버린 잔도와 같다. 이 상황에서 벼랑에 나무막대를 하나씩 박고 그 위에 나무판을 깔아서 조금씩 전진해 나가야 한다. 이러한 지난한 작업을 반복하다 보면 결국 전체의 잔도가 복구되는 것이다.

　여기에서 한 편의 논문이란 전체의 잔도가 아니라 그 잔도를 구성하는 하나의 나무막대, 혹은 나무판일 뿐이다. 이렇게 보면 잔도 하나에 얼마나 많은 논문이 가능한지 알게 될 것이다. 사람들은 흔히 잔도 전체가 논문이라고 생각한다. 이 때문에 잔뜩 어깨에 힘이 들어간 채 논문을 쓰지 못하게 되는 것이다. 대상이 너무 크면 엄두가 나지 않는다. 그러나 잔도는 많은 논문이 모인 것일 뿐이다. 마치 지그소(jigsaw) 퍼즐이 수많은 조각들을 끼워맞춰 전체의 그림을 완성하는 것처럼 말이다. 이것을 이해한다면 논문의 주제는 다양하게 널려 있으며 논문을 쓰는 것이 공원에 산책 가는 것처럼 쉬운 일임을 알게 된다.

　스마트폰은 스티브 잡스가 만든 결과물이다. 그러나 스마트폰의 모든 부분을 스티브 잡스가 만든 것일까? 우리는 스마트폰 이전에 PDA폰과 같은 존재가 아날로그폰과 스마트폰의 연결고리였다는 것을 알고 있다. 또 여기에는 당연히 인공위성을 통한 인터넷 기반의 일반화도 존재해야만 한다. 이와 같은 여러 기반을 바탕으로 잡스가 시대적인 요구를 읽어서 만든 것이 바로 스마트폰이다. 즉 시대적인 요청에 따라서 스마트폰으로 관련 기술들이 집대성된 것이지, 이 모든 것을 잡스가 혼자서 만든 것은 아니라는 말이다.

　논문도 마찬가지다. 작은 논문들이 모여서 어느 순간 질적인 변화를 일으키면서 기존의 학설을 뒤집어버린다. 그 마지막 화룡점정의 존재가 내가 될 수도 있지만 그렇지 않을 수도 있다. 그러나 분명한 것은 최후의 화룡점정은 게임에서 좋은 아이템을 획득하는 것과 같이 꾸준히 출석해서 몬스터를 사냥하는 사람에게 돌아간다는 점이다. 또 스

작은 논문들이 축적되어
질적 변화를 이끄는 대변화의 순간이 찾아온다.
그러므로 '완전한 논문'에 대한 환상을 버리고,
현재의 주어진 조건에 보다 집중할 필요가 있다.

마트폰에서는 스티브 잡스가 화룡점정의 주인공이 되었지만 그렇다고 해서 스티브 잡스만 의미 있는 존재는 아니다. 그 이전의 다양한 기술의 축적 역시 스티브 잡스만큼이나 유의미하다. 즉 설령 오류가 있다고 하더라도 작은 논문들이 축적되어 결국 양적 변화가 질적 변화를 이끄는 대변화의 순간이 찾아오는 것이다. 이런 점에서 완전한 논문이라는 환상을 버리고 '주어진 조건 안에서의 최선'이라는 현실에 보다 집중할 필요가 있다. 이것이 논문을 쓰는 사람이 가져야 할 기본적인 자세다.

논문은 결국 창의력 싸움이다

스티브 잡스가 여러 기술들을 총집합해서 스마트폰을 만들 수 있었던 가장 중요한 요소는 무엇일까? 그것은 바로 관점의 차이 즉 창의력이다. 기존에 있던 선행연구에 대한 참신한 재해석이 바로 논문의 관건이다. 공부를 하다 보면 무당과 같은 신기가 생기게 된다. 그래서 명확한 근거가 없어도 분명히 어떠했을 것이라는 판단이 서곤 한다. 마치 촉이 좋은 형사가 범인을 직감하듯이 말이다. 그러나 그것을 최종적으로 완성하는 것은 감각이 아니라 증거, 즉 자료다.

　　사람들은 논문이라고 하면 단순히 자료 싸움이라고 생각하기 쉽다. 그러나 "구슬이 서 말이라도 꿰어야 보배"라는 속담처럼 자료를 재구성해서 상품화시키는 것은 언제나 관점이다. 그리고 이와 병진(竝進)해서 새로운 관점을 뒷받침하는 자료를 모으는 지난한 노력이 존재한다. 이 작업에는 실로 엄청난 짜증을 동반하는 인내가 함께한다. 즉 논문의 머리는 관점이며 자료는 손발인 셈이다. 그렇다면 이 새로운 관점이란 어떻게 생기는 것일까? 무당의 신기에는 신이라는 외부적인 요소가 존재한다. 반면 학문에서는 지난한 노력을 통한 날선 촉의 유지가 있을 뿐이다. 수준이 높은 전문가일수록 이러한 추론에서의 오차 범위는 작다. 마치 명탐정일수록 추리의 오류 범위가 좁으며, 유능한 골잡이는 자신이 어디쯤에 서 있어야 하는 것을 직감적으로 인지하는 것처럼 말이다. 그러나 이들을 자세히 살펴보면 그 기초에 모두 자기를 극복하고 꾸준히 단련하는 모습, 즉 노력이라는 융단이 깔려 있음을 알게 된다.

고정관념을 내려놓으면 논문 주제가 보인다

논문 역시 시대적 요구의 산물이다

E. H. 카는 『역사란 무엇인가』에서 역사를 '과거와 현재의 끊임없는 대화'라고 정의했다. 그러나 한 번 더 생각해 보면 세상에 그렇지 않은 것이 있을까? 사람들은 논문은 확실하다고 생각하지만 이 역시 과거와 현재의 대화일 뿐이다. 예컨대 이성계는 오늘날에는 쿠데타로 집권한 왕조의 개창자일 뿐이지만, 조선 왕조에서는 천명(天命)을 받아 억압받던 민중을 해방시킨 영웅이었다. 즉 시대적인 변화에 따라 관점의 변화 역시 존재하는 것이다. 이러한 변화 흐름 속에 논문 역시 흘러가고 있다. 특히 그 변화가 끊임이 없다는 점에서, 논문은 새로운 관점 속의 무한한 다양성을 확보할 수 있게 된다. 논문은 시대적인 타당성에 맞춰서 답을 낼 뿐 그것이 불변의 진리나 정의는 아니다. 이런 점에서 우리는 논문에 대하여 보다 자유롭게 열린 생각을 가져야만 한다.

일제강점기에는 일제의 지배를 정당화하는 논문이 있었고, 독재 시절에는 독재의 타당성을 강조하는 논문이 존재했다. 이것은 진리나 정의가 아니다. 그러면 진리나 정의란 무엇일까? 그것은 사실 시대적인 기호와 축을 같이하는 영원한 허상일 뿐이다. 이런 점에서 우리는 논문이 진리나 정의에 대한 추구라는 허상을 지워버릴 필요가 있다. 또 논문이 현재와 끊임없이 조우한다는 점은 논문의 배점에서 현재적 요구가 반영되는 것이 보다 유리하다는 판단도 가능하다. 즉 논문이 논문으로서 인정받는 과정에는 논문 심사 통과라는 부분이 존재하는데, 바로 여기에서 현대성이라는 측면이 작용한다. 이런 점에서 논문에 대한 보다 효율적인 인정(認定)과 통과가 필요하다면, 현대적인 측면 역시 간과되어서는 안 된다고 하겠다.

논문은 남들이 놓치고 지나가는 현상에 대해 새로운 의미를 부여하고 이를 재해석하는 작업이다. 이런 점에서 논문은 숨은그림찾기와 같다. 숨은그림찾기는 언뜻 보면 전체 그림에 가려 숨은 그림이 보이지 않는다. 그러나 숨은 그림에 초점을 맞추면 전체의 그림과 더불어 존재하는 숨은 그림이 드러난다. 그러다 나중에는 전체 그림과 숨은 그림이 함께 보이는 상태가 된다. 무관심한 사람은 좀처럼 숨은 그림을 찾을 수 없는 것처럼 특별한 관심이 없으면 논문거리도 찾을 수 없다. 실제로 논문 쓰기에 익숙한 사람은 남들은 전혀 논문거리가 없다고 판단하는 학문의 사막 같은 환경에서도 논문 주제를 뽑고 구상을 완성한다. 이것은 훈련을 통해서 숨은 그림을 찾는 능력이 배가되었기 때문이다.

또 우리는 숨은그림찾기를 계속하다 보면, 대충 어떤 사물이 어떤 큰 그림 사이에 섞여서 쉽게 감추어지는지에 대한 패턴을 알게 된다. 즉 이 바닥에도 촉이 있는 것이다. 마지막 한 개가 도저히 찾아지지 않으면 그림을 옆에서 보거나 심지어는 뒤집어서 보기도 한다. 새로운 결과를 얻기 위한 관점의 전환인 셈이다. 바로 이러한 측면들이 논문의 구상에서도 그대로 존재한다. 그렇게 산길 옆에 나 있는 산삼처럼 수많은 사람들이 지나간 곳에서 찾지 못한 논문 소재를 안목이 있는 사람은 한눈에 판단해낸다. 물론 이렇게 되기 위해서는 고정관념을 내려놓은 열린 관점과 예민한 감각은 필수라고 하겠다.

화산처럼 분명하게 드러나는 논문

논문이란 자료를 바탕으로 지금까지는 없던 변별적인 논리구조를 세우는 작업이다. 이런 점에서 주제의식을 가지고 면면히 이어가는 글쓰기를 전개하는 것은 무척 중요하다. 물론 논문의 글쓰기 방식은 다양하다. 단서들을 나열해서 확실성을 높이기도 하고, 전혀 다른 자료들을 제시하고 최종적으로 이것들을 하나로 연결해 결론을 도출하기도 한다. 이 외에도 읽는 사람에게는 잘 잡히지 않는 작은 비약들을 더해 연구자가 쓰는 방향으로 독자가 고개를 끄덕이게 만들어야 할 필요도 있다. 또 연구자는 논문의 주제와 참고자료의 한계 및 명확성을 감안해 상대를 설득하는 최적의 방법을 찾아내야만 한다.

가장 쉬운 논문은 당연히 많은 자료를 가지고 마치 마트의 상품처럼 자료를 나열해 결과를 도출하는 방식이다. 이는 형사사건으로 말한다면 전말이 분명한 현행범의 검거에 해당한다. 그러나 이러한 사건은 극히 적으며, 또 이런 일들은 이미 다른 사람이 처리했다고 보면 된다. 그래서 연구자는 명탐정 코난이 되어야만 하며, 이 과정에서 읽는 독자를 설득하는 글쓰기 기술을 발휘해야만 하는 것이다. 그리고 그것은 어떤 특정한 방법이 있는 것이 아니다. 요리사가 재료에 맞는 음식을 만들듯이 상황에 따른 적절함과 최선을 찾아내야만 하기 때문이다.

잘된 논문이란 어떤 의미에서는 화산 폭발과 같다. 화산 폭발에는 실로 다양한 요인들이 공존한다. 바로 이러한 중층(重層)적인 요소들이 가장 취약한 한 곳으로 터지게 되면 가시적이고 위력적인 화산이 된다. 그러나 이러한 힘들이 분산되어 좌충우돌하면 이것은 지진이 될 뿐 화산이 되지는 못한다. 지진 역시 위력적이지만 화산만큼 강렬할 수는 없다. 이 점에서 일반 논문이 지진이라면 잘된 논문은 한방이 있는 화산이다. 그리고 이러한 화산의 폭발에는 반드시 지반이 가장 약한 곳에서 에너지가 집중하여 맹렬히 분출하는 측면이 존재해야만 한다.

선행연구에 대한 정리와 중심 논문 찾기

논문의 주제 선택

논문에서 가장 기본이 되는 작업은 주제 선정이다. 특별하지 않으면 내가 관심이 있고 끌리는 주제가 가장 좋다. 왜냐하면 논문 작업이란 흔히 '피를 말린다'고 할 정도로 고도의 스트레스를 동반한다. 모든 일은 마치 교통체증과도 같다. 잘 풀릴 때는 일사천리로 나가지만 어느 순간 막히기 시작하면 진짜 옴짝달싹도 못하는 상황이 되어 심장이 터질 듯한 심리상태에 직면하게 된다. 관심 있는 주제를 선택하는 것이 중요한 이유는 바로 이와 같이 문제가 생겼을 때 나타난다. 주제의 관심도에 따라 스트레스를 견디는 힘에 차이가 나기 때문이다. 마치 낚시를 좋아하는 사람은 한나절 한 마리도 못 잡아도 낚시터를 떠나지 않는 것과 같다.

자칫 쉬울 것 같아 보인다고 해서 관심이 적은 주제로 뛰어들면 문제가 생겼을 때 견뎌내지 못하고 포기하게 된다. 더 쉬워도 더 쉽게 포기해 버리고 마는 것이다. 고통의 강도란 주관적이기 때문에 못 견디게 되면 점점 더 고통스러운 법이다. 이런 점에서 논문의 주제는 쉬운 것이냐보다도 내게 맞느냐가 더 중요하다. 이것은 마치 배우자 선택에서 조건도 중요하지만 결국은 '나와 맞느냐'가 핵심이 되는 것과 같다. 이렇기 때문에 나는 다른 분들이 논문 주제나 재료를 달라고 하면 최대한 적성에 맞는 것을 찾을 수 있도록 도와주는 방식을 택한다.

기본적인 주제가 정해지면 그 다음은 1차 자료의 정리와 관련된 선행연구의 검토가 필요하다. 이것은 집을 짓는 것으로 비유하면 집터를 바르게 정리하는 작업이라고 이해하면 된다. 이 작업들은 인터넷을 통한 은근과 끈기, 즉 단순 노가다 정신만 있으면 누구나 할 수 있다. 그렇게 최대한의 자료를 누락 없이 확보한 다음에는 이를 정리하는 작업을 해야 한다. 내가 정리하지 않은 선행연구는 어디에 묻어놓았는지 모르는 보물상자와 같다. 즉 내 뜻대로 쓸 수 없는 것이다.

선행연구 정리에서 중요한 것은 중심 논문을 찾는 작업이다. 즉 대표 논문으로서 전체를 효율적으로 꿸 수 있는 실을 찾는 것이다. 이 작업은 선행연구에서 찾은 자료들 중에서 누구의 것이 가장 많고 인정받고 있는가를 확인하는 것에서 시작한다. 보통은 해당 분야에 가장 많은 논문을 쓴 사람이 최고의 전공자라고 이해하면 된다. 왜냐하면 많은 작업을 했다는 것은 그 주제에 애정이 많다는 것을 의미하며, 또 많은 작업을 하는 과정에서 문제점들이 자연스럽게 탈락되기 때문이다. 논문의 인용지수를 참고하는 것도 한 방법이지만 인용지수라는 게 허수가 있기 때문에 그렇게 중요하지는 않다. 그보다는 여러 선행연구들에서 가장 폭넓은 영향력을 끼치는 논문을 찾는 것이 효율적이다. 그 논문은 대체로 같은 주제로 가장 많은 논문을 쓴 사람의 것 속에 숨어 있곤 한다.

논문은 미세한 차이의 인지에서 시작된다

중심 논문을 통해서 관련 주제의 전체 내용을 파악하고 이를 바탕으로 다른 논문들 중에서도 중요한 것들을 읽어가야 한다. 선행연구가 많은 경우에는 너무 오래된 논문이나 선행연구들 사이에서 별 영향력이 없어 보이는 논문은 읽지 않고 생략해도 무방하다. 중심 논문에 대한 지식을 바탕으로 주변 논문들을 읽다 보면 쉽게 정리가 되는 한편, 뭔가 이들과는 다른 얘기를 하고 싶은 부분이 생겨나게 마련이다. 이 부분이 나만의 축 즉 2%다. 이 2%를 찾는 것은 매우 중요하다. 만일 여러 논문들을 보면서 고개만 끄떡이고 나만의 2%를 찾지 못한다면 그것은 그냥 공부를 하는 것이지 논문을 쓰려는 전투적인 자세는 아니기 때문이다.

또 나만의 2%가 영 찾아지지 않는 사람도 있는데 이럴 경우에는 논문을 많이 써서 감이 좋은 사람을 찾아가 도움을 받아야만 한다. 학위과정에서 이 역할은 지도교수가 하게 되는데, 지도교수라고 해도 논문을 잘 안 쓰는 분들은 큰 도움이 되지 않는다. 이런 경우에는 어쩔 수 없이 다른 우물을 파야만 한다. 지도교수 이외에 또 다른 선생이 필요한 것이다. 나만의 2%를 찾게 되면, 이것을 통해서 새로운 논문의 전체 구조를 뽑아내면 된다. 그러면 논문에 대한 구상 작업이 마무리되는 것이다. 이 부분은 건축으로 말하면 설계도를 그리는 단계라고 이해하면 된다.

논문은 정신으로 만드는 건축이다. 그래서 정신 재료가 필요한데 이것이 바로 '1차 자료'와 '선행연구'다. 1차 자료와 관련해서 중요한 것이 전공어 능력이다. 그리고 선행연구는 읽는 것도 중요하지만 효율적으로 정리하는 것이 더 중요하다. 논문이라는 게 무미건조한 문건이다 보니 여러 가지를 읽게 되면 기억에 어려움이 존재한다. 그러므로 흥미롭다고 생각되는 부분을 체크해서 자신만의 방식으로 정리하는 기술을 개발하는 것이 필요하다.

나는 보통 논문계의 초보자들에게 1차 자료는 깔끔하게 직역해 놓고 선행연구는 세부목차까지 워드 입력 작업을 해놓으라고 권한다. 이렇게 해야 1차 자료에 관한 오류의 여지가 없어지고 선행연구에 대한 좀 더 세분화된 주제 분류가 가능하기 때문이다. 물론 고수가 되면 선행연구에 대한 세부 정리는 실제 작업 중에 살펴보면 되기 때문에 별도의 문건 작업은 필요 없다. 그러나 이때에도 1차 자료의 직역은 반드시 해야만 한다. 그리고 이 작업은 선행연구 논문들을 읽기 전에 이루어지는 것이 바람직하다. 아무래도 기초가 흔들리면 건물이 안정적으로 높이 올라갈 수 없기 때문이다. 즉 1차 자료만큼은 어떠한 경우에도 절대로 양보할 수 있는 영역이 아닌 것이다.

어떤 사람들은 1차 자료에 번역된 자료가 있으면 직접 번역하지 않아도 된다고 생각한다. 내용을 이해하고 공부를 하는 데는 이 말도 맞다. 그러나 논문은 미세한 틈을 찾아서 비집고 들어가는 작업이다. 그러므로 직접 번역을 해보지 않으면 작은 차이를 놓치는 문제가 발생하곤 한다. 이는 번역하는 사람마다 번역에 대한 기준과 용어에 차이가 있기 때문이다. 미세한 차이에 대해 예민하게 반응하지 못하면 논문 작업은 요원한 일이다. 이런 점에서 다른 부분은 양보하더라도 1차 자료에 대한 번역만은 제아무리 짜증이 나더라도 해야만 하는 일이다.

전체 구조가 드러나는 설계도를 그리라

글을 빨리 쓰는 비법

나는 논문이나 책과 같이 글을 쓰는 작업을 매우 빨리 해낸다. 보통 사람들은 수년에 1권 쓰기도 힘들다는 책을 나는 1년에 몇 권이든 써낼 수 있다. 마음만 먹으면 학진 등재지 논문도 1년에 20편 정도를 쓰는 것은 전혀 어렵지 않다. 이를 두고 어떤 사람은 내가 천재라고 하기도 하고, 또 다른 사람은 날림공사나 표절이 아니냐고 말하기도 한다. 그러나 정확하게 말하면 둘 다 아니다. 내 작업 방식이 남과 조금 다른데, 이 차이가 엄청난 결과를 초래하고 있을 뿐이다.

나는 머릿속으로 전체 구상이 완전히 끝난 뒤에 본 작업에 뛰어든다. 즉 다른 사람들보다 구상이 세밀하고 탄탄한 것이다. 설계사의 머릿속에 건물의 3D 입체 모형이 완벽하게 들어가 있다고 가정해보자. 그 사람이 설계도면을 그리는 데 과연 얼마나 시간이 걸릴까? 사실 큰 시간이 필요 없다. 머릿속의 도면을 현실로 그려내기만 하면 되는데 무슨 시간이 많이 필요하겠는가? 즉 설계에 많은 시간이 소요되는 까닭은 디테일한 구상을 마친 뒤에 설계 작업에 뛰어들지 않고 대충의 윤곽만을 정리한 채 실제 작업에 나서기 때문이다. 그러다보면 세부적인 작업

과정에서 예기치 못한 문제들이 발견되면서 작업 시간이 늘어나게 된다. 또 어느 정도 작업이 진행되었을 때 앞부분과 충돌하는 문제가 발생하면 말 그대로 시간이 블랙홀처럼 빨려 들어가게 된다.

논문을 쓰는 것도 마찬가지다. 완벽한 구상을 통해서 수미일관된 구조가 맞으면 그것을 드러내는 작업 시간은 얼마 걸리지 않는다. 즉 나는 구상에서 시간을 쓰지 작업에는 시간을 쓰지 않는 것이다. 이런 방식의 장점 중 하나는 상대적으로 논문 작업에서 오는 스트레스가 적다는 것이다. 아무래도 구상에서 문제가 생기는 것을 수정하는 건 상대적으로 쉬운 일이기 때문이다. 마치 건물을 올리다가 구조를 변경하는 것은 어려워도 기획 단계에서의 구조 변경은 쉬운 것처럼 말이다. 또 논문에 대한 스트레스가 적으면 다음 논문을 쉬지 않고 연속해서 작업할 수 있게 된다. 이는 보통 사람들이 논문 작업을 하나 마치면 지긋지긋해서 한동안 논문 작업은 엄두도 내지 못하는 것과는 완전히 다르다. 즉 낭비가 적고 엄청 높은 효율성이 확보되는 방식이다.

내가 다른 사람보다 구상 능력이 좋은 것은 운전면허가 없는 상태에서 장시간 이동하는 생활을 하고 있기 때문이다. 즉 버스 안에서 장시간에 걸친 두뇌 작업이 가능한 것이다. 또 나는 동시에 여러 가지 구상 작업을 하는데 이중 구상이 완료된 것이 있으면 최단기간에 그 작업을 마무리한다. 그것은 구상 작업이 완료되었다고 해도 이를 기억하는 데는 한계가 있기 때문이다. 또 여기에는 완료된 것은 빨리 털어내야 다른 구상을 할 수 있는 정신 공간이 확보되므로 용량을 덜어낼 필연성도 존재한다.

나는 작업 과정에서는 다른 일을 거의 하지 않고 오로지 하나에

머릿속에 건물의 3D 입체 모형이 완벽하게 들어가 있으면
설계도면을 그리는 것은 일도 아니다.
논문 구상에 있어서도 수미일관된 구조가 맞으면
논문을 쓰는 시간은 얼마 걸리지 않는다.

만 매진한다. 심지어 이런 기간에는 다른 생각도 잘 하지 않는다. 즉 말 그대로 올인(all in)이다. 이러한 작업 방식은 예술가들에게서 흔히 나타나는데, 이를 터득하기만 하면 최고의 효율성을 발휘하게 된다.

기본 정석(定石)을 반복적으로 노력하라

어떤 의미에서 논문은 예술과도 통한다. 당나라의 시인이자 중국문학을 대표하는 이백과 두보는 완전히 다른 성격을 가졌다. 이백이 일필휘지(一筆揮之)로 글을 쓰는 천재적인 사람이라면 두보는 끊임없이 고치면서 시를 완성하는 치밀한 인물이다. 마치 동양의 난초 그림이 일회성이라면 서양의 유화는 인고의 결과물인 것처럼 말이다.

논문을 쓰는 사람에게도 이러한 두 가지 계통이 모두 확인된다. 그런데 흥미로운 것은 논문의 구성만큼은 철저하게 이백적이라는 점이다. 즉 논문은 도박과 달리 '첫 끗발'이 개 끗발이 아니고 이것이 진짜 끗발이 되는 경우가 많다. 그러므로 구상할 때에는 순간적인 영감을 놓치지 않는 것이 중요하다. 이런 점에서는 작곡가가 멜로디를 잡아내고 시인이 시상을 떠올리는 것과도 유사하다 하겠다. 논문을 쓰는 사람들 사이에는 "오래 잡고 있어봐야 좋은 논문 안 된다"는 말이 있다. 또 "마음에 안 들어서 오래 고쳤는데, 끝내고 나니 처음 생각이었다"는 말도 있다. 나는 이 말들이 관점은 노력이 아니라 감각의 문제와 직결되는 것을 설명한다고 생각한다. 장고 끝에 악수 나는 상황까지는 아니지만 특별히 나아지지 않으면서 시간만 끄는 개고생은 경험을 해보면 분명하게 느끼게 된다.

구상이 투철하지 못하면 논문 작업 과정에서 자꾸만 수정해야 한다. 이 과정에서 논문 작업이 점차 하기 싫은 일로 뇌리에 박히곤 한다. 이 때문에 점차 논문에 대한 거부감과 두려움이 생기면서, 점점 논문을 쓰기 어려운 상황에 봉착하게 되는 것이다. 그러므로 머릿속으로 완벽한 구상이 어렵다면 워드 작업을 통해서라고 구상을 구체화할 필요가 있다. 학위논문에서 이 부분은 초록에 해당한다. 즉 논문의 정석은 바로 이 부분을 말한다. 그러나 학회논문에서는 귀찮기 때문에 이 단계를 생략하는 것이 일반적이다. 그러나 익숙해지기 전부터 귀찮음이 앞서면 이후에 엄청난 후폭풍에 직면하게 된다. 때로는 근본에 충실할 필요가 있다. 차근차근 기본을 다지다 보면 나중에는 점차 진일보하는 자신을 발견하게 될 것이다.

지금 나는 학진 등재지 논문을 쓰는 데 5일에서 1주일이면 충분하다. 그러나 나 역시 처음에는 논문 작성에 서너 달이 걸렸다. 그것도 보기 좋게 심사에서 떨어지기까지 했다. 나 또한 오랜 시간 반복 과정 속에서 생활의 달인이 된 것일 뿐이다. 그리고 이렇게 되기 위해서는 힘들더라도 정석에 충실한 길을 택해야만 한다. 편법으로 빨라지는 것은 의미가 없고 언젠가는 문제가 되게 마련이다. 보통 정석을 밟다 보면 답답한 생각이 들곤 한다. 그러나 이때마다 왜 이 방법이 정석이 되었을까를 생각해볼 필요가 있다. 결국 얇은 편법보다는 정석이 온당하고 빠른 길이기 때문이다. 바로 이 점을 잊어서는 안 된다.

상대를 고려하는 논문 쓰기

논문 속의 이율배반

논문을 쓰는 목적은 내가 읽기 위해서가 아니라 남에게 보여주기 위한 것이다. 또 내 논문을 공식적인 위치에 올려주는 것도 내가 아닌 심사위원들의 판단이다. 이런 점에서 논문에는 내 주장도 중요하지만 그와 동시에 타인에 대한 배려도 존재해야만 한다. 이 부분이 미흡하면 고흐와 같이 천재적이더라도 당대에는 인정받지 못하는 결과가 초래되는 것이다.

논문은 기본적으로는 내가 발견한 새로운 관점이 타당하다는 것을 변증하는 것을 목적으로 한다. 논문은 곧 나의 주장인 셈이다. 그러나 그와 동시에 다른 사람이 내 주장에 동조하도록 설득하는 방식을 취해야만 한다. 이 양자는 어떤 의미에서는 이율배반적이라고도 할 수 있다. 그러므로 이 두 가지를 어떻게 조율할 것이냐는 논문의 성패를 결정짓는 중요한 요인이 된다.

논문은 자료를 가지고 말하는 주관적인 작업이다. 즉 따지고 보면 논문은 전체가 쓰는 사람의 주관인 것이다. 그러므로 논문에서 자신의 생각을 너무 강하게 드러낼 필요는 없다. 강한 주장은 자칫 독자에게 독단으로 비춰질 수 있기 때문이다. 독단이란 학문에서는 가장 경계하는 영역이다. 그렇기 때문에 심사위원 입장에서 이것은 용납되지 않는다. 논문을 승인해서 논문이 논문일 수 있도록 해주는 심사위원 역시 전문가 즉 학자라는 점을 생각할 필요가 있는 것이다. 학자는 학습 과정에서 독단에 대한 강한 거부감을 갖도록 길러진 사람들이다. 이 점에서 독단으로 판단되면 논문 심사 통과는 요원한 일이 되고 만다. 즉 주관은 문제가 없지만 독단은 안 된다는 말이다. 그리고 이 양자(兩者)는 정말 한 끗 차이밖에 나지 않는다. 아직 논문 작성이 익숙하지 않을 때는 주관의 강조보다는 상대에 대한 배려를 우선하는 것이 좋다. 통과 과정에서 심사위원을 설득하는 것이 가장 중요한 요소이기 때문이다. 즉 표현이 서투른 상태에서는 논문으로 인정받는 것이 우선이라는 말이다.

　　상대를 고려하는 논문 쓰기는 그냥 내 생각에 빠져서 하는 논문 작업과는 또 다르다. 논문을 심사하는 전문가를 머릿속으로 상정하고 그 사람을 내가 설득한다는 느낌으로 글을 써야 하기 때문이다. 이때 머릿속에 상정된 전문가의 이미지나 관점은 논문을 작성하기 위해 읽은 선행연구에서 확인되는 일반적인 관점에서 도출하면 된다. 어떤 분들은 전공자인 지인들에게 논문을 검토해달라고 부탁하라고 한다. 하지만 그것이 막상 그리 쉬운 일이 아니다. 왜냐하면 봐줘서 도움이 될 만한 분은 바빠서 부탁하기가 어렵고, 시간이 되는 분들은 봐줘도 별반 도움이 되지 않기 때문이다. 그러므로 머릿속에 전문가의 이미지를 만들어 이를 토대로 그들과 내 주장의 차이점에 대한 부분을 그들에게 설명한다는 생각으로 글을 쓰면 된다. 그러면 심사에 보다 유리한 논문이 완성되는 것은 당연하다.

　　일반적으로 논문은 자기 색깔 즉 관점을 드러내는 것이라고 판단해서 필자 어깨에 잔뜩 힘이 들어가는 경우가 있다. 특히 논문에 익숙하지 않은 분들에게 이런 뉘앙스가 더 강력하다. 그러나 논문에도 힘을 빼고 유연함을 갖추는 것이 중요하다. 논문이 부드러워지면 상대에 대한 배려도 자연스럽게 배어나오게 된다.

학위논문보다 힘든 학회논문 통과

논문은 쓰는 것도 중요하지만 발표하는 것 역시 그에 못지않게 중요하다. 논문의 발표는 대부분 한국연구재단에서 인정하는 학회를 통해서 이뤄진다. 물론 학위논문은 학교 안에서 지도교수가 선정하는 내부와 외부에서 위촉된 심사위원들이 판단한다. 이것이 학회논문과 학위논문을 판단하는 방식의 차이점이다. 양자의 가장 큰 차이는 학회논문이 비대면 무기명 심사라면, 학위논문은 대면하고 이루어지는 심사라는 점이다. 이런 면에서 학위논문보다 학회논문 심사가 더 까다롭다. 마음에 안 들면 그냥 그어버리면 되기 때문이다. 주문한 물건을 취소해야 할 때 직접 가서 사람에게 취소해야 하는 상황과 문자나 카톡으로 해도 되는 상황을 비교해보면 이해하기 쉽다.

　　한국연구재단에서 인정하는 학회는 매우 다양하고 많다. 학회 정보는 연구재단 홈페이지에서 언제나 열람이 가능하다. 또 논문 심사에는 학회의 성격이라는 측면도 고려된다. 즉 각기 다른 학회가 만들어지는 이유에는 각각 학회의 설립 취지가 존재하게 마련이다. 이 말은 같은 논문 심사를 의뢰해도 어느 곳에서는 통과가 되도 다른 곳에서는 떨어질 수 있다는 말이다. 즉 논문이라는 주관적 심사 구조에는 학회의 취향도 작용한다. 그러므로 내 논문에 가장 적합한 학회를 찾는 것도 중요하다. 관련 학회들을 찾는 것은 주변에 논문을 활발히 쓰는 분들에게 조언을 구하면 되는 간단한 일이다. 그러나 여러 학회의 상황과 입장이 다르기 때문에 어떤 학회가 나에게 유리한가를 판단하는 것은 쉬운 일만은 아니다.

실제로 동일 전공의 학회라고 하더라도 논문의 형식부터 분량 그리고 심사료와 게재료 같은 부분에서 차이가 존재한다. 보통 내가 선호하는 학회는 첫째 그 분야의 대표 학회이고, 그 다음은 정부나 대학에서 주관하는 학회다. 대표적인 학회지에 논문을 실을 경우에는 아무래도 주제와 관련된 많은 전공자들에게 노출될 가능성이 크다는 장점이 있다. 그리고 정부나 대학에서 하는 곳은 심사료나 게재료가 없거나 저렴하다. 어떤 사람은 저렴한 것이 어떻게 기준이 되느냐고 할 수도 있다. 그러나 1년에 몇 편 수록하지 않는 사람에게는 큰 문제가 아니지만 나처럼 1년에 열 몇 편을 올리다 보면 심사료와 게재료도 부담이 되기 마련이다. 또 정부나 학교에서 하는 곳은 비용이 저렴하기도 하지만 어느 정도 이상의 체계적인 관리가 이뤄진다. 즉 학회의 신뢰도가 더 높다는 점에서도 나름 유리한 측면이 존재한다는 것이다.

석·박사논문과 학회논문의 차이

석사논문 과정의 진행 방식

전문적이지 않은 사람은 '논문'이라는 큰 주제 안에 학술적인 글 전체를 뭉뚱그려 넣고는 한다. 그러나 논문은 크게 '대학원의 졸업논문인 학위논문'과 '학술지에 게재하는 학회논문'인 일명 소논문, 두 가지로 구분된다. 또 학위논문은 다시금 석사와 박사과정에 따른 석사논문과 박사논문으로 구분된다. 그리고 학회논문은 학술진흥재단 등재지 논문(KCI)과 일반논문으로 나뉘게 된다. 이를 간략히 도시해보면 다음과 같다.

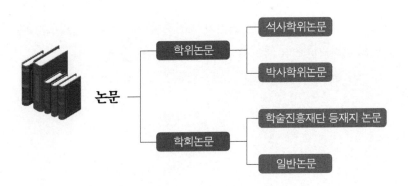

학위논문은 말 그대로 학위를 수여받기 위한 졸업논문이다. 이 중 석사논문은 지도교수를 포함한 3명의 박사학위 이상의 심사위원이 참여해서 통과 여부를 심사해 처리한다. 일반적으로는 지도교수와 학과 안의 교수 2명이 심사에 참여해서 진행된다. 즉 학과 안에서 처리되는 것이다. 이 때문에 학과 관례나 분위기 같은 것이 중요한 요인으로 작용한다. 아무래도 학과 안에서 모든 과정이 끝나는 상황이기 때문에 학과 특징이 반영될 수밖에 없다.

심사는 학과 안에서 논문에 대한 전반적인 구조를 검토하는 초록을 거쳐, 예비심사 1번과 본심사 1번으로 최종 결정이 난다. 초록과 예심은 학과 차원에서 공개적으로 하는 것이 일반적이며, 본심은 심사위원과 해당 학생만으로 구성되어 비공개로 진행한다. 초록과 예심을 공개적으로 하는 이유는 다른 학생들도 이를 어떻게 해야 하는지를 보고 배우도록 하기 위해서다.

석사논문의 심사위원들은 학과 내의 교수들이다. 이런 점에서 논문 이외에도 학과 안에서의 생활 즉 성실성 등이 나름의 영향을 미치기도 한다. 또 지도교수 외의 다른 두 교수는 같은 전공이 아닌 경우가 일반적이다. 한 학과 안에 같은 전공의 교수가 몇 명씩 있는 경우는 드물다. 결국 지도교수 이외의 다른 두 교수는 대체로 전공자가 아니다. 그러므로 이 분들은 보통 논문의 형식이나 구조와 같은 구성 방식을 지적하는 경우가 많다. 논문 내용과 관련해서는 전적으로 지도교수의 주관하에 진행된다. 즉 지도교수의 판단이 가장 중요한 셈이다. 이런 점에서 석사학위에 있어서 지도교수의 권한은 막강하다고 할 수 있다.

박사논문 과정의 진행 방식

박사논문은 석사논문에 비해서 심사위원이 5명으로 2명이 더 늘어나고 본심사 역시 3번 진행된다. 일반적으로 심사위원은 학과에서 3명이 들어가고 외부에서 2명이 초빙된다. 학과 안에 다른 교수들이 더 있더라도 전공이 다르기 때문에 전공에 적합한 교수를 외부에서 초빙하는 것이다. 학과 교수 중에 논문 심사와 관련된 전공자가 너무 적을 때는, 학과 심사위원 2명에 외부 심사위원 3명으로 구성되기도 한다. 박사논문의 심사는 보통 초록 정도만 공개로 진행되고 예심부터는 비공개로 이뤄지는 것이 일반적이다. 즉 해당 학생과 심사위원만의 리그인 셈이다.

논문심사는 학위를 줄 것이냐를 판단하는 것이 주된 목적이고, 심사하는 사람과 심사받는 대상이 서로 얼굴을 아는 대면 심사로 이뤄진다. 물론 심사 결과는 학생이 빠진 상태에서 이뤄지지만 서로 얼굴을 알고 있기 때문에 안면 역시 미묘한 비중을 차지하게 된다. 또 지도교수가 내부와 외부 심사위원을 선임하기 때문에, 지도교수의 의지가 많이 작용하는 통로는 그대로 유지된다. 이런 점에서 학위논문 구조는 지도교수와의 관계가 가장 크게 작용할 수밖에 없다.

논문의 기본적인 분량

학위논문은 특정 주제와 관련된 전체적인 부분을 연구 대상으로 삼기 때문에 분량이 많다. 물론 학위논문에 특정한 분량이 정해져 있는 것은 아니다. 그러나 일반적으로 석사논문은 A4 기준 40쪽 이상은 되어야 하며 박사논문은 100쪽 정도는 갖춰야 한다. 이는 논문 형식으로는 각각 70쪽에서 180쪽 정도로 그 이상의 초과분은 문제되지 않는다. 즉 논문 분량이 많아질 경우에 쓰는 사람이 힘든 것 이외의 제한은 없다는 말이다. 그러나 분량이 최소의 적정선 이하로 내려가게 될 경우에는 '이게 학위논문이냐?'는 지적이 나오곤 한다.

학위논문의 상한선은 없지만 분량이 늘어나면 쓰는 사람의 노력은 비약적으로 증가한다. 논문 분량의 증가에 따른 노동량은 금이 아니라 다이아몬드처럼 증대하기 때문이다. 즉 두 배가 되면 금처럼 가치가 두 배가 되는 것이 아니라, 다이아몬드처럼 몇 배가 폭등하는 것이다. 아무래도 양이 많다 보면 치밀하지 못한 부분이 발생하기 쉽다. 또한 주장하는 논리에서 방어할 부분도 늘어나게 된다. 그래서 나는 논문을 준비하는 사람들에게 '정해진 분량 이상은 쓰지 말라'고 권하곤 한다. 그런데 정작 나는 언제나 적정 분량을 넘겼으며, 박사논문에서는 심사위원들의 권유로 분량을 잘라내느라 고생을 많이 하기도 했다. 그 분들의 권유는 박사논문 분량을 줄이고 나머지는 학회논문으로 발표하라는 것이었다. 덕분에 성균관대와 고려대 박사를 졸업하고 나서 잘라낸 자투리만 가지고도 학회논문을 10편 이상 만들었던 것으로 기억한다.

학회논문은 특정 주제 안에서도 더 작은 주제에 집중하는 연구 논문이다. 그렇다 보니 분량은 A4기준 12～18쪽 정도에서 이루어진다. 학회논문은 각 학회지마다 수록하는 최대 분량이 정해져 있다. 그렇기 때문에 분량이 너무 많으면 심사 대상에서 제외되는 일도 발생한다. 즉 최소와 최대의 범주가 존재하다 보니 주제도 작아지고 논문의 분량도 작게 된다. 그래서 학회논문을 소논문이라고 부르는 것이다.

또 학회에서 용인하는 최대 기준 안에 존재하더라도 기준 분량을 초과할 때는 논문 게재료가 추가적으로 발생한다. 실제로 내가 이런 점을 고려하지 않았다가 원고지 1장에 5,000원씩 해서 추가 게재료로만 30만원을 맞은 적도 있다. 이게 벌써 10여 년 전 일이니 당시로서는 상당한 금액이었던 셈이다. 그 뒤부터는 반드시 학회지의 원고 분량 기준을 확인하고 논문 심사를 의뢰하는 버릇이 생겼다. 즉 한 번 뜨겁게 데이고 나면 무언가는 교훈을 얻게 되는 법이다.

등재지 논문의 투고와 심사 진행 방식

학회논문은 학회의 심사기간에 투고하면, 일반적으로 학회에서 선임하는 3명의 전공자에게 심사 의뢰가 가게 된다. 3인의 심사결과는 '보통 A(게재 가능)·B(수정 후 게재)·C(수정 후 재심사)·D(게재 불가)'로 분류된다. 각각 '상·중·하·탈락'으로 이해하면 되겠다. 이 중 3인의 점수가 평균 B 이상이 되면 학회지 게재가 결정된다. 학회논문의 심사자들에게는 공정한 심사를 위해서 논문 투고자의 인적 사항은 전달되지 않는다. 즉 논문의 투고자와 심사자가 서로 모르는 비대면 무기명 심사다. 이 때문에 학회에서는 제출된 논문 속에 논문 제출자의 신상을 알 수 있는 '졸고(拙稿)'와 같은 표현이 들어갈 수 없는 원칙을 세우고 있다. 요즘은 포털 검색에서 논문 제목만으로도 쓴 사람 이름을 파악하는 것이 가능하다. 그러므로 인용된 논문 제목 앞에 '졸고'라는 표현이 나오면 안 된다는 원칙을 수립하고 있는 것이다.

학회 중에는 학술진흥재단에 인정받지 못한 사설 단체도 있다. 이런 학회에서 발표되는 논문을 일반논문이라고 한다. 일반논문은 등재지(등재후보지) 학회논문과 같은 엄격한 심사를 거치지 않는다. 즉 논문의 방식으로 서술되는 것은 맞지만 정확한 심사를 거치지 않기 때문에 논문의 신뢰도를 담보할 수 없는 것이다.

　　이런 학회가 점차 체계를 갖추고 학술진흥재단에서 요구하는 심사를 통과하면, 이 학회에서 발행되는 학술지는 등재후보지의 자격을 얻게 된다. 그리고 일정 기간을 더 거쳐 공신력을 확보하면 등재지로 승급한다. 즉 학회논문에는 일반논문과 등재후보지 논문 그리고 등재지 논문의 3가지 단계가 존재하는 것이다. 이들 논문의 위치는 각각 '일반회원 → 준회원 → 정회원'으로 이해하면 되겠다. 현재 우리나라는 등재지도 너무 많은 상황이므로 등재지 이하는 특수한 경우를 제외하고는 공식적인 연구 성과로 인정되지 않는다.

어렵게 쓰는 논문과 쉽게 쓰는 논문

단순 반복 작업으로 쓰는 논문

논문은 연구하는 대상에 대한 종합적 이해를 바탕으로, 이전에는 없는 측면에 대한 새로운 결과의 도출 작업이다. 이 과정에서 기존연구에 대한 이해와 치밀한 분석이 요구된다. 그러나 논문은 이것만이 끝은 아니다. 거기에는 자료를 해석하고 포장하며, 자신의 주관을 드러내서 상대를 설득하는 기술적인 부분도 존재하기 때문이다. 마치 자동차 경주에서 차의 성능도 중요하지만 차를 조정하는 레이서의 기술 역시 중요한 것과 같다. 전자가 공부라면 후자는 기술이라 할 수 있다. 이 두 가지를 모두 갖추는 것이 가장 좋은 논문이다. 그러므로 좋은 논문은 오랜 공부와 이러한 공부 내용을 효율적으로 독자에게 전달할 수 있는 기술에 의해서 완성된다. 그러나 이러한 두 가지를 모두 완성하는 것은 쉬운 일이 아니다. 즉 이것은 이상적일 뿐 현실에서의 구현이 쉽지 않다는 말이다. 그것은 최고 성능의 차와 최고의 레이서가 결합하면 가장 좋은 기록이 나온다고 말하는 것과 같기 때문이다.

우리 같은 평범한 사람은 최고의 레이서도 아니며 최강 성능의 자동차도 없다. 이것이 논문 쓰기가 어렵게 되는 이유다. 이런 상황에서 문제의 해법으로 집중하는 것은 차의 성능 강화다. 특히 대학원생이란 공부를 하는 전공자라는 점에서 공부 쪽에서 해법을 모색하는 것이 일반적이다. 이것이 어렵게 쓰는 논문이 만들어지는 이유다. 즉 어렵게 쓰는 논문이란, 노력에 비해서 기술이 떨어지는 논문인 것이다.

논문능력이 부족할 때 그것을 보충하는 방법 중 하나가 바로 엄청난 성의를 보이는 방법이다. 예컨대 기존에 번역되지 않은 자료를 번역해서 논문 대상으로 삼고 학위논문의 뒤쪽에 첨부자료로 붙이는 것이다. 미술사 논문 같으면 관련된 모든 사진을 직접 찍어와서 표로 만드는 것 등이다. 이를 단순한 노가다 논문이라고 한다. 실제로 이런 방식은 학위논문에서 빈번히 목도된다. 노가다 논문은 김정호가 〈대동여지도〉를 그리듯 성실함으로 어필한다. 그러나 성실한 것이 타당하기는 하지만, 매번 성실한 것만이 옳은 방법은 아니라는 점을 주목할 필요가 있다. 또 노가다 논문 작업은 논문이 완성되면 논문에 치가 떨리면서 진절머리가 나서 논문에 대한 거부감이 생기는 문제도 생긴다. 그러므로 이 논문 방식은 권장할 만하기는 하지만, 그렇다고 매번 그렇게 하기에는 어려움이 있다. 그래서 요청되는 것이 바로 기술적인 세련미가 가미된 쉽게 쓰는 논문이다.

쉽게 쓰는 논문

어렵게 쓰는 논문이 내용 중심적이라면, 쉽게 쓰는 논문은 기술적인 부분이 강조된다. 물론 그렇다고 해서 내용이 없다는 의미는 아니다. 이미 논문이라면 내용 없이 기술만 존재한다는 것은 불가능하기 때문이다. 어렵게 쓰는 논문의 내용과 기술의 비율이 8:2 정도라면, 쉽게 쓰는 논문은 그 비율이 6:4 정도라고 이해하면 된다.

논문의 기술에는 '서술적 기술'과 '구조적 기술'의 두 가지가 존재한다. 서술적 기술이란 일반 글쓰기와 문학적인 글쓰기의 차이 정도라고 이해하면 된다. 물론 논문에서의 서술적 기술은 논리적인 치밀성과 일관성이다. 논문에 서술적 기술이 발휘되면 내용 전달력이 높아지게 된다. 따라서 내용적인 면이 조금 미흡해도 논문의 구성 요건을 확보하는 데 큰 어려움이 없게 된다. 그런데 구조적인 기술이 발휘되면 논문에 들어가는 노력의 양은 일변한다. 구조적 기술이란 마치 부동산 소개소와 같다. 자신은 부동산을 가지고 있지 않으면서도 많은 부동산 정보들을 통해서 일을 만들어내고 이익을 취하는 것이다. 일반적인 논문이 다듬어지지 않은 원석을 보석으로 가공해서 새롭게 드러낸다면, 구조적 기술에 의한 논문은 이미 가공된 보석의 가치 비교와 적절한 상품 포장을 통한 판매라고 이해하면 된다. 즉 여기에는 원석의 가공이라는 지난한 작업이 생략되어 있는 것이다. 이런 점에서 이런 논문은 상대적으로 쉽고 노동력이 덜 들어간다. 다만 이것을 완성하기 위해서는 원석을 가공하는 것보다 한 단계 높은 감각이 있어야만 한다. 즉 상대적으로 쉽지만 이것 역시 아주 쉬운 것만은 아니라는 말이다.

단순 반복 작업 즉 노가다 논문을 농업에 비유한다면, 구조적 기술이 가미된 논문은 상업에 비유할 수 있다. 즉 1차 산업과 3차 산업의 차이인 것이다. 우리가 아는 것처럼 3차 산업은 노동력은 적게 들고 이윤은 더 크다. 그러나 이를 위해서는 첨단의 정보와 세련된 안목이 필요하다. 바로 이와 같은 조건이 구조적 기술로 작성된 논문에서도 그대로 요구되는 것이다.

졸업논문 한 번에
통과하기

석사논문의 특징을 파악하라

전공과 학과에서 요구하는 부분을 숙지하라

석사논문 작성은 공부하는 사람에게 논문의 첫발을 내딛는 작업이다. 이런 점에서 석사논문은 조금은 어정쩡한 면이 있다. 특정 분야의 전반을 다루기는 하지만, 분량이나 심도 면에서는 크게 이렇다 할 것이 없기 때문이다. 이런 점에서 석사논문에는 박사논문이나 학회논문을 쓰기 위한 과도기적 측면이 존재한다. 즉 전문가가 되기 위한 일종의 통과 과정이라고 생각하면 되겠다. 예전에는 학력이 높지 않았기 때문에 석사도 귀했다. 그러나 박사가 지천인 현대사회에서 석사란 일종의 통과 과정 정도의 의미 이상을 가지지는 못한다. 이런 점에서 나는 '석사논문은 오랜 시간을 심사숙고해서 작업하기보다는 학과에서 요구하는 구조를 잘 반영해서 빠르게 통과하라'고 조언하곤 한다.

각 전공과 학과에는 그에 따른 논문의 구성 요소와 같은 측면이 존재한다. 이것을 이해하는 가장 빠른 방법은 해당 학과에서 통과된 논문 중 잘됐다고 평가되는 논문의 구조와 방식을 숙지하는 것이다. 또 각 학과에 따른 논문의 최소 분량과 형식을 이해해야 할 필요도 있다. 이를 바탕으로 학과 주최로 매 학기마다 개최되는 초록과 예심에 참석

석사논문을 빠르게 통과하려면
학과에서 원하는 논문의 구성 요소를 잘 반영해야 한다.
학과에서 가장 잘된 평가를 받는 논문을 알아보고
그 논문의 구조와 방식을 제대로 숙지하는 것이 관건이다.

한다. 이때 칭찬받는 논문과 비판받는 논문의 차이를 인지해야 한다. 일반적으로 재학생은 학과 논문 발표회에 반드시 참석하게 되어 있다. 그러나 논문에 대한 배경지식이 없으면 발표회에 참석해도 눈에 띄는 발전이 없다. 이것이 반복되면 막상 내 논문을 작성할 때는 어떻게 해야 하는지를 몰라 허둥대게 된다. 그러므로 어차피 익혀야 할 형식적인 부분과 구조에 대한 것을 미리 숙지해놓는 것이 좋다. 이렇게 되면 다른 사람의 발표를 듣는 과정에서 점차 논문의 형식과 구조가 어떻게 되어야 하는지가 분명해지게 된다. 즉 남들보다 조금 빠른 관심이 대학원을 수료할 때쯤이면 큰 차이를 만들게 되는 것이다.

내용보다 더 눈에 띄는 것은 형식과 구조다

논문에서 가장 중요한 것은 당연히 내용이다. 그러나 가장 먼저 눈에 띄는 것은 내용이 아닌 형식과 구조다. 이런 점에서 형식과 구조에서 문제가 생기면 내용은 보기도 전에 신뢰도를 잃어버리는 문제가 발생한다. 마치 맞춤법과 띄어쓰기가 틀린 문건은 미처 읽기도 전에 무성의하다는 판단을 받게 되는 것처럼 말이다. 특히 논문의 형식적 측면은 매우 단순한 요소라는 점에서 여기에서 마이너스가 되는 일이 있어서는 절대 안 된다. 그러나 형식과 달리 논문의 구조 짜기는 쉽지 않다. 구조를 짜는 방법을 터득하는 것은 다른 사람의 논문들을 보면서 그들의 방법을 모사하는 과정에서 시작된다. 그러나 석사과정에서 이것을 혼자 해낸다는 것은 무척 어려운 일이다. 그렇지만 이 문제는 의외로 간단하게 풀린다. 지도교수에게 의지하면 되기 때문이다.

　지도교수의 역할에 이 부분을 봐줘야 할 의무가 있고, 이것은 지도제자의 당연한 권리이기도 하다. 한 번은 내가 졸업논문 구조 짜는 일이 급해서 지도교수님과 약속을 잡고 찾아뵌 일이 있었다. 그런데 당시 지도교수님은 매우 바쁜 상황이어서 나는 연구실을 나서면서 "바쁘신데 시간 내주셔서 감사합니다."라는 인사를 드렸다. 그랬더니 "이건 지도교수로서 당연히 해야 할 우선적인 일이니 감사할 상황은 아닙니다."라는 답변이 돌아왔다. 물론 일로는 그렇지만 그래도 고마운 말이었다. 왜냐하면 자신의 일에 휘말리다 보면, 제아무리 의무라 해도 뒤탈이 없으면 쉽게 방기해버리는 것이 인간이기 때문이다.

석사논문 준비는 첫 학기부터 하라

배경지식을 가지고 찾아가라

지도교수는 절대 논문의 신이 아니라는 점을 명심해야 한다. 따라서 지도교수를 찾아갈 때에는 자신이 쓰고 싶은 주제에 따른 대략적인 얼개는 가지고 가야 한다. 아무리 지도교수라고 해도 학생이 원하는 모든 주제에 대해 정확하게 알고 있지는 않기 때문이다. 예를 들어서 지도교수가 고려불화 전공자인데 학생은 조선 시대 산수화에 대해서 논문을 쓰고 싶다고 가정해보자. 당연히 지도교수는 자신의 배경지식을 가지고 제자의 논문 구조를 짜주게 마련이다. 그러나 이 과정에는 잘못된 부분이 포함될 수도 있다. 이렇게 되면 그에 따른 고생은 전적으로 학생이 하게 된다.

논문이란 우물을 파는 것과 같다. 어떤 곳은 깊게 파야 물이 나오지만 어떤 곳은 얕게 파도 물이 나온다. 또 어떤 곳은 제아무리 열심히 파도 물이 나오지 않는 곳도 있다. 지도교수는 이런 모든 가능성을 아는 사람이 아니다. 그렇다 보니 깊게 파야 하는 곳이나 물이 아예 없는 곳으로 구조가 짜이면 학생은 엄청난 고생과 좌절을 경험하게 된다. 이런 상황에 직면하지 않기 위해서라도 학생은 기본적인 구조 정도는 파악해야 할 필요가 있다. 어차피 문제가 발생했을 경우에 최종적으로 책임을 져야 할 사람은 나라는 점을 명심해야 한다. 그러므로 최악을 피하고 작업을 쉽게 하려면 기본적인 것은 알고 지도교수를 찾아가야 한다. 그리고 이때 자신이 쉽게 논문을 쓸 수 있는 최대한 유리한 상황들이 지도교수가 구조를 짤 때 반영될 수 있도록 해야 하는 것이다.

나도 구조를 잘못 짠 덕분에 엄청나게 고생했던 일이 있다. 내 미술사 박사학위논문 주제는 불교건축이다. 좀 더 자세히 말하면 불국사의 사찰 구조 즉 가람배치다. 그런데 지도교수님 전공은 불교조각인 불상이었다. 당시 학과에는 건축전공 교수가 없었기 때문에 이와 같은 일이 벌어진 것이다. 그런데 박사논문 심사 도중 지도교수님이 한국 사찰의 가람배치 구조를 정리하고 이것을 한 장(章)으로 넣는 것이 어떻겠냐는 말씀을 하셨다. 나는 이에 맞춰서 짧은 시간에 많은 작업을 해야만 했다. 그런데 막상 다음 심사에서는 건축을 전공한 다른 심사위원이 이 장은 개론적인 부분이니 빼야 한다고 주장했다. 그렇게 해서 내 고생은 일순간에 개고생이 되고 말았다.

이 개고생 사건에는 3가지 문제가 있다. 첫째는 지도교수님이 전공자가 아니었다는 점이고, 둘째는 전공 심사위원이 처음에는 조용히 있다가 나중에 지적을 했다는 점이다. 셋째는 내가 능력 부족으로 문제를 사전에 끊어버리지 못했다는 점으로 이것이 가장 중요한 핵심이다.

이런 개고생들은 학회논문을 쓰는 과정에서도 가끔씩 발생한다. 그래서 논문을 많이 쓰는 사람들은 '학회논문 쓰다가 망치는 게 어디 한 두 건인가?' 라는 말을 하고는 한다. 즉 논문은 완성했는데 심사를 통과하지 못하고, 개고생의 추억으로만 남아있는 논문들이 한 폴더를 채우고 있는 것이다. 이것도 모두 사려 깊지 못한 생각이 초래한 실수의 결과물이다. 그리고 이러한 실수에 대한 책임은 당연히 전적으로 논문을 쓰는 사람의 몫일 뿐이다.

석사논문 준비는 빠를수록 좋다

석사논문을 학기를 수료한 뒤에 준비하는 것은 엄청난 시간 낭비를 초래한다. 특히 젊었을 때의 1~2년은 취업과 직결될 수도 있는 매우 중요한 발전의 시간이다. 이런 점에서 이때의 1~2년은 노년의 5년 이상에 해당한다고 할 수 있다. 그러므로 대학원 입학 이후부터 사냥꾼이 사냥감을 찾듯 논문 주제를 찾고 자료를 모으는 자세를 견지해야만 한다. 논문 주제를 찾는 것은 다른 사람들의 논문을 많이 읽는 과정에서 도출된다. 낭만적인 생각에 빠져서 막연히 자신이 좋아하는 주제만을 좇는 사람은 결국 맨바닥에 헤딩하다가 좌절하기 십상이다. 그러므로 이보다는 자신이 원하는 주제와 관련된 논문들을 찾아 지속적으로 읽는 것이 좋다.

2학기부터는 지도교수에게 논문에 대한 주제를 조금씩 흘리는 방법을 취해야 한다. 그래서 논문 주제와 관련하여 큰 문제 없이 유연하게 조율되어나갈 수 있도록 하는 것이 중요하다. 1~2학기에 눈치 없이 논문을 너무 들이대면, 지도교수의 입장에서는 너무 서두른다는 생각에 거부감이 들게 된다. 그러므로 2학기부터 조금씩만 흘리는 기술이 필요하다. 이렇게 해서 3학기에 이를 구체화시키고, 4학기부터는 작업을 할 수 있는 환경을 완료해 실질적인 작업에 들어갈 수 있어야 한다.

그렇지 않으면 빠른 졸업은 불가능하다. 빨리 졸업하는 것이 능사는 아니지만 빨리 졸업하는 학생에게 가능성의 폭이 더 크다는 점은 분명하다. 또 석사 위에는 박사과정이 존재한다는 점에서 이는 분명한 답이 있는 문제다.

분석적인 논문과 종합적인 논문

논문은 자유롭게 진화한다

현대는 빠르게 변화하면서 모든 틀과 학문의 벽이 무너지고 있다. 논문 역시 예전에 비해서 훨씬 자유로워진 것은 사실이다. 그러나 학위 논문은 이것이 학위 수여라는 통과 과정의 논문이라는 점에서 보수적인 틀을 요구한다. 이에 비해서 학회논문은 현대적인 추세를 반영해서 점점 더 유연해지고 있다. 그러나 이런 자유도가 높은 논문일수록 호불호가 갈리는 측면이 존재한다. 즉 심사위원의 판단이 널뛰기를 한다는 말이다. 전문가 3인에 의한 판단을 거치더라도 자유도가 높고 주장이 강한 창의적인 논문은 결과가 엉뚱하게 나오기 일쑤다.

실제 내 소논문 중에도 '아주 잘됐다'와 '게재해선 안 된다'는 극단적인 평가가 첨예하게 충돌해서 학회 편집위원회의 재심에 붙여진 논문들도 여러 편 있다. 이렇게 되면 어떤 의미에서는 두 번 심사를 받는 옥상옥(屋上屋) 상황이 연출된다. 그런데 이런 경우는 대부분 수정 후 재심과 같은 우회적인 탈락 결정이 나게 된다. 아무래도 관점이 너무 첨예하게 갈리면 학회 입장에서는 논문 수록에 위험 부담이 있다고 생각하기 때문이다. 그러나 그럼에도 무게중심이 점차 자유도와 창의력이 강한 논문에 대해서 긍정적으로 바뀌는 것만은 분명하다. 즉 논문은 어때야 한다는 틀이 무너지고 있는 것이다.

분석적인 논문과 종합적인 논문의 장단점

논문을 구분하는 대표적인 방법은 '분석적인 논문'과 '종합적인 논문'의 두 가지다. 이 중 다수를 점하는 것은 당연히 분석적인 논문이다. 나 역시 작은 부분을 치밀하게 해체하는 분석적인 논문을 많이 쓰는데 그것은 3가지 이유 때문이다.

첫째는 다루는 부분이 작다는 점이다. 물론 작은 부분을 정밀하게 해체하기 위해서는 매우 높은 전공능력이 필요하다. 따라서 이 방법은 초보자들이 선호할 수 있는 것은 아니다. 둘째는 전체 중 매우 작은 부분만을 다루기 때문에 전문적이라는 점이다. 전문적이면 공부한다는 느낌이 강하게 들게 마련이다. 또 이와 동시에 심사할 수 있는 사람이 없게 된다. 즉 닐 암스트롱이 달에 첫발을 내디딘 것 같은 새로운 연구 업적을 이루었다는 뿌듯함과 함께 논문 심사에서 떨어질 일이 없다는 안전장치가 동시에 존재하는 것이다. 마지막으로 셋째는 하나의 연구를 작게 쪼개면 여러 편의 연속된 논문이 가능하다는 점이다. 즉 광부가 광맥을 발견하듯이 연속으로 논문을 쓸 수 있는 소재가 확보되는 것이다. 분석적인 논문은 이와 같은 3가지 장점을 가지고 있으며, 이는 분명 매우 유리한 측면임에 틀림없다.

그러나 장점은 곧 반대로 뒤집어보면 그대로 단점이 되고는 한다. 분석 논문의 최대 단점은 특수하고 작은 부분만을 다루고 있기 때문에 보는 사람이 적다는 점이다. 논문에는 자기만족이라는 것도 있지만 다른 사람이 봐주기를 원하는 소통에 대한 측면도 존재한다. 이 중에서 한쪽이 붕괴되는 것이다. 마치 가수가 관객 없이 혼자서 노래를 한다고 생각하면 되겠다. 그것은 스스로 만족하는 일이기도 하지만, 동시에 이것은 서글픈 모습이기도 하지 않겠는가!

분석적인 논문과 달리 종합적인 논문은 그 이전의 여러 선행연구들을 바탕으로 이것들을 합종연횡으로 정리해서 갈래짓는 방식의 논문이다. 불국사나 황룡사에 대한 연구는 기존에 나와 있는 것만 각각 300여 종과 100여 종이 넘는다. 이 정도가 되면 제아무리 관심이 있는 사람이라도 연구 전부를 열람하기는 어려운 상황이 된다. 그러므로 이것을 체계적으로 정리해 주면 그 자체가 충분한 연구 의의를 확보하는 논문이 되는 것이다. 종합적인 논문의 최대 장점은 누구나 부지런하기만 하면 이 일을 해낼 수 있다는 점이다. 즉 머리보다는 손발이 고생하는 일명 노가다 논문인 것이다. 분석적인 논문이 작은 주제를 가지고 내공으로 승부를 본다면, 종합적인 논문은 다양한 자료라는 물량으로 밀어붙이는 형태라고 이해하면 되겠다.

종합적인 논문은 누구나 할 수 있다는 점에서 초심자에게 보다 적합하다. 심사위원들 역시 사람이기 때문에 많은 노력이 들어간 논문은 보게 되면 마음이 움직일 수밖에 없다. 또 여러 자료들을 종합·정리하는 과정을 겪으면서 엄청난 공부 내공이 쌓이게 된다. 사실 300종의 자료를 읽어도 그중에 기억되는 것은 10~20종에 불과하다. 그러므로 이들 자료를 효율적으로 꾸려가기 위해서는 자기 나름의 정리 방법을 만들어내야만 한다. 이 과정에서 공부하는 방법이 터득되는 것이다.

종합을 바탕으로 하는 부분적인 분석

학위논문은 전문가 자격을 부여하는 논문이다. 그러므로 학위논문을 쓰는 사람은 아직 완전한 전문가는 아닌 셈이다. 그렇기 때문에 나는 학위논문에서는 종합적인 논문 비중을 높이고 분석적인 측면으로 보완하는 방식이 더 타당하다고 생각한다. '논문은 양을 줄이는 것보다 늘리는 것이 쉽다'는 말이 있다. 이것은 100% 사실이다. 그러나 이것도 어느 정도 작업을 해본 사람들에게나 통하는 말이다. 초보자가 학위논문을 쓸 때는 논문 쓰기 훈련이 부족해서 아는 것은 많아도 쓸 말이 별로 없는 공동화 현상을 겪게 된다. 이때 종합적인 논문 방식은 논문의 분량을 보장해주고 논문이 보다 화려하게 보이는 효과를 내준다. 물론 이것만으로 학위논문이 완성될 수는 없다. 왜냐하면 논문에는 반드시 새로운 부분이 존재해야만 하기 때문이다.

학회논문은 효율적인 종합·정리만으로 심사 통과가 된다. 그것은 분량이 제한적이기 때문이다. 그러나 학위논문은 이것만으로는 절대 논문 통과가 될 수 없다. 그러므로 종합·정리한 것을 바탕으로 분석 작업을 진행해야만 한다. 이 분석은 학회논문의 분석에서처럼 세밀할 필요는 없다. 그러므로 종합·정리하는 과정에서 도출된 결과들을 제시해주는 정도로도 충분히 가능하다. 대학원생에게 학위논문이란 한숨부터 나오는, 오르기 힘든 거대한 산과 같다. 그러나 종합적인 논문을 바탕으로 그 위에 분석적인 논문을 만들어내려는 관점을 가지면 이는 곧 험준한 산에 놓인 케이블카를 만난 것과 같은 상황이 된다. 즉 길이 단축되는 것은 아니지만 작업이 가능한 해법이 도출되는 것이다.

석사논문은 자료의 재구성만으로도 가능하다

관련 연구 재구성과 팔색조

박사논문을 쓴 사람에게 석사논문이란 매우 손쉬운 작업이다. 이것은 곱셈을 익힌 사람에게 덧셈과 같은 것이기 때문이다. 그러나 석사과정 속에서의 석사논문이란 갑갑하기 이를 데 없는 스트레스 농축액과 같다. 나 역시 돌이켜보면 석사논문이 박사논문보다도 더 어려웠다. 그 이유는 석사논문이 무엇이라는 구체적인 이미지가 머릿속에 존재하지 않았기 때문이다. 즉 막연하게 어려운 것이 석사논문인 것이다. 그런데 현대는 박사학위가 쉽고 많아지면서 석사논문은 통과용으로 풀어주는 면이 있다. 그렇기 때문에 적절한 기준을 맞추는 것만으로도 졸업이 가능할 수 있다. 즉 새로운 관점의 분석이 들어가지 않아도 통과가 된다는 말이다. 물론 이것은 전적으로 학과 안에서의 인식과 심사위원들의 판단에 좌우되는 문제다. 즉 변화된 인식을 얼마나 수용하고 있느냐에 따라서 상황이 달라질 수도 있다는 말이다.

　　석사논문의 통과가 쉬워지면서 기존에 있었던 관련 자료들을 종합적으로 재검토해서 문제를 도출하는 것만으로도 이제는 논문 통과가 가능하다. 이것은 기존 연구에 대한 재구성이라는 점에서 2차적인 논문이다. 사실 전공자가 전공어를 못한다는 것은 있을 수 없는 일이다. 그러나 석사과정 입학에 시험이 사라지고 '내신＋면접'이 100％가 되면서, 석사를 수료할 때까지 전공어 능력이 부족한 사람들도 존재하게 된다. 이런 사람들이 꼭 졸업하고 싶어할 때 내가 추천해주는 방식이 바로 선행연구를 재검토해서 재구성하는 방법이다. 이것은 분명 바람직한 방식은 아니지만 그래도 필요한 사람에게는 필연적이다.

이솝우화에는 새들이 모여서 가장 아름다운 새를 새의 왕으로 선출한다는 이야기가 있다. 이때 까마귀는 여러 새들이 단장을 하면서 떨어트리고 간 깃들을 자신의 깃에 꽂아서 가장 화려한 팔색조를 완성한다. 그래서 새의 왕이 되기 직전에까지 이르지만 이를 눈치 챈 모든 새들이 자기 깃을 가져가자 초라한 까만색만 남았다고 한다. 선행연구와 관련 자료에 대한 재검토와 재구성을 통한 논문은 까마귀가 팔색조로 변화하는 과정과 같다. 이것은 엄격한 의미에서는 함량 미달이지만 현대의 석사과정에서는 이러한 논문도 통과가 가능하다. 다만 이솝우화의 까마귀처럼 그것을 효율적으로 배치해서 팔색조를 만들어내야 하는 노력은 필수다.

영구수료제도를 이해하라

예전에는 석사나 박사를 수료하고 난 뒤에 10년이 지나고 논문을 써도 무방했다. 그러나 요즘은 석사는 입학 후 6년, 박사는 입학 후 10년 안에 통과해야 하고 그 이후에는 영구수료가 된다. 영구수료란 수료만으로 확정되어 논문 심사를 올릴 수 없게 되는 것을 의미한다. 사실 수료한 지 오래되면 전공에 대한 지식이 줄어들게 마련이다. 즉 장롱 면허와 같은 문제가 발생하는 것이다. 그렇기 때문에 학문의 질을 위해서 오래된 분들은 논문을 못 쓰게 막는 것이 바로 영구수료제도다.

아직 모든 학교가 영구수료제도를 도입한 것은 아니다. 영구수료는 논문능력이 부족한 사람의 졸업을 막아서 논문의 질을 담보하자는 제도다. 그런데 우리나라에서는 이 제도가 생긴 뒤로 오히려 흥미로운 현상이 발생하고 있다. 영구수료가 배수진으로 이용되고 있는 것이다. 영구수료를 당하게 되면 해당 학생은 석사나 박사가 될 자격을 상실하게 된다. 이것은 그 학생의 인생에 있어서는 중대한 변화가 발생한다는 것을 의미한다. 그러므로 영구수료 직전에 다소 함량이 미달되는 논문을 가져오면 지도교수는 깊은 고뇌에 싸이게 된다. 논문의 질은 떨어지는데 그렇다고 지도학생의 인생을 막을 수는 없기 때문이다. 영구수료제도가 없을 때는 다음에 하자고 미뤄버리면 되지만 이제는 그럴 수도 없는 것이다.

정이 많은 우리나라 사람들의 특성상 이런 경우 그 학생은 대개는 졸업이 된다. 물론 이렇게라도 졸업하기 위해서는 계속해서 지도교수와 논문에 대한 교감이 있었을 때 가능하다. 영구수료라는 한계에 걸려서 기어서 졸업하는 것은 너무나도 무기력한 삶이다. 그러나 논문능력이 부족한 상황에서 석사졸업이 꼭 필요하다면 이런 것도 한 방법일 수는 있다는 점 정도는 언급해 두겠다.

박사논문은 평생의 명함이다

한 우물만 파는 것이 가능할까?

석사는 최대한 빨리 졸업한 뒤 사회에 진출하거나 박사과정으로 바로 들어가는 것이 바람직하다. 그러나 박사는 전혀 그렇지 않다. 박사논문은 평생을 따라다니는 전공자로서의 명함이기 때문에 논문 주제 선정에서부터 매우 신중해야만 한다. 이것은 좋든 싫든 평생을 따라다니는 꼬리표이기 때문이다. 사실 박사논문을 특정 주제로 썼다고 해서 그사람이 평생 동안 그 문제에 깊은 관심을 가지고 있다는 생각은 순진한 발상이다. 예컨대 내가 한국 선불교에 대해서 논문을 썼다고 해서 죽을 때까지 선불교에만 미쳐 있을 필요는 없다는 말이다. 사람의 생각은 달라지고 다양하게 변모하면서 더욱더 새로운 발전을 보이게 된다. 그런데도 우리나라의 학계에는 전문가는 '의당 이래야 한다'는 무언의 철칙 같은 것이 있다. 이것은 아직 우리 학계가 덜 발전했다는 것을 여실히 보여주는 한계에 따른 자화상이다.

『논어』「계씨(季氏)」편에는 군자는 3가지를 경계해야 한다는 '군자삼계(君子三戒)'가 기록되어 있다. '청년기에는 여색을 조심하고, 장년에는 다툼을 경계하며, 노년에는 명예를 조심하라'가 그것이다. 나는 인간은 성장하면서 정신의 자세와 관점도 바뀐다고 생각한다. 즉 하나의 전공으로 평생을 파고 있어야만 진정한 전공자라고 보는 인식에 반대하는 것이다. 공부란 스스로 즐기는 방법 중 하나이며, 즐거움이란 시절에 따라서 바뀌게 마련이다. 한 사람이 수십 년 동안 하나의 전공, 즉 한 우물만 파면서 즐거울 수 있을까? 때론 외도도 하고 처음에는 곁가지였던 것이 나중에는 본가지가 되기도 하는 것이 자연스러운 양상이 아닐까? 이와 같은 생각은 서구의 학계에서는 이미 보편적이다. 이런 점에서 우리나라의 학계는 폐쇄적이고 화석화되어 있다는 비판을 면하기 어렵다.

유명한 주제를 선택하라

나는 여러 전공에 호기심이 있기 때문에 박사논문을 여러 편 썼지만 일반적으로 박사를 하나 이상 딴다는 것은 매우 어려운 일이다. 100세 시대와 선진화된 사회에서, 박사학위는 지금처럼 직업을 갖는 데 유리한 수단이라기보다는 취미와 연결되는 측면이 더 크다. 즉 취업을 위해서 고통을 참는 것이 공부가 아니라, 삶의 질을 높이기 위한 고급 취미로서의 공부 시대가 열리는 것이다. 실제로 최근 들어서는 나처럼 박사학위가 여럿인 사람들이 다수 등장하고 있다. 사회적인 변화가 목도되는 것이다. 그러나 아직까지 박사를 여러 개 갖는 것은 쉬운 일이 아니다. 이런 점에서 현재까지는 박사논문의 주제 선정이야말로 대학원에서 가장 중요한 일이라고 하겠다.

　　한번은 어떤 학생이 남이 잘 모르는 것을 가지고 박사논문을 쓰려고 하기에 내가 될 수 있으면 유명한 주제로 쓰라고 조언한 적이 있다. 박사논문이 평생의 명함이 되는 것은 바람직하지 않지만, 박사를 졸업하면 근 10년 정도는 이게 명함이 되는 것이 사실이기 때문이다. 이때 남이 잘 모르는 주제를 쓰게 되면 전공을 묻는 모든 사람에게 그게 뭔지를 계속해서 설명해줘야 하는 문제가 발생한다. 실제로 내가 박사논문에서 쓴 주제는 '율장'과 '불국사' 그리고 '나옹'과 '자장'이다. 이는 불교 쪽에서는 더 이상 설명이 필요 없는 부분이다. 즉 유명하지만 아직 연구의 틈새가 남아 있는 주제를 찾아야 한다는 말이다.

내 박사논문 중 불국사와 자장은 이 주제로는 내가 첫 번째 박사논문을 쓴 사람이다. 이런 경우 박사논문이 통과되는 순간 그 분야의 최고 전문가가 되는 재미있는 상황이 발생한다. 우리나라 안의 주제를 잡으면 '박사=전 세계 최고 전문가'가 된다. 내가 최고 전문가라니, 이는 분명 공부의 또 다른 재미가 되기에 충분하다.

박사논문은 평생을 따라다니는
전공자로서의 명함이기 때문에,
논문 주제 선정에서부터
매우 신중해야만 한다.

박사논문에는 '다음 기회'가 없다

바뀌지 않는 주제를 선택하라

박사논문 주제는 유명한 것일수록 좋다. 이와 더불어 바뀌지 않는 주제여야 한다는 점도 고려되어야 한다. 이공계 논문이야 기술적인 발전과 함께 가기 쉬우므로 어쩔 수 없지만 인문학이나 사회과학 논문까지 굳이 그럴 필요는 없다. 예컨대 '한국 대학의 구조조정에 관한 연구'와 같은 주제로 박사논문을 쓴다는 건 상당히 무모하다. 왜냐하면 이 논문은 불과 몇 년간의 수명만 가지고 있기 때문이다. 즉 시한부 박사논문인 것이다. 박사논문이 평생을 따라다니는 꼬리표라는 점에서, 최소한 죽을 때까지는 유효한 주제를 선택하는 것이 유리하다. 그래서 나는 바뀌지 않는 주제를 선택하라고 말하는 것이다.

바뀌지 않고 유명한 주제들은 지속적인 수요가 존재하게 마련이다. 예컨대 황룡사나 원효와 같은 주제를 생각해보자. 이들에 대한 연구는 이미 상당히 진행되어 있기 때문에 더 이상 새로운 자료가 나올 확률은 없다. 이런 주제는 최소한의 안전성이 담보되어 있는 것이다. 그러나 안전하다는 것은 동시에 더 연구할 부분이 많이 남아 있지 않다는 의미도 된다. 그러므로 여기에는 반드시 선행연구와 변별점을 줄 수 있는 특수한 관점을 도출해낼 수 있는지를 판단해 보아야만 한다. 이것이 만일 불가능하다는 계산이 나오면, 다시금 안전한 주제 중에서 박사논문의 각이 나오는 주제를 찾아야만 한다. 때론 이것이 내가 좋아하는 주제보다도 우선적으로 고려되어야 할 측면이기도 하다. 왜냐하면 박사논문은 특별하지 않는 한 일회성 게임이기 때문이다.

만일의 경우를 최소화하라

오늘날은 대학이 없어지는 시대다. 만일 내가 선택해서 졸업한 학교가 없어진다면 그것처럼 비극적인 일도 없을 것이다. 왜냐하면 어느 학교를 졸업했냐는 질문을 받을 때마다 학교 이름부터 설명해야 하는 문제가 발생하기 때문이다. 박사논문도 마찬가지다. 어떤 주제로 박사학위를 받았는데, 이후에 새로운 발견이 나타나면서 내용이 완전히 바뀌는 경우도 존재한다.

　　예컨대 정조는 반대파인 노론에 의해서 독살되었다는 주장이 상당한 힘을 얻고 있었다. 그러나 지난 2009년 2월 정조가 노론의 심환지에게 보낸 편지 299통이 새롭게 발견되면서 이 주장은 빛을 잃게 되었다. 정조가 독살되었다는 주장은 『누가 왕을 죽였는가』나 『조선왕 독살사건』 등 다수의 서적까지 발간되며 유행했었다. 이런 상황에서 무척 흥미로운 사건이 발생한 것이다. 물론 모든 가능성을 예측하고 사전에 차단할 수는 없다. 그러나 이와 같은 사건이 발생할 때 박사논문에 미치는 부정적인 충격은 매우 크다. 그러므로 이러한 경우를 최대한 배제하려는 노력을 할 필요가 요구되는 것이다.

　　나 역시 학회논문에서 주장한 내용이 새로운 자료의 발견으로 박사논문 주제에도 수명이 있다.
'한국 대학의 구조조정에 관한 연구'와 같은 주제는
불과 몇 년간의 수명을 가진 시한부 박사논문이다.
그러므로 바뀌지 않고 유명한 주제일수록 좋다.

오류가 된 일이 있다. 그것도 지속적인 연구였기 때문에 여러 편이 얽힌 상황이었다. 그나마 다행인 것은 그 새로운 자료 역시 내가 발견했기 때문에 나는 빠르게 새로운 자료를 반영한 논문들을 써서 문제를 보완하려고 노력했다. 그러나 그럼에도 분명한 것은 한 번 발표된 논문은 회수될 수 없다. 그나마 학회논문이었기에 다행이지 만일 이런 일이 박사논문에서 벌어진다면 실로 아찔한 일이 아닐 수 없다.

　　박사논문을 쓸 당시에 최선을 다했다고 하더라도 새로운 자료가 발견되어 추가되면 논문이 무너지는 일은 어찌할 수 없다. 또 이것을 통해서 비판받는 것 역시 논문을 쓴 사람의 숙명일 뿐이다. 이런 점에서 제아무리 파젖히더라도 도저히 더는 나오지 않을 만한 주제를 잡는 것 역시 고려되어야 할 중요한 노력이 된다.

시대를 예측하는 주제를 잡아라

나는 박사논문의 주제를 정할 때 미래의 가능성이라는 측면에 주목한다. 나는 불교윤리와 불교문화재에 대한 박사학위를 가지고 있다. 우리나라가 발전하고 선진국이 될수록 윤리적인 측면이 강조되고 문화재에 대한 인식이 환기될 것이라고 판단했기 때문이다. 이럴 경우 당연히 전공자에 대한 수요가 발생하는데, 이렇게 되면 수요 과다로 전공자가 갑이 되는 환경이 조성되게 마련이다. 이것이 내가 이 전공을 선택한 이유다. 물론 이들 전공에 대한 개인적인 흥미가 존재했던 것도 사실이다. 그러나 그보다도 나의 전공 선택에는 시대에 대한 예측이 더 크게 작용했다.

　　이 두 전공 중 불교윤리는 내 뒤로 승려로는 3명의 박사가 더 배

187

출되었지만 불교문화재는 현재까지도 승려들 중에는 박사학위자가 나 혼자뿐이다. 물론 종교라는 보수적인 집단의 특성상 이러한 변화가 일반 사회처럼 빠르게 나타나지 않아서 수요가 폭발하는 지경에는 이르지 않았다. 그러나 나의 시대적인 예측은 정확했고, 유일한 전공자라는 갑질도 어느 정도는 성공했다.

박사학위를 취업과 곧장 연결시켜야 하는 사람이라면 나와 같은 시대적 요청에 대한 반응이 더 잘 작동해야만 한다. 시대적 수요보다도 졸업이나 했으면 좋겠다는 절박한 생각에 덜컥 쉬운 주제를 잡으면, 졸업할 때 한번 기쁘고 죽을 때까지 후회하는 인생을 살게 되기 때문이다. 물론 운이 아주 좋은 사람은 예측하지 않았는데도 어쩌다 보니 자기 전공에 바람이 부는 경우도 있고, 거꾸로 미래를 예측했음에도 완전히 헛발질이 되는 경우도 있다. 그러나 전문적인 학자 범주에 들어가는 박사가 이를 운에만 맡길 수는 없다. 그러므로 최대한의 노력으로 가능성을 확대해볼 필요가 있는 것이다.

지도교수의 전공은 무조건 피하라

지도교수의 역할은 설계와 감리다

나는 해외여행을 통해서 배우는 다문화적인 가치가 웬만한 책이나 공부보다 많다고 생각한다. 그래서 이를 권하고는 하는데 이것이 참 아이러니하다. 젊어서 시간이 있을 때는 돈이 없고 중년이 되어 돈이 있을 때는 시간이 없다. 그리고 노년이 되어 시간과 돈이 모두 있는 상황에서는 인생이 없다. 즉 떠나도 재미도 없고 고달프기만 한, '집 떠나면 고생'인 상황이 연출되는 것이다.

지도교수도 마찬가지다. 지도 능력이 되는 분은 바빠서 지도할 시간이 없고 시간이 있는 분은 지도 능력이 부족하다. 또 어떤 경우는 능력과 시간이 모두 되는데, 당신 일에 매몰되어서 학생에게는 도통 관심이 없는 경우도 있다. 지도교수가 뭔가 해주겠거니 하는 생각은 헛다리를 짚는 가장 위험한 망상이다.

학위논문은 지도교수와 함께 이루어지는 공동 작업이다. 그러나 그 공동 작업이라는 것이 5:5 동업과 같은 것을 의미하는 것이 아니다. 학생이 나름 선별한 주제를 몇 개 가지고 가면, 지도교수는 그중 당신이 관심 있는 주제를 하나 선택해서 대략적인 구조를 뽑아준다. 그리고 그 주제와 관련된 선행연구를 학생이 모두 정리하면 지도교수는 작업의 시작을 지시한다. 이후 학생이 작업을 해가면 지도교수는 검토한 후 문제점을 지적하고 학생은 그때마다 계속 고쳐나간다. 이러한 작업이 학위논문을 학교에 최종 제출하기 직전까지 진행된다.

실제로 지도교수를 찾아갈 때마다 고치는 부분이 늘어나니 최대한 띄엄띄엄 찾아가는 것이 한 방법이라고 생각하는 학생들도 많다. 심지어는 지도교수의 지도에 의해서 논문을 힘들게 고쳤는데, 다시 생각해보니 원래대로가 더 좋다고 복구하라고 하는 경우도 있다. 이런 때를 대비해서 매번의 파일을 저장해둘 필요도 있다. 그렇지 않으면 진짜 분노의 화산이 폭발할 수도 있기 때문이다. 즉 학위논문에서의 공동 작업이란, 말과 기수와 같은 관계를 넘어서 드론과 조정자의 관계라고 이해하면 되겠다. 드론은 엄청 바쁜데 조정자는 손가락만 까딱까딱하면 되는 것이다.

지도교수의 역할은 학생과 함께 논문을 고민하고 같이 작업하는 것이 아니다. 지도교수는 건축으로 말하자면 설계와 감리의 역할만 하면 된다. 즉 건축과 관련된 제반 작업은 전적으로 학생의 몫인 것이다.

지도교수의 관심사도 피하라

지도교수 선정은 학생 역시 지도교수의 전공 범주 안에 들어가는 전공을 선택했다는 것을 의미한다. 이때 범하는 가장 큰 오류 중 하나가 지도교수와 세부전공까지 일치하려고 하는 것이다. 이렇게 하면 아무래도 지도받기가 더 유리하다고 생각하기 때문이다. 이 생각이 틀린 것은 아니다. 이런 경우 지도교수에게 거의 모든 자료가 있으므로 이를 아주

손쉽게 옮겨 받기만 하면 되기 때문이다. 그러나 막상 이렇게 되면 졸업은 진짜 요원해진다. 지도교수는 그 방면에서 수십 년을 구른, 말 그대로 잔뼈가 굵은 백전노장이다. 그런데 이런 분을 상대로 학생이 수년 만에 변별력 있는 연구 성과를 확보한다는 것은 가능성이 없는 게임이기 때문이다. 그런데도 학생은 이것이 가능하다고 생각하고 도전하는 것이다.

이런 경우 지도교수의 입장에서 학생이 만들어오는 논문이란 곁눈질로 봐도 허점투성이다. 이 상황에서 어떻게 졸업할 수가 있겠는가? 그러므로 졸업을 위해서는 역으로 지도교수의 주특기를 피하는 것이 관건이 된다. 즉 지도교수와 같은 전공에 속해 있되 세부적으로는 최대한 멀리 떨어지는 것이 유리하다는 말이다. 어떻게든 다르게 걸쳐 있어야 한다. 그래야만 지도교수가 정독을 해도 문제점이 쉽게 노출되지 않게 된다.

제아무리 한 우물만 파는 전공자라 하더라도 동일 전공 안에서는 관심사가 이리저리 변해가게 마련이다. 즉 여러 우물을 파는 나 같은 사람과는 다르지만 이들 역시 우물 안에서의 변화는 모색하고 있는 것이다. 이런 점에서 졸업논문 주제는 역시 지도교수의 주전공뿐만 아니라 관심사 역시 피하는 것이 좋다.

지도학생이 지도교수의 관심사로 도전했을 때 논문 통과가 어려운 이유는 간단하다. 1차로 생각되는 것은 두 사람의 능력 차 문제다. 즉 지도학생이 지도교수를 능가하기가 쉽지 않다는 점이다. 그러나 관심사에는 이와 함께 눈에 보이지 않는 2차적 부분도 존재한다. 그것은 지도학생이 지도교수가 미처 보지 못한 새로운 관점을 찾아낸다고 하더라도 지도교수의 입장에서는 이를 받아들이기가 쉽지 않다는 점이다. 이때 은연중에 괘씸죄가 작용할 수 있다는 점에 유의해야 한다. 즉 지도교수의 관심사로 도전하는 것은 실재하지 않는 '없는 패'인 것이다.

학위심사에서는 말대답을 조심하라

박사논문은 쓴 사람이 가장 잘 안다

처음으로 박사논문 심사를 받을 때의 일이다. 심사 과정에는 언제나 고치라는 수정 요구가 나오게 마련이다. 그런데 이때만 해도 내가 규칙을 잘 몰랐기 때문에 심사위원들이 지적을 하면 나는 내가 왜 그렇게 해야만 했는지를 설명했다. 심사가 끝나자 지도교수님이 따로 말하길, "스님, 다른 건 몰라도 박사논문은 쓴 사람이 제일 잘 압니다. 그러니 그냥 그러련 하세요." 하는 게 아닌가. 나는 당시에는 이 말을 '스트레스 받지 말라'는 뜻으로 받아들였다. 그러나 여기에는 다른 의미도 포함되어 있었다는 것을 후일에 알게 됐다.

박사논문을 준비하는 사람은 짧아도 2년 길면 5년 이상을 하나의 세부전공으로 들입다 파게 된다. 그 과정에서 중요한 선행연구는 모두 숙지하고서 그 틈들을 비집고 자기만의 주장을 하는 것이다. 이런 사람을 상대로 제아무리 전공자라고 하더라도 기껏해야 한두 번 읽어오는 심사위원이 더 많이 알고 있을 가능성은 존재하지 않는다. 설령 세부전공까지 완벽하게 일치하는 분이 있다 하더라도 심사위원은 절대 심사 대상자보다 많이 알지 못한다. 이것은 뒷사람이 압도적으로 유리한 학문적인 특수성 때문이다. 후발의 연구는 선행연구를 충분히 검토한 후, 이의 문제점을 극복하는 새로운 대안을 제시하는 방식으로 이루어진다. 선행연구자보다 새로운 관점을 제기하지 못하면 그것은 논문 심사 대상이 될 수가 없다는 점을 상기할 필요가 있다. 즉 같은 주제로 박사논문이 구성되고 있다는 것은 앞의 연구들을 넘어서는 한칼의 존재를 의미한다는 말이다. 이와 같은 상황들을 이해한다면, 박사논문에서는 심사 대상자보다 심사위원이 더 많이 알고 있을 확률은 거의 없다는 것을 알게 된다.

　　박사논문 심사는 특수한 경우가 아니면, 내용보다는 체계와 미비점 즉 신출내기가 범하는 촌스러움의 문제를 극복하는 부분에 집중되게 마련이다. 물론 논문의 상태가 좋지 않으면 심사 과정에서 논문의 내용 이야기가 나오기도 한다. 그러나 이렇게 되면 지도교수가 이 논문을 심사에 올린 일 자체가 문제가 된다. 즉 이런 경우는 문제의 핵심이 달라지는 것이다. 그러므로 이러한 상황은 조금 특수한 경우이므로 일반화시켜볼 일까지는 아니다.

수용은 하되 비굴하면 안 된다

수년 뒤 다른 전공으로 박사논문 심사에 들어갈 때이다. 그때는 지도교수님이 따로 불러서 "심사장에서는 절대 말대답을 하시면 안 됩니다. 지면 논문에 문제가 있는 것이 되고, 이기면 심사위원의 체면이 말이 아니게 됩니다. 그래서 감정이 남을 수 있습니다. 또 이기고 지는 것과 관계없이 이렇게 되면 나이든 분들은 심사받을 자세가 안 되어 있다는 지적을 하게 됩니다. 그러니 부당한 게 있더라도 무조건 고치겠다고

학위논문 심사장에서는 말대답을 삼가야 한다.
지면 논문에 문제가 있는 것이 되고,
이기면 심사위원의 체면이 말이 아니게 된다.
또한 심사받을 자세가 안 되어 있다는 지적까지 받게 된다.

하고 나중에 그 부분은 저랑 따로 얘기하시죠."라고 하는 것이 아닌가. 이때서야 나는 '그러련 하라'는 의미가 다의적이었다는 것을 알게 되었다. 당시 내 지도교수님은 워낙 인격이 훌륭하신 분이라 스님인 나에게 대놓고 얘기하시기가 뭣했던가 보다. 그래서 에둘러 말했던 것인데 논문 심사가 무엇인지를 잘 몰랐던 나는 내 식으로 판단해버리고 끝낸 것이다. 그런데 젊은 지도교수님은 내 성격상 받아칠 수도 있겠다는 생각이 들자 미리 주의를 줬던 것이다. 그리고 당신께서도 이러한 "경직된 심사 구조가 맞는 것은 아니지만, 현재 우리나라 학계의 관행이 그러니 어쩌겠냐."라는 말씀도 했던 기억이 있다.

　　심사장에서 심사위원의 지적이 나오면 "'적절히 반영해서 수정하겠다."라고 하거나, "미처 거기까지는 생각해 보지 못했는데 그럴 수도 있을 것 같으니 고려해보겠다."라는 대답 정도만 하면 된다. 너무 심사위원을 의식해서 "가르쳐주셔서 감사합니다."라는 감탄을 하게 되면 절대 안 된다. 이건 논문을 쓰면서 제대로 여러 가지를 살피지 못했다는 시인이 되기 때문이다. 즉 말 그대로 말대답을 안 한다는 정도에서 너무 비굴하지 않게 끌고 가야 하는 것이다.

심사위원의 역할을 이해하라

참아야 하느니라

논문 심사장에서 심사위원의 임무는 구조와 내용적인 오류를 수정해서 논문이 더 좋게 되도록 지적해주는 것이다. 즉 이분들은 지적질을 하기 위해서 귀한 시간을 내서 와 있는 것이다. 심사 대상자는 이 부분을 이해할 필요가 있다. 또 심사위원들 사이에 미묘한 흐름이 있어 누가 더 열심히 논문을 보고 왔느냐는 것이 심사의 주가 된다. 이는 지적하지 않으면 안 보고 온 것처럼 된다는 의미를 내포한다. 심사위원이 할 말이 없다고 심사 대상자를 칭찬하다가 갈 수는 없는 것 아닌가? 그렇다 보니 지도교수를 제외한 다른 분들의 지적질이 난무하게 된다.

논문 심사장에서 지도교수는 이중적인 위치를 갖게 된다. 지도교수는 지도제자와 같이 논문 작업을 해왔기 때문에 심사장에 오기 전까지는 지적을 한다. 하지만 막상 심사장에 오면 당신 체면도 있기 때문에 최대한의 방어 모드를 전개하게 된다. 마치 제사에서의 상주가 조상님께 절을 올리는 후손인 동시에, 제사 중간에는 조상의 입장이 되어 국에 밥을 말기도 하는 것처럼 말이다.

심사과정에서 지적받은 부분에 대해
심사 대상자는 전부 메모했다가 적절히 고쳐 가야 한다.
이것은 심사위원에 대한 배려인 동시에 존중이다.
이럴 경우 상호배려로 연결되어 심사장 분위기는 좋아진다.

박사논문에서는 논문을 쓴 사람과 심사위원의 내공 간에 역전 현상이 존재한다. 따라서 상당수의 지적은 사실 헛다리인 경우가 많다. 이때 심사 대상자는 자기를 절제하면서 참고 또 참아야만 한다. 그런데 이게 그렇게 생각처럼 쉽지가 않다. 수년 동안 작업을 해왔기 때문에 지적한 부분에 대해서 너무 잘 알고 있으므로 입이 간질간질한 것이다. 이걸 잘 참아야 논문 통과가 순탄하다. 박사논문 심사는 본래 3번 심사하는 것으로 되어 있지만 논문에 큰 문제가 없고 심사가 순탄하면 편법으로 2번 만에 끝내기도 한다. 마치 대학의 수업이 16주를 원칙으로 하지만 15주 만에 마치는 경우도 있는 것처럼 말이다. 2번 심사는 엄밀한 의미에서는 불법이다. 그럼에도 심사위원들이 너무 멀리서 와야 할 때와 같은 상황들이 고려되는 경우에는 2번 심사가 상당수 존재한다.

심사가 순탄하면 노동 강도는 줄어든다

심사 대상자의 입장에서 심사가 한 번 줄어든다는 것은 고쳐야 할 부분이 대폭 줄어든다는 것을 의미한다. 박사논문이라는 게 특이하게도 다 돼서 인쇄까지 끝나면 맹숭맹숭한데, 그 전에는 갑자기 장인정신이 생겨서 아주 작은 부분까지도 고치고 또 고치기를 반복하게 된다. 즉 시간이 아무리 주어져도 시간이 부족한 상황인 것이다. 이때 심사가 한 차례 빠진다는 것은 진짜 숨통이 돌아갈 만한 여유를 갖게 된다는 것을 의미한다. 또 굳이 한 번의 심사가 줄어들지 않더라도 심사 대상자가 고분고분하고 서글서글하면, 심사위원도 1차 심사 때는 맹공을 하다가 2~3차로 가면서 지적 사항을 적게 내놓게 된다. 사실 여기에는 심사위원들이 맨 처음에만 세밀하게 읽고 다음부터는 잘 읽어 오지 않는 이유도 존재한다. 다들 바쁜 분인데 계속해서 읽어오기가 당신들로서도 쉽지 않은 것이다.

그러나 심사장 분위기가 좋지 않으면 3번의 심사 모두 엄청난 노동 강도를 요구받게 된다. 그것도 모자라면 심사가 유예되면서 다음 학기로 넘어가는데, 이렇게 되면 1년에 걸쳐 총 6번의 심사를 거쳐야 한다. 즉 죽음의 시절이 전개되는 것이다.

심사장 분위기를 좋게 하라

무기명 비대면 심사는 논문만 가지고 평가가 이루어진다. 그러나 서로를 아는 대면 심사인 경우에는 필연적으로 인간관계적인 측면이 존재할 수밖에 없다. 그렇기 때문에 계속 찾아가면서 인간적 관계가 맺어지면 유리해지는 것이 사실이다. 그러나 이것은 피곤한 동시에 비겁한 행동이다. 이런 점에서 나는 인사치레보다는 논문의 내용에 보다 집중하는 방식이 더 좋다고 생각한다. 실제로 연세 많고 안면이 있는 분들 중에는 심사위원이 돼서 인사드리러 가면, '평소에는 찾아오지도 않다가 이제 오는구나'라는 뉘앙스를 풍기기도 한다.

그러나 젊거나 공부에 보다 치중하는 분들은 인사차 찾아간다고 하면, 서로 바쁘니 굳이 오지 말고 메일로 논문 작업한 것을 보내는 걸로 대체하자고 말한다. 우리나라 학계가 보수적이고 잘 변하지 않아서 그렇지 사실은 후자가 전적으로 맞다. 상품을 만드는 사람은 물건으로 말하면 되고, 논문을 쓰는 사람은 논문의 충실도로만 변증하면 되기 때문이다.

아직까지도 우리나라는 박사논문에 3번 심사가 진행되면, 3차례 모두 5분의 심사위원에게 심사 대상자가 심사논문을 제본해서 가져다 드려야 하는 것이 관행이다. 이게 언뜻 생각하면 별일이 아닌 것 같다. 그러나 다들 바쁜 분이라 만나기도 쉽지 않을 뿐 아니라, 심사 대상자 입장에서는 논문 때문에 한시가 급한 상황이라는 점을 고려할 필요가 있다. 한시바삐 시정되어야 할 불필요한 악습인 것이다. 여기에 심사위원이 멀리서 오시는 분이 있으면 심사논문 돌리는 데만 며칠이 그냥 소모되고 만다.

그러나 현재까지는 이것이 학계의 관행이기 때문에 무조건 가져다드려야 한다. 물론 최근 들어서는 심사위원이 먼저 메일로 보내는 것으로 대체하자고 제안하는 빈도가 늘어나고 있다. 그럼에도 관행의 벽은 높고 두텁다. 또 연세 많은 분들에게는 어떤 일이 있더라도 무조건 찾아가야 한다. 그 분들이 사셨던 시대 상황에서는 어른에게 젊은 후배가 메일로, 그것도 심사논문을 보낸다는 것은 도저히 용납될 수 없는 일이기 때문이다.

심사과정에서 지적받은 부분을 심사 대상자는 전부 메모했다가 적절히 고쳐서 가야 한다. 이런 경우 다음 심사에서는 알아보기 쉽도록 고치기 전과 후의 대조표를 만들어 심사위원에게 제시해주는 것도 한 방법이다. 그런데 어떤 경우는 지적 사항이 황망해서 논문을 고치게 되면 오히려 문제가 되는 수도 있다. 이럴 때는 일부의 말을 바꾸는 선에서 대충 시늉만 해도 된다. 이렇게 하는 이유는 심사위원의 체면을 고려한 배려다. 즉 분명히 틀린 지적임에도 체면의 당위성을 부여해주는 것이다. 이것은 심사 대상자의 심사위원에 대한 배려인 동시에 후배가

표하는 선배에 대한 존중이다. 이런 부분을 보다 원만하게 처리할 경우 심사장의 분위기는 좋아진다. 즉 작은 배려가 서로에 대한 상호배려로 연결되는 것이다.

졸업논문은 대면 심사이고 논문 심사란 주관적이다. 대면 심사에서는 어떤 이유 때문이든지 심사위원과 심사 대상자 간에 냉기류가 흐르게 되면 문제가 복잡해진다. 그러므로 심사장의 분위기를 최대한 좋게 하는 것이 중요하다. 이는 심사 대상자가 취해야 할 기본 자세이자 의무라고 하겠다.

03

학회논문의
모든 것

학회논문의 특징을 파악하라

전문가들의 본 경기는 학회논문으로 평가된다

학위논문이란 석사와 박사과정을 위한 통과 즉 졸업논문이다. 이렇게 졸업을 하게 되면 전문가로서의 자격증인 박사학위를 받게 된다. 일반 사람들은 박사가 되면 공부가 끝났다고 생각하지만 박사학위는 사실 운전면허증과 같다. 즉 이때부터 비로소 전문가로서의 운전이 가능하다는 말이다.

　　　박사가 굉장히 드문 것 같지만 사실 박사학위를 받게 되면 주변에 있는 사람은 거의 박사가 된다. 마치 재벌 주변인들은 재벌이고 정치인 주위에는 죄다 정치인뿐인 것과 같다. 실제로 출가 전에는 큰 절에 가봐도 스님 보기가 어려웠지만 출가하고 나면 죄다 스님뿐이다. 그러면 스님이라고 다 같은 스님이고 정치인이면 다 같은 정치인일까? 물론 그렇지 않다. 박사학위자 역시 이와 같다. 그러면 박사학위자의 우열을 나누는 기준은 무엇일까? 물론 여기에는 다양한 요소들이 존재하지만 전공자라는 점에서 논문능력이 가장 중요한 판단 기준이 된다. 이 기준이 되는 논문은 당연히 박사논문은 아니다. 이때 기준이 되는 것이 바로 학회논문이다. 즉 박사학위라는 운전면허를 취득한 후, 이것이 출퇴근에 활용되는지 카레이서에게 이용되는지는 순전히 학회논문에 달려 있다.

학회논문은 무기명 비대면 심사로 대체로 학회에서 선정한 전공자 3인에 의해서 심사가 진행된다. 이렇다 보니 조금이라도 문제가 생기면 학위논문과는 달리 바로 쓴맛을 보게 된다. 박사논문이 학회논문보다 어렵게 느껴지는 이유는 분량이 많기 때문이다. 박사논문이 장편소설이라면 학회논문은 단편소설인 셈이다. 즉 양자 사이에는 체급 차이가 존재한다. 전체 노력은 박사논문이 더 많이 들지만 같은 분량으로만 말한다면 학회논문의 난이도가 더 높다.

이미 박사학위를 받은 주변 분들이 나에게 겸연쩍어하며 묻는 것 중 하나가 '어떻게 학회논문을 쓰느냐?'이다. 나는 매년 우리나라의 인문학자 중에서 가장 많은 논문을 학진 등재지에 수록한다. 또 논문의 작업 속도는 보통 사람보다 10배 이상 빠르다. 그러니 학회논문이 쉽지 않은 분들이 물어보는 것은 어쩌면 당연하다. 사실 내가 남보다 작업이 빠른 것은 음식에 비유하면 집밥처럼 음식을 개별적으로 준비하는 것이 아니라 대형 식당처럼 재료들을 대량으로 손봐서 사전에 갖춰놓기 때문이다. 그러나 이것은 가르쳐줘도 따라할 수가 없다. 왜냐하면 가정집 구조에서는 식당의 방식을 수용할 수 없기 때문이다. 즉 말해줘 봐야 빛 좋은 개살구일 뿐이다.

이때 내가 말해주는 방법이 바로 한방에 쓰라는 것이다. 일필휘지라는 말이 있다. 붓에 먹을 묻혀서 한방에 전체를 끝내버리는 것이다. 이렇게 논문을 쓰면 훨씬 경쾌한 글이 나오게 된다. 즉 심사자가 읽으면서 동화되기 쉬운 글이 만들어진다는 말이다. 물론 이것이 가능하기 위해서는 학회논문과 관련된 제반 정리와 구조가 머릿속에 완성되어 있어야만 한다. 실제로 나는 학회논문에서 각주를 제외한 본문 작업은 최대 이틀을 넘기지 않는다. 그러고는 그 다음에 바로 각주 작업에 돌입한다.

내가 느낀 감정을 상대방도 느낀다

논문을 쓰는 것은 피 말리는 작업이 아니다. 사실 어떤 의미에서는 논문 쓰는 것도 글쓰기일 뿐이다. 글을 잘 쓰는 방법에는 여러 가지가 있지만 쓰고 싶은 내용이 가슴속에 가득 찼을 때 쓰는 것도 한 방법이다. 이렇게 되면 빵빵한 풍선에 바람이 빠지듯, 생각이 생각을 밀어내면서 글이 만들어지는 작용이 쉽게 일어난다. 즉 생각을 쥐어 짜내면서 글을 쓰는 것이 아니라, 생각이 글이라는 말을 타고서 경쾌하게 달리는 상황이 연출되는 것이다.

논문 쓰는 것을 흔히 '피를 말리는 작업'이라고 한다. 어떤 교수님은 내게 "나는 박사논문 쓸 때의 스트레스 때문에 귀에 이명 현상이 생겼는데, 스님은 어떻게 여러 개를 할 수 있는지 신통합니다."라고 말씀하시기도 했다. 이것은 물이 채 고이지 않은 상태에서 억지로 물을 끌어올리고 있기 때문이다. 물이 가득 차도록 기다린 뒤에 경계를 터버리면 물은 저절로 유장하게 흘러가게 마련이다. 이렇게 되면 논문을 쓰는 것은 고통이 아니라 재미있는 일이 될 뿐이다. 또 말을 빨리 하면서도 잘하는 사람이 말하는 것을 듣고 있다 보면 생각이 빨려 들어가면서 쉽게 동화되는 현상이 일어난다. 글도 그렇고 논문도 바로 그렇다. 그래서 나는 학회논문에서도 한방의 글쓰기를 잘하라고 하는 것이다.

여러 층으로 된 건물을 짓다 보면 한방에 전체를 올리는 경우도 있고, 때에 따라서는 중간쯤 올렸다가 이후에 또 덧대는 방식을 쓰는 경우도 있다. 그런데 재미있는 것은 한방에 가면 문제가 없는데, 덧대면 반드시 그곳에서 균열 같은 문제가 발생한다는 것이다. 이는 콘크리트의 양생 과정에 시차가 존재하기 때문이다.

일전에 모 일간지 기자와 점심을 같이 했는데 "글을 쓰는 사람이 중간에 쉬었다가 쓰게 되면 읽는 사람도 그 지점에서 쉰다."라는 말에 깊은 인상이 남았다. 이 논리 구조를 좀 더 확대해보면, 내가 재미있게 작업한 것과 고통스럽게 쓴 것을 상대도 느낀다는 것이 된다. 이런 점에서 논문은 쓰기 싫은 글이 아니라 쓰고 싶은 글이어야만 한다. 그리고 이것은 한방의 작업이 되었을 때 그 가능성이 훨씬 커진다.

논문은 논문 이전에 한 편의 글이다. 또 이 글은 소통의 도구일 뿐이다. 바로 이 점이야말로 비대면 무기명의 학회논문 통과에 있어서, 체계와 내용이라는 보이는 구조 바깥에 존재하는 보이지 않는 필살기가 장착되는 곳이라고 하겠다.

학회논문은 두려워할 대상이 아니다

심사에서 떨어지는 것을 두려워하지 말라

학회논문을 많이 안 써본 분들은 학회논문에 대한 막연한 두려움을 가지곤 한다. 그 두려움의 정체는 '떨어지면 어떡하지'인데, 이것이 전문가로서의 자존심에 상처를 준다고 생각하는 것이다. 또 논문 심사를 신청했다가 떨어지면 암암리에 소문이 날 수 있다고 생각하기도 한다. 그러나 나는 이게 왜 문제가 되는지 모르겠다. 안 써서 도전조차 못하는 사람보다는 떨어져도 쓴 사람이 나은 것 아닌가? 이런 점에서 본다면 때론 뻔뻔한 게 도움이 된다. 왜냐하면 떨어지면서 시야가 더욱 넓어지기 때문이다.

학회논문 심사에 떨어질 경우에는 이와 관련된 자세한 심사서가 첨부되어 온다. 이것은 다른 전공자는 내 논문을 어떻게 보고 있는지를 판단하는 잣대가 된다. 어떤 경우는 논문에 문제가 있는 경우도 있고, 또 어떤 부분에서는 내 의도가 잘못 전달된 측면도 있다. 그러나 어떤 경우라도 상관없다. 어차피 다른 사람의 비판은 그것이 상대방이 잘못 판단한 것일지라도 나에게는 도움이 되기 때문이다. 치명적인 오류라면 당연히 감사한 마음으로 수정해야 한다. 그리고 상대가 곡해(曲解)한 학회논문에서 떨어지는 것은 충분한 가치가 있다.
이 과정에서 논문의 내공이 쌓이고 떨어지는 빈도수도 줄어든다.
이는 노력을 통한 정당한 극복이라는 점에서
자랑스러워 할 일이지 전혀 부끄러운 일이 아니다.

것이라도 그것은 내 표현에도 일정 부분 미숙함이 있기 때문이다. 그러므로 이를 계기로 표현 방식을 좀 더 설득력 있게 바꾸는 것도 고마운 일이다. 어떤 의미에서 내용의 오류는 그 논문 한 편의 문제이지만, 표현의 문제는 앞으로 쓰게 될 모든 논문에 걸쳐서 해당되는 부분이다. 이런 점에서 전자도 고맙지만 사실은 후자가 더 도움이 된다.

떨어지는 것 또한 정당한 과정이다. 비판적인 심사자들이 사실은 내 논문의 내공을 북돋아주는 상대라는 인식만 있으면 떨어지는 것은 아무런 문제가 되지 않는다. 논문의 신도 아니고 처음부터 잘 쓸 수는 없다. 그런데 이를 두려워해서 심사 올리는 것을 꺼려하면, 달팽이나 조개처럼 단단한 갑옷 속에 싸여서 점차 논문능력이 퇴화하게 된다. 그래서 나는 잘 모르겠으면 무조건 학회에 보내서 심사에 올려보라는 조언을 하곤 한다. 물론 심사비가 6만 원가량 들기는 하지만, 이는 전공자 3명이 읽고 조언해주는 비용으로는 충분히 지불할 만한 가치가 있는 금액이다. 어떤 분들은 학회심사가 무기명이지만 학회라는 것이 한 다리 건너 아는 사람들이기 때문에 떨어져서 소문이 나면 어쩌나 하고 걱정하기도 한다. 그러나 설령 그것이 사실이라 하더라도 창피할 것은 없다. 왜냐하면 10년이고 20년이고 계속 떨어진다면 창피하겠지만 떨어지는 과정에서 점차 빈도수가 줄어들기 때문이다. 이는 노력을 통한 정당한 극복이라는 점에서 오히려 자랑스러워할 일이지 창피한 일은 아니라고 생각된다.

학회에는 많은 사람들이 존재하지만 이 중 특정 분야의 전공자를 추리면 사실 몇 명 되지 않는다. 그래서 몇 번 논문 심사를 올리다 보면 내 논문을 누가 심사하는지 대충 아는 수가 있다. 이와는 반대로 논문 심사 의뢰가 들어왔을 때도 상황은 비슷해진다. 이런 판단이 가능한 것은 전공이 일치하면 반드시 심사가 아니더라도 서로의 논문을 읽고는 하는데, 논문을 쓰는 사람마다에는 나름의 특징이 존재하기 때문이다. 즉 논문에도 지문이 있는 것이다.

요즘 한참 대두되는 표절 문제는 컴퓨터 프로그램에 의해서 같은 문장이 존재하는지를 가지고 판단한다. 이런 경우에도 돈을 받고 대신 써주는 것은 잡아낼 방법이 없다. 실제로 석·박사논문에는 이런 경우도 종종 있는 것으로 알려져 있다. 사실 이런 사람들을 추려낼 수 있는 진정한 방법은 그 사람의 논문에서 발견되는 패턴의 분석이다. 위조 미술품을 가리는 방법과 유사하다고 생각하면 된다. 앞으로는 아마 이러한 패턴을 판단하는 프로그램도 등장할 것으로 생각된다. 그렇지 않으면 현재의 학위시스템에서는 대필자를 막을 수 있는 방법이 없기 때문이다. 물론 이 또한 한 사람에게 지속적으로 모든 것을 맡기면 방법이 없다. 그러나 이렇게까지 하는 것은 장기간에 걸친 안정적인 관계를 유지해야만 가능하기 때문에, 현실적으로는 쉽지 않다.

학회논문으로 학위논문 만들기와 표절의 문제

학회논문을 연결해서 박사논문 만들기

내가 두 번째 박사학위논문을 제출한 2009년까지만 해도, 학과에서 권장하는 박사논문 방식은 학회에 소논문을 연속으로 수록하고 이를 하나로 연결해서 완성시키는 것이었다. 실제로 두 번째 박사논문인 미술사 논문은 기존에 발표한 5편의 학회논문을 연결한 형태다. 이로 인해서 학과 내규에 의거하여 나는 '구상 → 초록 → 예비심사'의 3단계를 면제받고 곧장 본심사로 들어갔다. 덕분에 한 학기를 절약할 수 있었다. 각각의 장들이 학회논문을 통과했다는 것은 박사논문 심사보다도 더 정밀한 심사를 거쳤다는 것을 의미한다. 그렇기 때문에 학과 심사를 대거 완화시켜준 것이다. 이는 학과가 생긴 이래 지금까지도 깨지지 않는 내가 써내려간 유일한 기록이다. 실제로 장편의 박사논문을 한 번에 구조를 잡아서 쓴다는 것은 쉬운 일이 아니다. 그러므로 부분 부분을 완성해서 전체를 결합시키는 방법이 권장되었던 것이다.

최근에 우리나라는 표절 열풍이 휘몰아치게 되었다. 이것이 가능해진 것은 거의 모든 논문이 전산화되면서 컴퓨터를 통한 표절 검사가 용이해졌기 때문이다. 언론 또한 이와 같은 표절 문제의 환기를 통해서 표절의 기준이 엄격해졌다. 그 이전까지는 다른 사람의 논문을 인용문 없이 가져다 쓰는 타인 표절만 문제가 되던 것이 이제는 자신의 글을 옮겨가도 문제가 되는 것이다. 이렇게 되면 학회논문을 붙여서 박사논문을 만들거나 반대로 박사논문을 쪼개서 학회논문을 만드는 것은 모두 표절이 된다. 즉 자기표절인 것이다.

자기표절의 엄격한 기준과 문제점

필요 이상으로 엄격해진 표절의 기준은 다시금 두 가지 문제를 초래하게 된다. 첫째는 예전에는 학회논문을 연결하거나 박사논문 발표 후에 이를 쪼개서 학회논문을 제출하는 것이 일반적이었다는 점으로 이는 이전의 모든 교수와 연구자들이 표절한 사람이 된다는 것을 의미한다. 둘째는 연구비를 지원받은 것과 같이 이익을 취하지 않은 상황에서 자신의 선행연구 일부를 옮겨가는 것이 무슨 표절이냐는 주장이다. 즉 표절의 개념이 잘못되었다는 것이다. 실제로 동일한 주제를 가지고 연속된 연구를 진행하다 보면, 내용이 겹치는 부분이 필연적으로 존재할 수밖에 없다.

　　자기표절에는 명확하지 않은 기준에 의한 불명확성이 있다. 이순신을 주제로 여러 편의 논문을 쓴다고 가정해보자. 이때 이순신의 3대 대첩인 명량·한산도·노량해전을 각각의 논문으로 정리할 경우, 임진왜란이라는 기본 배경과 수군통제사 및 거북선에 대한 내용 등은 공통적으로 반드시 들어가야 하는 부분이다. 즉 논문의 핵심이 다르면 다른 논문이지 완전히 별개의 논문만을 다른 논문으로 봐서는 안 된다는 말이다. 현재는 1차 자료의 번역문도 똑같이 번역되어 있으면 자기표절 기준에 들어갈 정도다. 그런데 다시 생각해보면 동일한 1차 자료를 동일한 연구자가 어떻게 다르게 번역할 수 있겠는가! 오히려 매번 다르게 번역하는 것이야말로 문제가 아닐까?

　　물론 자기표절은 아직까지 큰 범죄로는 인식되지 않고 있다. 자기표절 판단 기준이 명확하게 통일되지 않았고, 또 강제성을 띠지 않기 때문이다. 지도교수마다 자신이 배운 관점에 따라서 자기표절의 기준이 다르게 적용된다. 그래서 나는 박사논문을 쓰기 전에 학회논문을 통과해서 연결시킬지 아니면 전체를 새로 만들어야 하는지를 지도교수님에게 물었다. 또 박사논문 통과 이후에 이를 쪼개서 학회논문에 내도 되는지를 묻고 그에 따라서 작업하곤 했다. 즉 아직까지는 국가나 학교의 기준보다도 지도교수의 기준 비중이 더 큰 것이다.

논문 편수가 많으면 인용지수도 높아진다

인용지수를 통한 판단의 문제점

대학에서는 교수의 연구 능력을 학회논문의 편수로 환산해서 수치화한
다. 이렇게 되자 논문을 빨리 못 쓰는 사람들은 논문을 양으로 평가하
지 말고 질로 평가해야 한다고 주장한다. 그런데 여기에서의 문제는 '누
가 논문의 질을 평가할 수 있느냐?'는 것이다. 이에 대한 해결책으로 제
시된 것이 바로 논문 인용지수다. 즉 다른 사람들이 얼마나 많이 인용
했는지를 판단 기준으로 삼자는 것이다.

　　인용지수를 기준으로 삼는 주장은 일견 타당해보인다. 그러나
현재의 학회논문 방식에서 이것은 정당한 기준이 될 수 없다. 왜냐하면
논문의 앞에는 선행연구의 정리가 들어가야 하는데, 이 과정에서 거의
모든 관련 논문이 나열 즉 인용되기 때문이다. 선행연구 정리는 잘된
논문만을 다루지 않고 문제 있는 논문도 검토해서 비판한다. 그러므로
인용지수가 높다고 해서 반드시 더 좋은 논문으로 볼 수는 없는 문제가
발생한다.

　　또 인용지수는 논문을 다루는 주제에 의해서도 명암이 갈린다.
예컨대 외연이 넓은 '원효'에 대한 논문과 연구자가 거의 전무한 '백파

긍선'에 대한 연구가 있다고 가정하자. 원효 연구자들은 다수이기 때문에 이들이 서로가 서로를 계속 인용하는 선순환을 일으키게 된다. 그러나 백파긍선은 잘된 논문이라도 관심 있는 연구자가 없으니 인용할 사람이 없게 된다. 연구 주제가 다른데 논문이 잘됐다고 인용할 수는 없기 때문이다. 즉 연구 주제 선정과 여러 곳에 걸쳐 있는 범범한 연구가 인용지수에서는 훨씬 유리한 것이다.

여기에 지도제자가 많은 교수들은 제자들에게 자신의 선행연구를 인용하도록 우회적으로 권장하기도 한다. 여기에 친한 학자들끼리 서로 품앗이로 논문에서 인용해주는 차마 웃지 못할 일까지 발생하고 있다. 더 심한 경우는 학회에서 학회지의 교육부 평가 기준을 끌어올리기 위해, 아예 노골적으로 해당 학회지의 논문을 1편 이상 인용하라는 메일을 보내기도 한다는 것이다.

어떤 분이 내가 학회논문 편수가 많은 것을 알고 편수는 필요 없고 인용지수로 평가해야 한다고 말한 적이 있었다. 그래서 내가 "땅이 넓으면 밟힐 확률이 커진다는 점은 왜 생각을 못하십니까?"라고 대답해줬던 일이 기억난다. 사람들이 많이 관심을 가지는 쪽에 여러 편의 논문을 발표해서 해당 분야를 덮어버리게 되면, 예전에 부자들이 '내 땅 안 밟고는 못 지나간다'고 했던 상황이 연출되는 것이다. 즉 결국 논문 편수가 많은 사람들이 역시 인용지수도 많게 된다는 말이다.

학회논문을 발표하면 보조금이 지급된다

중앙일보에 의해서 촉발된 대학평가에서 가장 높은 배점 요인 중 하나는 학회논문의 편수다. 그렇기 때문에 대학들은 논문 숫자를 끌어올리기 위해서 앞다투어 현금이라는 미끼를 대량으로 뿌리게 된다. 일반적으로 교수가 논문을 쓰면 1편당 100~300만 원까지 주고 대학원생이 논문을 써도 50만 원 정도를 지급한다. 즉 학회논문만 많이 쓰면 대학원 등록금은 걱정할 필요가 없는 것이다. 실제로 나는 이 제도가 시행된 뒤에는 대학원을 다니면서 '학술지 게재 장려금'이라는 명목으로 1년에 500~1000만 원까지를 수령했다. 중앙일보는 나에게 큰 보탬이 되었던 언론인 셈이다. 그런데 이 자격은 졸업 전이라고 해서 영구적인 것이 아니다. 일반적으로 수료한 뒤 2년까지만 가능하기 때문이다. 이는 도서관에서 자료를 무료로 다운로드할 수 있는 기간이기도 하다.

대학원은 대학과 다르기 때문에 정규 학기를 마친 수료 후에도 일반적으로 2년 동안 연구등록을 하도록 되어 있다. 연구등록 비용은 대학원 등록금처럼 많지는 않지만 학기당 50~100만 원 사이의 연구비를 학교에 지불하는 것을 의미한다. 바로 이 기간 동안 학교 역시 학술지 게재 장려금과 도서관 무료 이용 혜택을 부여하는 것이다. 참고로 연구등록금은 석사과정은 해당 사항이 없고 박사과정만 납부하도록 되어 있다. 이런 면에서 나는 '박사과정은 수료를 빨리 하는 것이 능사는 아니다'라는 말을 하고는 한다. 어차피 대학원은 졸업제이며 논문을 쓸 준비가 갖춰지지 않았다면 수료를 한다고 해도 변하는 것은 아무것도 없다. 그러므로 휴학을 하면서 수료를 미루고 학교에서 주는 혜택을 누리면서 논문 준비를 하는 것도 한 방법이다. 이렇게 하면 최소한 연구등록기간을 줄일 수 있으므로 경제적으로 도움이 되는 것만은 확실하다.

04

석사학위논문
쉽게 쓰는 법

'나라면 어떻게 쓸까'를 생각하라

기본기에 충실하라

대학원 수업은 여러 가지 방식이 있다. 가장 일반적으로는 중요한 원전 자료를 학생들이 쪼개서 번역하고 각주를 달아 오는 방식이다. 전공어의 능력을 신장시키는 수업이라고 이해하면 된다. 또 다른 방식은 수업과 관련된 연관 주제를 교수가 13~25개 정도 제시하면, 학생들이 주제를 각자 나눠 맡아서 순서대로 발표하는 것이다. 이는 관련 자료를 집취(集聚)해서 재구성하는 능력을 신장시켜준다.

그런데 요즘 들어서는 대학원에 진학하기가 쉬워지면서 학생들이 이런 수업 방식을 힘들어한다. 그래서 교수가 대학 학부에서처럼 두 달 정도는 수업을 진행하고 나머지 시간 동안만 학생들이 발표하는 방식을 취하기도 한다. 이외에도 두 번 정도 발표 시간을 갖게 해, 한 번은 원서를 번역해 오고 다음에는 관련 주제를 줘서 자료들을 취합해 재구성하도록 요구하기도 한다. 이러한 방식 외에도 교수 개성에 따라서 더 다양한 방법들이 있지만, 대략 이 정도 선에서 수업 방식이 결정된다고 이해하면 된다. 즉 수업의 핵심을 요약하면, '전공어의 이해'와 '관련 자료의 재구성 능력'이라고 할 수 있다. 물론 이러한 모든 수업 방식에 질문과 토론이 들어가는 것은 당연하다.

수업에서 논문능력을 향상시켜주는 것은 주제 발표 방식이다. 그런데 발표 자료를 만들 때는 여러 자료들을 섭렵해서 주체적으로 재구성하는 것보다는 아무래도 논문 하나를 베끼는 것이 쉽다. 즉 모방을 중심으로 약간 변형하는 방식이다. 물론 이는 논문이 아니라 발표문이기 때문에 표절 문제는 이렇다 할 것이 없다. 그런데 이런 식으로 수업 시간을 편히 보내게 되면, 결국은 학위논문을 쓰는 과정에서 쓴맛을 보게 된다. 또 학생들이 힘들어하니까 교수가 수업을 진행해주는 방식도 마찬가지다. 수업은 편하지만 졸업논문에서 어려움을 겪게 된다. 그래서 '대학원은 수업이 쉬우면 졸업이 어렵고, 졸업이 쉬우면 수업이 어렵다'고 하는 것이다.

남의 논문을 별생각 없이 읽기만 하다가 막상 내가 써보려고 하면 이게 참 보통 일이 아니다. 마치 다른 사람의 그림을 보면서 어떤 그림이 좋은 그림인지를 아는 안목은 갖췄더라도, 막상 그림을 그려 보라고 하면 어떻게 해야 할지 허둥대는 것과 같은 이치다. 그래서 평소 타인의 논문을 읽을 때 '내가 쓴다면 어떻게 하겠는데'라는 생각을 계속하면서 보는 것이 중요하다. 또 발표문을 만들 때는 '넘어진 김에 쉬어간다'고 생각해서 좀 더 성의 있게 자료를 조사하고 주관적인 재정리 노력을 개진해보아야 한다. 사실 이 두 가지만 꾸준히 반복하면 수료 때까지의 2년 정도면 자기 논문을 쓸 정도의 능력이 배양된다. 즉 졸업논문이 어려운 것은 대학원 수업에서 요구하는 기본기에 충실하지 못했던 과보라는 말이다.

미술사전공과 미술전공의 차이

나는 미술사와 미술을 모두 전공했다. 같은 미술이라는 단어가 들어가지만 두 전공 사이에 상당한 차이가 있다. 미술사는 작품의 양식과 구성 및 역사성이라는 부분에 대한 평가를 위주로 한다. 그래서 나는 미술사를 '눈과 입만 있으면 된다'고 말하곤 한다. 이에 비해서 미술은 실기가 들어간다. 즉 눈과 입이 아닌 눈과 손이 있어야 하는 전공인 것이다. 두 전공의 차이는 쉽게 말하면 '눈이냐, 손이냐'이다. 이 때문에 같은 미술품을 보더라도 전혀 다른 생각을 하게 된다. 즉 미술사가 의미를 추론한다면 미술은 작업을 떠올리는 것이다.

물론 이 두 가지가 완전히 나뉠 수 있는 것은 아니다. 보통은 7:3이나 8:2 정도의 비율로 전공이 구분된다고 생각하면 쉽다. 즉 눈이 7~8이 되면 미술사전공이고 반대로 손이 7~8이 되면 미술전공인 것이다. 대학원에서 논문을 읽을 때는 미술사전공보다 미술전공의 관점이 필요하다. 즉 상대의 제작 방식에 보다 주의를 기울여야 하는 것이다. 이렇게 해야 하는 이유는 대학원에서의 졸업은 내용을 '얼마나 아느냐'가 아니라, 그것을 '어떻게 표현해냈느냐'에 의해서 결정되기 때문이다.

잘된 논문을 모방하면서 시작하라

나 자신을 신뢰하고 자신감을 가져라

학기 중에 충실한 발표문 작성을 통해서 나름 훈련이 된 사람이라고 하더라도 막상 논문을 써야 하는 상황에 직면하면 어떻게 해야 할지 막연하고 답답해지게 된다. 나 역시 그랬는데 이것은 해보지 않은 일에 대한 두려움 때문이다. 이때 중요한 것은 논문이라는 '실체 없는 공포'를 극복하고 자신을 믿는 일이다. 즉 할 수 있다는 자신감을 스스로 북돋아주는 것이다. 만일 '이제 수료했으니까, 천천히 하지'라고 두려움을 합리화해버리면 점점 더 죽도 밥도 안 되는 상황에 처하게 된다. 즉 할 수도 없고 안 할 수도 없는 상황에서 스트레스만 받게 되는 것이다.

서예를 시작하면 잘된 글씨에 입각한 체본(体本)이라는 것이 있다. 그림을 배울 때도 모사(模寫)에서 시작한다. 사진 역시 좋은 구도를 베끼면서 안목을 키우게 마련이다. 즉 모든 능력 신장의 시작은 모방이다. 이런 점에서 논문 역시 잘된 논문을 모방하면서 시작하면 된다. 이 점을 이해하는 것이 중요하다. 무조건 모방하면 안 된다고 생각하면 논문은 어려워진다. 그보다는 구조와 방식을 모방하고 여기에 +α를 한다고 생각하면 논문에 대한 접근은 한결 쉬워진다. 기존의 연구에서 딱

한 발자국만 진일보해도 그 논문은 충분히 가치가 있다. 이는 운동선수가 기존의 기록을 조금이라도 단축하는 것과 같은 힘들고 의미 있는 작업이기 때문이다. 그러므로 처음에는 대놓고 표절한다는 생각으로 뻔뻔하게 접근하는 것도 한 방법이 된다. 그러나 여기에서의 표절은, 표절 자체로 그치는 것이 아니라 나의 능력 개발을 위한 모방이 되어야 한다. 그러므로 내용의 표절이 아닌 구조와 방식의 표절이어야 의미가 있다.

나만의 기술을 정리하라

모방이 창조로 전환되는 것은 잘된 논문들을 많이 보면서 이를 주체적으로 이해하고 정리하는 데서 시작된다. 즉 양을 통한 질적인 변화를 만들어가는 것이다. 물론 이것은 하루아침에 될 수 있는 것이 아니다. 그러므로 학기 중에 발표문을 만드는 과정 속에서 이러한 노력들을 꾸준히 견지되어야만 한다. 어떤 가수의 노래를 좋아해서 따라부르다 보면 그 가수만의 독특한 창법을 이해하는 것은 그리 어렵지 않다. 그것을 내 식으로 소화해서 다른 노래에 적용하면 이것이 바로 모방을 통한 창작이 된다. 나는 모창을 잘하는 사람은 자신만의 노래도 잘할 수 있다고 생각한다. 가수마다의 특징과 변화를 정확하게 인지한다는 것은, 자기 노래의 조절 역시 훌륭하게 해낼 수 있다는 것을 의미하기 때문이다. 논문도 마찬가지다. 처음에는 잘된 논문들을 따라하다가 익숙해지면 점차 내 색깔을 내면 된다. 즉 서서히 나만의 관점으로 재정리하는 안목을 만들어가면 되는 것이다.

　　어렸을 때 여러 언어를 배운 사람은 커서 다른 새로운 언어를 배울 때도 습득 속도가 빠르다. 어린 시절 언어를 습득하는 과정에서 나름의 노하우를 축적하고 있기 때문이다. 즉 특정 언어가 아닌 모든 어학을 관통하는 기술코드를 확보하는 것이다. 논문은 학문 능력에 기술이 더해진 결과물이다. 이 두 가지가 조화를 이루는 것이 최고의 논문임은 앞서도 언급한 바 있다. 그러나 부득이한 경우에는 둘 중 어느 하나만으로도 석사논문 정도는 통과가 된다. 이 중 기본이 되는 것은 당연히 학문 능력이다.

그렇지만 모든 논문을 관통하는 공통된 코드는 바로 기술이다. 마치 각각의 언어를 익힐 때 기본이 되는 것은 단어이지만 단어를 연결하는 것은 나름의 기술이며, 이 기술은 모든 언어에 통할 수 있는 것처럼 말이다. 이런 점에서 논문의 기술을 터득하는 것이 중요하다. 그리고 이것은 바꿔 말하면 많은 잘된 논문들을 보면서 '나라면 어떻게 할까'를 주체적으로 고민하는 과정에서 터득된 것이다. 물론 이 기술의 완성은 후에 많은 논문을 쓰는 것으로 이뤄진다.

자료를 모으고 정리하는 방법

누울 자리를 보고 다리를 뻗으라

논문의 제작 방식은 주제의 선정과 선행연구 정리에서 시작된다. 주제 선정에서 가장 중요한 핵심은 그 주제가 과연 '내가 누울 자리인가?'에 대한 판단이다. 속담에 '누울 자리를 보고 다리를 뻗으라'는 말이 있다. 나는 바로 이 말을 하고 있는 것이다. 내가 누울 자리인가에 대한 판단은 두 가지를 검토하면 된다. 첫째는 '이것이 새로운 논문거리로서 문제가 없는가?'이다. 즉 논문의 성립 가능성에 대한 측면이다. 둘째는 '그연구를 내가 수행할 수 있느냐?'이다. 논문이 충분히 될 수 있는 주제라도 내 능력이 안 되면 그건 바로 접어야 하기 때문이다.

선행연구 정리는 요즘은 인터넷에서 거의 모든 자료가 검색이 가능하기 때문에 꼼꼼함과 지구력만 있으면 누구나 가능하다. 귀찮으면 다른 사람에게 시켜도 무방하고 다운로드가 안 되는 자료는 복사대행업체에 맡겨도 상관없다. 인터넷 안에는 자료를 찾아주는 서비스에서 복사대행 및 번역에 이르기까지 실로 다양한 방법들이 존재한다. 이러한 방법을 활용하는 것은 권장할 일은 아니지만 그렇다고 반칙은 아니다. 정미소를 하는 사람이 반드시 농사까지 스스로 지어야 하는 것은 아니기 때문이다. 또 현대는 분업화된 사회가 아닌가?

　물론 도서관에 가서 자료를 직접 찾아 복사하는 것보다 복사대행업체에 맡기게 되면, 아무래도 추가 비용이 발생하게 된다. 즉 여기에는 시간과 돈을 맞바꾸는 등가교환이 존재한다. 사실 이런 점 때문에 학문도 자본에 종속되는 문제에 대한 우려가 존재한다. 즉 자본이 많은 사람일수록 더 많은 연구를 더 빠르게 진행할 수 있기 때문이다. 그러나 다른 사람의 도움을 받더라도 자신이 일의 전체를 파악할 수 있는 능력은 반드시 갖추고 있어야만 한다. 그래야 일의 검토가 가능하고 문제의 가능성을 사전에 차단할 수 있기 때문이다. 논문의 최종 책임자는 언제나 나라는 점을 염두에 두어야 한다.

　논문은 예술작품과 같다. 내 이름을 걸고 나가는 정신적인 작품이다. 이 작품의 창작과정에서 보조자의 도움을 받는 것은 문제가 없다. 그러나 그 도움은 단순 작업에 그쳐야만 하며 전체는 언제나 나의 통제력 안에 있어야 한다. 그렇지 않으면 자칫 졸작이나 대작(代作)으로 흐를 수 있기 때문이다.

선행연구를 정리하는 방법

먼저 인터넷에서 내가 생각하는 주제의 자료들을 검색한다. 그런 다음에 이 중 최근의 박사논문이나 학회논문 가운데 꼼꼼하게 작성된 논문을 찾는다. 그러고는 그 논문 안에서 선행연구 정리와 참고문헌을 재차 뒤져서 정리하면 이것으로 선행연구의 1차 정리는 완료된다. 그 다음에는 이 논문 이후에 추가로 발행된 논문을 더 찾아서 보완하면 끝이다. 이제부터는 이를 바탕으로 학교 도서관 사이트를 경유해서 유료 논문검색 사이트에 접속해 은근과 끈기를 가지고 계속해서 다운로드받으면 된다. 그리고 이렇게 해서도 구할 수 없는 자료들은 직접 찾아서 복사하면 모든 선행연구 자료 취합은 완료된다.

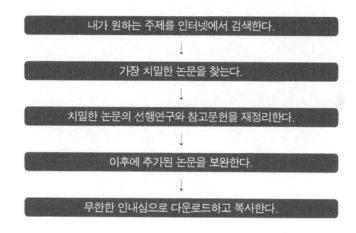

내가 원하는 주제를 인터넷에서 검색한다.
↓
가장 치밀한 논문을 찾는다.
↓
치밀한 논문의 선행연구와 참고문헌을 재정리한다.
↓
이후에 추가된 논문을 보완한다.
↓
무한한 인내심으로 다운로드하고 복사한다.

　　인터넷에서 자료를 다운로드받을 때는 반드시 학교 도서관 사이트를 경유하는 것이 좋다. 이렇게 하면 무료로 다운로드받을 수 있다. 참고로 이렇게 다운로드받는 요금은 학교에서 일괄 지급하게 된다. 즉 이것은 등록금을 효율적으로 뽑는 또 하나의 방법인 셈이다. 자료 취합이 완료되면 이 자료를 유사한 것들끼리 묶음 정리한다. 이런 정리 방식은 모든 논문에서 활용되는 것이므로 스스로의 방식으로 만들 수 있으면 가장 좋다.

　　그러나 이 일이 어렵거나 귀찮으면 앞선 박사논문의 선행연구 정리나 꼼꼼한 연구자가 쓴 학회논문을 참고해서 그 구조를 가져다가 추가된 자료만 보충하면 된다. 어차피 학문이란 벽돌을 쌓는 것처럼 앞

요즘은 인터넷에서 거의 모든 자료가 검색된다.

그러므로 선행연구 정리는 누구나 꼼꼼하게 할 수 있다.

그리고 자료 다운로드는 반드시 학교 도서관 사이트를 경유하라.

요금을 학교에서 지급하므로 무료로 이용할 수 있다.

선 사람의 연구를 바탕을 그 위에 추가되는 방식이라는 것을 이해할 필요가 있다. 즉 이것은 약삭빠른 것이 아니라, 현대 학문에서 가장 정당한 방법인 동시에 오류가 나타날 개연성을 줄여주는 방식인 것이다. 선행연구의 정리까지 끝나면 중요하다고 생각하는 논문들을 선별해서 차례로 읽어나가면 된다. 이때 각주를 유심히 보면서 선행연구에 추가할 수 있는 자료를 더 추가해나가면 선행연구와 관련된 최종적인 완성이 이루어진다.

이상의 선행연구에 대한 작업이 마무리되면, 다시금 누울 자리인가에 대한 판단을 다시 해봐야 한다. 처음에는 막연했던 것이 이 단계가 되면 뚜렷하게 보이기 때문이다. 만약 이때 처음에 내가 생각했던 것과 상황이 달라졌다면, 최악의 경우 눈물을 머금고 지금까지 선행연구 정리한 것을 폐기해야만 한다. 그러나 여기까지 투자한 시간이 아까우니까 어지간한 문제라면 구조 변경을 통해서 주제를 완료하는 것이 타당하다. 일종의 학문성형인 셈이다.

논문의 구상에서부터 마무리까지

논문의 구상은 구체적일수록 좋다

논문의 주제와 선행연구 정리가 완료되면 구체적인 구상 작업에 돌입해야 한다. 물론 이에 앞서 선행연구들을 읽어왔기 때문에 이 과정에서 문제의식은 충분히 도출되어 있는 상태다. 즉 내가 가지고 있는 문제의식을 체계화해서 구체적인 구조를 만들면 되는 것이다. 사실 이 부분에서 가장 중요한 것은 창의력이다. 실제로 나 역시 어떤 경우는 5분도 안 걸리지만 어떤 때는 몇 날 며칠이 걸려도 뚜렷한 해법이 도출되지 않는 상황도 부지기수다. 구상 작업도 익숙해지면 빨라지는 것은 맞다. 그러나 이는 분명 단순 작업과는 다르다. 마치 작곡가에게 악상이 떠오르는 것 같다고 이해하면 된다.

구상 작업을 통해서 논문의 세부 목차까지 완성되면 사실 논문의 절반 정도는 이뤄진 것과 마찬가지다. 세부 목차는 단순히 제목만이 아니라 그 속에 어떤 내용을 어떻게 배치하겠다는 간략한 글까지 들어가는 것이 바람직하다. 왜냐하면 작업을 계속하다 보면 영감이 떠오르고 사라지는 것이 반복되는 과정에서 놓치는 부분이 발생하기 때문이다. 그러므로 세부 목차에 그때까지 정리된 내용을 기록하고, 이후 작업 도중에 다른 생각이 추가되면 그때마다 계속해서 내용을 늘려나가는 것이 바람직하다. 즉 어떻게 보면 이는 창작 작업과 관련된 영감의 축적 방식이라고 이해하면 된다.

서론은 역으로 본론 뒤에 작성하라

보통 교수들은 다음 작업 순서로 '서론을 작성하라'고 말하곤 한다. 그러나 막상 작업을 해보면, 이 단계에서 서론을 깔끔하게 빼낸다는 것은 결코 쉬운 일이 아님을 알게 된다. 그래서 나는 '본문을 먼저 작업하라'고 한다. 본문의 내용을 먼저 완성하고 이것을 추려서 역으로 앞으로 무엇을 살펴보겠다는 내용의 서론을 만들어내는 것이다. 그리고 같은 방식으로 본문에서 무엇을 살펴봤다는 것으로 결론을 만들면 된다. 즉 서론에서는 '무엇을 살펴보겠다'가 핵심이며 결론에서는 '무엇을 살펴보았다'가 정리의 포인트다. 그리고 내용 요약(Abstract)은 이러한 서론과 결론을 합해서 축약하면 된다. 이와 같은 방식으로 작업하면 서론-본론-결론의 아귀가 완전히 맞게 된다.

　　서론 먼저 작성하면 서론을 쓰기도 어려울 뿐더러, 이후에 본문을 완성하게 되면 서론을 다시금 고쳐야 하는 문제가 발생한다. 아무래도 본문을 작업하다 보면, 내가 미처 예상하지 못한 부분이 돌발적으로 나타나게 되어 처음 계획과는 다르게 흘러가기 때문이다. 논문 역시 생물인 것이다. 이렇게 되면 서론을 이에 맞춰 고쳐야 하는데, 이는 두 번 일이 된다. 논문에서 두 번 일은 매우 짜증나는 일이 된다. 즉 '두 번 일=왕짜증'인 것이다.

　　논문 작업이 다 완료되면 최종적으로 참고문헌을 정리한 뒤, 제목이 본론과 맞는지를 다시 한 번 판단해본다. 참고문헌의 정리는 일반적으로 각주에 나와 있는 인용 자료들을 긁어서 '원전 → 단행본 → 논문'을 가나다순으로 배열하면 끝난다. 요즘에는 논문작성 프로그램이 발달해서 이 일이 자동처리되도록 할 수도 있다.

어떤 논문을 보면 본문이나 각주에 인용되어 있지 않은 자료가 참고문헌에 등장하는 경우가 있다. 자신이 작업 도중 본 자료를 참고문헌에 삽입한 것으로 추정되지만 이것은 반칙이다. 참고문헌에는 본문이나 각주에 인용된 자료만 나열되어야 한다.

또 논문의 작업 과정에서 본문의 연구 방향에 변화가 생기면, 제목과 다소 불일치한 상황이 발생할 수 있다. 이런 경우는 주저하지 말고 제목을 수정한다. 처음의 구상처럼 논문이 맞춤하게 나오면 더 없이 좋겠지만, 아무래도 작업에서 발생하는 경우의 수를 구상 단계에서 완전히 예측할 수는 없다. 제목은 논문의 전체를 대변하는 것이기 때문에 본론에 변화가 생기면 제목을 바꾸는 것이 맞다. 실제로 박사논문은 3차 심사에서도 제목이 바뀌는 경우가 존재한다. 그래서 학교에서도 박사논문의 제목 변경은 논문 심사 중에도 쉽게 가능하도록 제도화하고 있다. 물론 많은 논문을 써보면서 점차 논문의 달인으로 거듭나게 되면 이러한 불일치의 폭은 점차 줄어들게 된다.

명작을 만들 생각을 버려라

석사논문은 태생적인 한계를 갖는다

처음 석사논문을 쓸 때 공부를 열심히 한 학생일수록 명작을 만들어 보겠다는 투지가 강하다. 이런 오류는 열심히 안 하는 학생에게는 해당 사항이 없다. 왜냐하면 이런 학생들은 졸업만 하면 된다고 생각하기 때문이다. 그러나 명작 욕심은 명작을 낳는 것이 아니라 자신을 한없는 수렁에 빠트리면서 졸업을 어렵게만 할 뿐이다. 바둑 격언으로 말하면 '장고 끝에 악수난다'는 게 바로 여기에 해당한다.

석사논문은 태생적으로 부족함을 벗어날 수 없다. 그러므로 무엇을 이뤄야겠다는 힘을 어깨에서 빼고 그저 내 공부와 졸업에만 초점을 맞춰 진행하는 것이 바람직하다. 즉 모두가 인정하는 명작이 아니라, 나만의 의미 있는 명작을 만든다는 생각을 하면 되는 것이다.

석사논문의 완성도를 높이기 위해서 시간을 소모하는 것은 무의미하다. 살다 보면 어린 시절에 써놓은 편지가 우연히 책갈피나 앨범에서 발견되는 경우가 있다. 그러나 그때의 진지함이란 지금에서는 그저 유치함일 뿐이다. 바로 이러한 유치함이 석사논문의 실체다. 석사논문은 박사에 진학하기 위한 수단이자, 논문을 쓰는 연습단계일 뿐이다.

그러므로 딱 그 정도만 맞춰서 최대한 빨리 졸업하는 것이 바람직한 것이다.

논문 역시 현대적인 변화 속에 있다

모든 논문은 시대적 상황 속에서 만들어지는 수단일 뿐이다. 종교는 연역적인 논리를 구사한다. 그러므로 종교의 진리는 바뀔 수 없다. 그러나 학문이란 과학적인 방식에 입각해서 귀납의 논리로 전개된다. 그러므로 지금의 정당성은 내일의 디딤돌이 되는 것으로만 제한적으로 유효할 뿐이다. 특히 현대사회는 인류가 이제까지 직면한 그 어떤 사회보다도 변화의 속도가 빠르다. 그러므로 논문 역시 중세의 사찰이나 성당처럼 수백 년간 유지될 것을 바라지 말고, 1~2세대 만에 리모델링되는 현대건축의 속도를 따라야만 한다.

현대의 논문에서 부득이한 경우를 제외하고 80년대 논문을 인용하는 것은 무성의하고 나태한 태도의 '학문에 대한 기만'일 뿐이다. 그러므로 오류의 개연성을 줄이려는 노력은 타당하지만 세대를 넘어서 인용되는 논문을 쓰겠다는 생각은 이제는 허상에 불과하다. 이런 허상을 걷어버리고 시대적인 변화가 요구하는 감각적인 논문을 쓰는 것이 중요하다.

출판이나 가요를 생각해보자. 예전에는 책을 내는 것은 매우 어려운 일이었고 그만큼 그 책의 수명도 오래갔다. 그러나 지금은 누구나 책을 낼 수 있는 소량 인쇄와 출판도 얼마든지 가능해진 반면 책의 수명은 매우 짧아졌다. 어떤 경우는 짧다는 말을 넘어서 나오는 즉시 사라지기도 한다. 이런 점은 현대음악도 마찬가지다. 이러한 변화는 논문에서도 그대로 적용된다. 2016년 기준 인문학의 학술진흥재단 등재지만 530종이 넘는다. 사회과학 등 전체를 포함할 경우에는 무려 2,100여 종에 달하는 학진 등재지가 존재한다. 이와 같은 학술지에서 1년간 발표되는 논문만 8만 건에 육박한다. 이는 KCI 정식 논문의 숫자이고, 이외의 등재후보나 일반논문 또 석·박사논문의 수까지 합하면 족히 10만 건이 넘게 된다. 현대사회는 종류는 늘어나고 수명은 짧아지는 논문의 홍수 시대다. 그러므로 더도 말고 덜도 말고 딱 이와 같은 상황을 직시해서 시대적인 요구에만 맞추면 된다. 바로 이 점을 이해하는 것이 중요하다.

책처럼 다른 사람에게 보이기 위한 글을 쓸 때 반드시 염두에 두는 점이 가상의 독자층을 상정한다는 것이다. 이 경우에 글은 흐름이 보다 뚜렷하고 명료해지는 특화된 대중성을 가지게 된다. 논문 역시 마찬가지다. 논문은 심사를 통과해야 하기 때문에 전문가를 염두에 두고 그들의 눈높이에 맞춰 논증해나가면 된다. 이런 경우 논문을 쓰는 사람도 훨씬 수월하고 읽는 사람도 편해진다. 마치 그림에서 단일한 시점이 존재할 때 그림에 빨려들어가는 힘이 강해지는 것처럼 말이다. 이런 점에서 시대를 읽고 특정 독자군을 상정하고 작업을 하는 것은, 논문의 완성도와 작업의 효율성을 높이고 용이한 심사를 위해서 반드시 필요한 측면이라고 하겠다.

논문 구조를 짜는 가장 손쉬운 방법은
관점이 비슷한 두 선행연구를 취합해서 비교하는 것이다.
비교논문은 이미 자료 정리가 끝난 것이기 때문에
서로 충돌시켜 분석한 결과를 도출해내면 논문은 끝이 난다.

비교논문 속에 답이 있다

이미 다 되어 있는 것을 충돌시켜라

논문이 익숙하지 않은 사람에게 논문의 구조를 짜는 것은 보통 어려운 일이 아니다. 그렇기 때문에 석사과정에서는 이를 지도교수가 대신해 주거나 지도교수의 지도에 의해서 구조를 잡고는 한다. 실제로 나에게 많은 사람들이 도움을 구하는 것 중 하나도 논문이 될 만한 재료와 구조를 좀 봐달라는 것이다. 이것은 논문능력이 있고 감이 좋은 현역에게는 사실 그리 어려운 일이 아니다. 그러나 이 감이 생기지 않은 사람에게는 허공에 그림을 그리는 것처럼 그저 막연하기만 할 뿐이다.

논문능력이 어느 정도 갖춰져 있는 사람이라면, 전문가의 체면도 있고 해서 구조 짜는 것을 도와달라는 부탁은 하지 않는다. 즉 구조 짜는 걸 도와 달라고 한다는 의미에는 구상능력뿐만 아니라 논문능력이 부족하다는 측면도 내포되어 있는 것이다. 이때 내가 흔히 가르쳐 주는 방법은 이미 정리되어 있는 비슷한 두 가지 관점을 비교하는 방식이다. 예컨대 정몽주와 정도전을 생각해보자. 정몽주는 최영과 더불어 충신의 표상이 되는 인물인데, 정도전은 467년 동안 역적으로 되어 있다가 고종 때에 와서야 겨우 복권된다. 이들은 왜 같이 시작했음에도 완전히 다른 결과를 맺게 되는 것일까? 여기에는 당연히 다양한 이유들이 존재한다. 흥미로운 것은 이러한 부분들이 정몽주와 정도전이라는 각각의 연구를 통해서 이미 대부분 밝혀져 있다는 점이다. 그러므로 이 두 사람의 선행연구를 취합해서 양자를 비교하고 충돌시키기만 하면, 새로운 논문을 만들어내는 것은 그야말로 손쉬운 일이다.

비교논문의 쉬운 점

비교논문은 이미 자료 정리가 끝난 것을 재료로 하기 때문에 작업이 쉽다. 즉 각각의 개별적인 연구를 할 필요가 없는 것이다. 정몽주와 정도전처럼 동시대를 산 인물이라면 시대 배경까지도 큰 차이가 없다. 그러므로 개인적인 출신 배경과 이들의 관점만 도출해버리면 논문은 끝난다. 물론 여기에 추가로 조선(朝鮮)의 선택이라는 점을 비교할 수 있다. 사실 조선의 실질적인 개국을 주도한 것은 정도전이며 정몽주는 개국에 반대한 인물이다. 그럼에도 정몽주는 충신이 되고 정도전은 역신이 된 까닭에는 조선의 관점이라는 특수성이 존재하기 때문이다. 이런 식으로 충돌시켜서 두 사람 간의 같고 다름을 정리해서 분석하면, 논문 쓰기는 진짜 길가다가 줍는 물건일 정도로 쉬운 일이 된다.

　　물론 다른 방식의 비교도 얼마든지 가능하다. 인물 비교에 있어서는 정도전과 이방원도 가능하며, 시대를 격해서 원효와 지눌의 불교 개혁 방식과 같은 것도 가능하다. 또 사상적으로는 교과서에서 한 번씩은 외워봤음 직한 의천의 '교관겸수(敎觀兼修)'와 지눌의 '정혜쌍수(定慧雙修)'의 대비와 같은 것도 얼마든지 비교 대상이 된다. 이외에도 굵직한 사건들을 대비해보는 것도 한 방법이다. 단 비교논문을 구상할 때는 양쪽의 연구가 각각 완료되었는지를 파악할 필요가 있다. 만일 한쪽만 연구되어 있다면, 한쪽은 개별 연구를 진행하면서 비교까지 해야 하기 때문에 일이 훨씬 많아진다. 단순히 많아지면 모르겠지만 이런 경우는 거의 불가능해진다고 생각하면 된다.

양쪽이 모두 연구되어 있는지 확인하는 방법은 간단하다. 이는 선행연구를 깔끔하게 정리하기만 하면 확연히 드러나기 때문이다. 그러므로 선행연구의 정리는 몇 번을 강조해도 부족함이 없을 정도로 중요하다. 만일 선행연구의 정리 과정에서 이미 비교논문이 있다는 것이 확인되면, 이것을 비틀어서 다른 관점이 가능한지를 판단해본다. 그리고 비교되는 부분 중 일부를 확대해서 단독 논문이 가능한지를 판단해보면 된다. 산에 길이 하나일 필요는 없으며 산이 클수록 길도 많은 법이다. 그러므로 하나의 주제에 반드시 하나의 논문만 성립한다는 생각은 큰 오산이다. 즉 논문은 변별점을 줄 수 있느냐에 달린 것이지 주제가 반드시 달라야 하는 것은 아니라는 말이다. 이렇게 놓고 보면 비교논문이 얼마나 쓰기 쉬운 것인지를 알 수 있다.

비교논문의 어려운 점

비교논문이 일반 논문보다 작업이 용이한 것은 사실이다. 그러나 전부가 쉬운 것은 아니다. 이는 크게 두 가지 이유 때문이다. 첫째는 다루는 범주가 둘이다 보니 확인해야 할 자료가 많다는 점이다. 이것은 방법적인 쉬움과 1차 자료를 직접 번역을 안 해도 된다는 이점에 상응하는 단순 반복 작업적 측면이라고 생각하면 된다. 둘째는 두 가지 자료를 어떻게 갈래지어서 정리할 것이냐에 대한 안목의 문제다. 사실 이것이 비교논문의 가장 어려운 점이다. 어떻게 나누어서 비교해야 한쪽에 치우치지 않는 효율적인 비교가 될 것이냐의 문제다. 만일 이것이 실패할 경우에 비교논문은, 비교도 아니고 비교가 아닌 것도 아닌 어정쩡한 상황에 직면하게 된다. 이 때문에 '박사논문은 모르지만 석사과정에서는 비교논문을 쓰지 말라'고 말하는 교수들도 많다. 즉 한 가지 논문을 만들 능력도 안 되는 상황에서 두 가지 범주를 이해하고 비교하는 것이 가능하냐는 주장이다. 이 또한 충분한 타당성이 있는 반론이다.

그러나 논문을 잘 못 쓰는 상황이라면, 이런 반론에도 주장을 굽히지 않는 뻔뻔함 정도는 갖추고 있어야 한다. 즉 여기에서 밀리면 하나의 주제만 연구해야 하고, 그럼 졸업이 어렵게 된다는 것을 의미하기 때문이다. 특히 비교논문은 각기 다른 두 범주를 다루기 때문에 기존 관점의 정리만 가지고도 논문의 분량이 금방 늘어나는 장점이 있다. 보통 처음 논문을 쓰는 사람들에게 분량의 압박은 상당하다. 이는 논문만이 아니라 주체적으로 글을 써보지 않은 사람들에게서 나타나는 공통된 측면이다. 이런 점에서도 비교논문은 확실한 우위를 점할 수 있는 장점을 가지고 있는 셈이다.

선행연구끼리 충돌시키라

충돌 지점은 전부 논문 주제가 된다

논문은 보통 하나의 주제를 다루면서 여기에 천착하는 작업이다. 그런데 논문에 대한 안목이 생겨서 눈이 밝아지면 책을 읽고 논문을 보다가도 걸리고 널린 것이 논문 주제다. 그러나 논문 눈이 없으면, 각각의 논문들을 정리는 할 수 있어도 논문의 주제를 도출해낼 수는 없다. 만화 『월리를 찾아라』나 매직아이처럼 이것이 좀처럼 눈에 띄지 않는 것이다. 이런 사람에게 내가 가르쳐주는 방법이 선행연구끼리의 충돌이다. 선행연구란 동일한 주제에 대한 연구군을 의미한다. 즉 원효면 원효, 율곡이면 율곡에 대한 연구군인 것이다. 그런데 자세히 보면 동일한 연구군이라고 하더라도 이들 논문이 모두 같은 관점을 취하는 것은 아니다. 이 중 가장 색깔이 분명하고 관점이 탄탄한 두 논문을 찾으면 새로운 논문의 구조를 짜는 것은 또 다시 일도 아닌 것이 된다.

현재 우리가 판단하는 과거 속의 인물이나 사건은 사실이 아니라 남아 있는 자료에 대한 현대적 분석에 의해서 재규정된 가치일 뿐이다. 또 전문가들은 특징상 새로운 자기주장을 내놓는 것을 좋아한다. 이렇다 보니 서로 다른 관점은 물론 때론 상반된 주장까지도 나타나게 된다. 예컨대 나는 자장에 대한 논문을 쓰면서 자장이 중국 오대산과 신라 오대산에 갔다는 관점을 견지했다. 그러나 나 이전에는 자장이 중국 오대산에는 갔지만 신라 오대산에는 가지 않았다는 주장과 두 오대산에 모두 가지 않았다는 주장이 대립하고 있었을 뿐이다. 나는 이것을 뒤집어 제3의 주장을 전개한 것이다.

그러면 무엇이 진실인가? 다소 무책임한 답이라고 할 수도 있지만 그것은 아무도 알 수 없다. 현재 존재하는 자료만으로는 이것을 명확하게 규명할 수 있는 방법이 없기 때문이다. 현재를 살고 있는 우리는 타당성에 입각한 논리 검증을 통해서만 접근할 수밖에 없다. 그러므로 이러한 세 가지 주장은 모두 옳고, 동시에 모두 틀린 것이라고 할 수 있다. 이렇기 때문에 나는 논문을 '합리적인 거짓'이라고 규정하는 것이다.

작은 논점에 주목하라

동일한 범주의 연구군 안에서 상호 충돌하는 관점이 존재하면 논문의 구조를 짜는 것은 매우 쉽다. 자신을 드러내려는 색깔이 강한 사람은 자기주장이 강력한 논문을 쓴다. 그러나 보통의 경우에는 판단이 애매한 부분이 있으면 양쪽을 뭉뚱그려서 끌고 가는 것이 일반적이다. 그 이유는 이 방법이 혹시라도 문제가 생겼을 때 책임질 일이 없고, 또 상대적으로 논문의 심사 통과에 유리하기 때문이다. 논문 심사에는 주장이 강한 논문일수록 인상은 강한 반면, 심사 통과는 상대적으로 어렵다.

주제의식이 분명한 논문은 시원하게 논리 구조가 잘 갖춰졌다고 평가를 할 수도 있다. 이러면 좋은 결과가 나오게 된다. 그러나 반대로 너무 단정적이라고 볼 수도 있다. 이러면 당연히 부정적인 결과가 따르게 마련이다. 또 나와 같은 철학 전공자는 사실이 불명확할 경우에는 논리적인 순일성에 높은 배점을 부여한다. 즉 논리만 맞으면 통과가 되는 것이다. 그러나 역사학 전공자는 이러한 주장을 매우 위험하게 인식한다. 역사학은 사실 규명을 보다 중시하기 때문이다. 이런 이유들 때문에 주장이 강하면 논문 심사에서 탈락할 확률이 높아진다. 이로 인하여 보통의 논문들은 주장을 누그러뜨리는 것이 일반적이다. 만일 내가 관심을 둔 범주의 논문들이 이럴 경우, 대비되는 두 관점의 논문을 찾기는 생각보다 쉽지만은 않게 된다.

논문 주제 전체가 충돌하는 것을 구할 수 없다면, 세부적인 부분에서 상충되는 측면을 찾는 수밖에 없다. 이때 관련된 여러 논문의 소제목들을 검토해보면 어느 정도 도출할 수 있는 논점이 보인다. 즉 논문끼리의 충돌을 찾으면 복 받은 것이라고 생각하면 되고, 그렇지 않다면 그 속으로 들어가서 논점의 대비를 통한 논문 쓰기를 진행해야 한다는 말이다. 물론 이 판단은 소제목을 통해서 일정 부분 확보될 수 있지만, 결국 구체적인 내용은 여러 논문들을 읽어가면서 정리하고 충돌시켜가는 방법밖에 없다. 이것은 그렇게까지 쉬운 일은 아니다. 그러나 맨바닥에 헤딩하면서 새로운 구조의 논문을 만들어내는 것보다는 훨씬 쉬운 일임에 틀림없다. 또 이 기술을 터득하고 발전시키면 점차 논문 눈이 갖춰진다.

대비 방식의 이해는 지속적인 논문 작업에 있어서는 매우 중요하다. 왜냐하면 논문 눈이 뜨이기만 하면 마치 절대음감이 생긴 것처럼, 눈길만 돌리면 논문거리가 널려 있는 상황에 직면하기 때문이다.

도저히 논문 쓸 자신이 없다면
잘된 박사논문을 선정해 재가공하는 방법도 있다.
10번 정도 읽으면서 고치고 첨가하면
신기하게도 자신의 생각이 투영된 논문이 가능해진다.

가장 잘된 논문을 확보하라

논문은 못 쓰는데 졸업할 방법이 없을까?

대학원생 중에는 뻔뻔한 부탁을 하는 사람도 있다. '논문은 못 쓰겠는데 졸업은 해야겠으니 제발 좀 도와주면 안 되겠냐'는 부탁이다. 그러면 나는 '논문을 못 쓰면 졸업을 포기해야지'라고 대답한다. 그러나 이런 대답에 물러설 정도의 상도덕이 있는 인물이라면, 애초에 나에게 이런 부탁을 하지는 않는다. 이런 학생이 지속적으로 파상 공격을 해오면 말 그대로 귀찮아서 가르쳐주는 방법이 있다. 그것은 잘된 박사논문을 재가공하는 측면이다.

석사논문은 분량이 많기 때문에 학회논문을 재가공해서는 분량을 감당할 수 없다. 물론 학회논문 중 시리즈로 연구되는 논문이나 동일 주제 논문 두세 편을 찾아 붙여서 작업하는 것은 가능하다. 그러나 이런 경우는 박사논문으로 작업하는 것에 비해서 난이도가 높다. 그러나 논문의 질적인 부분에 있어서 웬만한 박사논문은 결코 학회논문을 따라가지 못한다. 그렇기 때문에 학회논문을 2~3편 붙여서 작업할 수만 있다면, 표절의 우려가 없는 훨씬 양질의 석사논문을 만들 수 있다. 아무래도 재료가 좋으면 결과물도 더 멋지게 나오게 마련 아니겠는가.

100% 표절에서 시작해서 줄여나가기

좋은 박사논문을 선정하는 방법은 여러 가지가 있다. 그중에 가장 쉬운 방법은 박사논문의 학교와 지도교수를 보는 것이다. 수준이 높은 학교는 졸업하기가 쉽지 않다. 쉽지 않은 환경에서 졸업하는 사람들은 아무래도 좀 더 질 좋은 논문을 만들 수밖에 없다. 또 지도교수 중에는 논문 통과가 까다로운 분이 있는데 이를 고려하는 것도 한 방법이다. 그러나 이보다 더 중요한 것은 석사논문을 만들어야 하는 나의 선정 주제와 박사논문의 서술 구조가 맞느냐는 것이다. 서로 생각에 너무 큰 차이가 존재하면 작업이 어려워져서 효율적인 진행이 쉽지 않은 경우가 발생한다. 그러므로 자신이 원하는 주제에서 잘된 박사논문을 여러 편 선정하고, 이들 논문의 전부를 읽고 그중 나와 가장 잘 맞는 논문을 선정해야 한다. 그 다음에는 석사논문의 분량을 고려해서 박사논문의 1~2장(章) 정도를 그대로 워드나 한글 안으로 오려온다. 즉 100% 표절하라는 말이다. 이런 뒤에야 본격적인 재가공이 시작된다.

제아무리 박사논문을 가지고 재가공해서 석사논문을 만든다고 하더라도 선행연구 정리만큼은 피할 수 없다. 그런데 특정 박사논문을 가지고 작업하게 되면, 선행연구 역시 이 박사논문의 체계와 자료를 거의 그대로 옮겨오고 여기에 부족한 것을 보충해주면 끝난다. 이를 바탕으로 관련된 논문들을 10여 편 읽으면서 내가 쓰는 석사논문 주제에 대한 기본적인 지식과 구조를 숙지한다. 이후에는 그대로 옮겨놓은 워드나 한글 파일을 열고 텍스트를 읽어가면서 마음에 안 드는 부분을 조금씩 고쳐나가면 된다. 처음에 작업할 때는 크게 고치는 부분이 많지 않다. 즉 100% 표절에서 90% 표절 정도로 표절 비율이 내려가는 것이다.

그러나 이렇게 한 번 고친 뒤에 관련 논문들을 또 읽고 또 다시 고치기를 몇 차례 반복하게 되면 표절 비율이 50% 이하로 떨어지게 된다.

현재 표절의 정의는 한 줄이라도 같은 문장이 나오면 표절에 해당한다. 이런 행위는 안 된다는 것이다. 그러나 여기에서도 각주의 서지 표기는 예외가 된다. 어차피 서지사항의 표기야 누가 하든 같을 수밖에 없기 때문이다. 즉 각주의 서지사항은 표절이 아니라는 말이다. 이렇게 하나의 중심 논문을 고쳐가는 방식이 쉬운 이유는 간단하다. 적절한 각주를 힘들여 찾지 않고 기본 논문에 있는 것을 바탕으로 해서 직접 읽은 논문의 내용들을 추가하면 되기 때문이다.

표절률 0%에의 도전과 내 논문 만들기

표절 판단에서 한 줄도 같아서는 안 된다는 말은 원재료가 되는 중심 논문의 한 구절도 그대로 남아 있어서는 안 된다는 의미다. 즉 전부를 고쳐야 하는데 한 10번 정도 읽으면서 작업하면 신기하게도 이것이 가능해진다. 이렇게 10번을 읽고 고치고 첨가하는 작업은 단기간에 마치면 절대 안 된다. 최소 3~6달 정도에 걸쳐 느긋한 마음으로 해야만 한다. 그래야 그 과정에서 논문 주제와 관련된 내 관점이 성장하게 되고, 나의 새로운 생각으로 원래의 논문이 완전히 대체될 수 있기 때문이다. 만일 성질이 급해서 1~2달 만에 작업을 마치게 되면 내 생각이 충분히 성장해서 투영될 수 없기 때문에 표절된 부분이 다수 잔존하게 된다. 작업이 어느 정도 완료되었다고 생각하면 논문 표절검사 프로그램에 넣어 표절 상황을 확인해서 문제 있는 부분을 수정하여 마무리하면 된다.

학회논문을 가지고 석사논문을 만드는 것도 이와 같은 방식이다. 다만 박사논문은 한 사람이 쓴 것이므로 통일성이 있기 때문에 상대적으로 학회논문을 붙여서 작업하는 것보다 수월하다. 그러나 학회논문은 한 사람이 연속해서 쓴 논문을 찾더라도 필연적으로 겹치는 부분이 발생하므로 이를 정리해내고 시작해야 한다. 그리고 두 사람 이상이 쓴 논문을 붙여서 작업할 경우에는 전체적인 통일성을 부여하는 정비 작업을 한 뒤에 본 작업으로 넘어가야 한다.

타인의 박사논문을 재가공해서 석사논문을 만드는 것은 표절이 아니냐고 할 수 있다. 맞다. 이것은 아이디어에 대한 표절이다. 그러나 우리나라는 아직 이러한 표절에 대한 기준이 존재하지 않는다. 또 아이디어 표절이라는 것이 삼성과 애플의 특허소송에서 논란이 되었던 디자인 표절과 비슷해서 정확한 판단을 하는 것이 불가능하다. 즉 현시점에서 이를 표절로 잡을 수 있는 방법은 없다는 말이다.

박사논문의 재가공 방식은 건축으로 말하자면, 기본 골조만 남기고 나머지 전체를 리모델링하는 것과 같다. 사실 이렇게 하는 것은 논문을 만드는 한 방법으로 전혀 문제될 것이 없다. 다만 내가 제시하는 방식에서는 이런 작업을 한 번에 수행하기 어려운 사람들을 위해서 조금씩 여러 번에 걸쳐서 진행해야 한다는 점이다. 이런 점에서 쉽고 약삭빠르지만, 내가 설명한 전 과정을 이행했을 때는 크게 문제될 부분은 존재하지 않는다.

학회지 특집논문에는 이미 석사논문이 들어있다

학회의 특별 주제 세미나에 주목하라

정식 학회는 1년에 2~6차례에 걸친 논문집 즉 학회지를 발간한다. 학회지의 연간 발간 횟수는 학회의 크기에 따라서 차이가 있는데, 일반적으로 4번이다. 즉 봄·여름·가을·겨울에 한 번씩 발간하는 것이다. 학회는 이때 학회지의 성격에 맞는 회원들의 논문 투고를 받고 이를 심사해서 수록한다. 예컨대 '한국사'나 '동양철학'과 관련된 학회라면, 이러한 범주의 논문을 투고받아 심사하고 수록하는 것이다. 요즘은 학술진흥재단의 기준에 입각해서 한 번에 최대 12편이 수록되는 것이 일반적이다.

학회의 공식 행사로는 춘계와 추계의 2차례 학술대회, 동계와 하계의 2차례 워크숍이 있다. 이 중 석사논문과 관련해서 주목할 수 있는 게 바로 춘계·추계 학술대회다. 학술대회는 '자유 주제'로 할 때도 있지만 '특별 주제'를 가지고 진행할 때도 있다. 자유 주제는 말 그대로 특별한 주제 없이 중구난방의 여러 가지 논문들이 발표되는 형식이다. 학회의 형태를 유지하기 위해서 학술대회를 해야 하는데, 특별 주제로 할 경우에는 재정이 소요되기 때문에 자유 주제로 간소하게 처리하는 것이다. 이에 비해서 특별 주제는 특정한 단일 주제를 가지고 최저 4편에서 많게는 수십 편이 넘는 논문들이 발표된다. 단일 주제로 발표된 논문은 이후 학회지에 '특집논문'으로 수록된다. 석사논문 제조와 관련해서는 바로 이 특집논문에 주목할 필요가 있다.

특집논문은 예컨대 화엄사상처럼 대주제를 가지고 그 안에서 각기 다른 화엄과 관련된 논문들이 발표된 것을 수록한 것이다. 실제로 불교학계에서 가장 큰 학회인 한국불교학회에서는 몇 년 전 이틀에 걸쳐 '화엄의 사상과 실천'이라는 주제로 추계학술대회를 진행했다. 이때 발표된 논문은 각각 '화엄사상과 그 실천적 모색(4편)', '동아시아불교와 화엄사상(5편)', '한국화엄사상의 역사적 전개와 특징(6편)', '화엄사상과 인도·티베트(4편)', '화엄사상과 관련한 자유 주제(6편)', '화엄사상과 관련된 일반주제(6편)'의 6개 소주제에 총 31편이나 되었다. 이 6개의 소주제 논문 속에 화엄학과 관련된 참고자료가 모두 존재한다는 것을 의미한다. 그러므로 이를 잘 섞기만 하면 석사논문을 만들어내는 것은 말 그대로 일도 아니다. 즉 전체를 내가 찾을 필요 없이 이 논문들을 뼈대로 여기에서 찾은 자료들을 바탕으로 논문을 구성하면 된다. 그렇기 때문에 나는 '특집논문에는 석사논문이 들어있다'고 말한다. 실제로 이렇게 덩치가 큰 세미나 속에는 석사논문이 몇 편도 들어있다. 아니 석사논문을 넘어서 박사논문도 재구성해서 만들어내는 것도 충분히 가능하다.

편한 길도 어딘지 알아야 갈 수 있다

학회의 특집논문이라고 해도 다 같은 것은 아니다. 상황에 따라서 재가공이 쉽기도 하고 그렇지 않기도 하다. 사실 '화엄의 사상과 실천' 같은 경우는 너무 거대한 범위를 설정했다. 이는 각 소논문들이 상호 유기적인 연결성이 부족하다는 말이다. 예컨대 특집논문 주제로 '경주 연구'와 '불국사 연구'가 있다고 가정해보자. 이 중 당연히 불국사 연구가 더 작은 주제에 집중하고 있기 때문에 재가공에 유리하다. 즉 작은 소주제에 집중하는 특집논문을 찾아야 한다는 말이다.

지난 2013년 한국불교학회에서는 내가 제안한 '오대산 적멸보궁과 사리신앙의 재조명'이라는 주제로 세미나를 개최한 적이 있다. 이때는 총 6편의 논문 발표가 있었는데, 세미나의 제목에서 드러나는 것처럼 주제의 크기가 작았다. 또 역사적인 순서로 전체 발표가 유기적으로 짜였기 때문에 전체적인 정리가 쉽다. 나는 이 자료들을 2014년 2월 『한국 사리신앙의 연구』라는 단행본으로까지 출판해서 찾아보기 쉽도록 해주었다. 나중에 들리는 소문으로는 이 세미나 자료를 가지고 석사논문을 준비하는 학생들이 여럿 된다는 얘기가 있었다. 이들이 모두 석사논문을 완성했는지는 알 수 없다. 그러나 분명한 것은 이러한 자료를 찾아 전체를 정리해서 재구성하기만 하면 곧장 석사논문이 완성되는 편리함이 존재한다는 사실이다. 모든 자료와 연구 성과 및 논문의 구조들이 나열되어 있으니, 이를 잘 정리해서 재가공하기만 하면 되기 때문이다.

물론 여기에도 문제가 없는 것은 아니다. 그것은 내 입맛에 딱 맞는 주제를 찾기가 쉽지 않다는 점이다. 요즘 군대는 그렇지 않겠지만 예전에는 '군대에서는 발에 신발을 맞추는 게 아니라 신발을 발에 맞춘다'는 말이 있었다. 능력이 부족하면 논문 주제는 양보하는 미덕 정도는 보여야 하는 것이 상도덕에 맞다. 물론 내가 원하는 주제가 걸린다면 이건 그야말로 대박인 동시에 졸업하라는 천명이라고 생각하면 된다.

경주 동국대 신라문화연구소에서 발행하는 학술지 「신라문화」가 있다. 이 학술지의 세미나 주제를 살펴보면 '불국사의 종합적 고찰', '분황사의 재조명', '석굴암의 신연구', '황룡사의 종합적 고찰'과 같은 것들이다. 이런 단일 주제로 논문 발표를 하고 단행본으로까지 출간됐다. 이런 자료를 하나 구하면 석사논문 정도는 인생 편안하게 간다고 생각하면 된다. 물론 여기에는 나에게 맞는 적합한 주제를 찾는 노력이 뒤따라야 하는 것은 분명하다. 즉 편한 길이 있어도 내가 그 길의 존재를 모르고 있다면 편안함을 누릴 방법은 없는 것이다. 이와 같은 방식이 분명 바람직한 것은 아니다. 그러나 동시에 이것은 누구에게나 열려 있는 공개된 자료를 활용하는 것으로 윤리에 저촉될 만한 하등의 문제도 없다.

귀신하고 나만 아는 논문을 쓰라

알려진 주제는 좋은 만큼 어렵다

학위논문의 주제는 그 사람의 명함으로 작용한다. 그러므로 논문을 쓸 수만 있다면 널리 알려진 주제가 좋다. 그러나 모든 사람이 아는 주제는 그만큼 논문으로 만들어내기는 어려운데, 거기에는 두 가지 이유가 있다. 첫째는 아무래도 널리 알려진 주제는 외연이 넓기 때문에 선행연구가 많아서 이를 정리하고 분석하는 데 시간이 많이 걸린다는 점이다. 둘째는 심사하는 분들이 누구나 아는 척을 하고 싶어 한다는 점이다. 예컨대 '한글'이라는 주제로 논문을 쓴다고 해보자. 우리나라 사람치고 한글에 대한 기본적인 지식이 없는 사람이 누가 있겠는가? 그러므로 이 작업은 주위의 수많은 아는 소리들을 커버해내야만 하는 문제를 태생적으로 안고 있다. 즉 논문이 통과되면 '내 학위논문이 한글창제잖아'와 같이 말하고 다니기는 좋지만, 작업 과정은 말 그대로 지난한 가시밭길이라는 말이다.

논문 심사를 쉽게 하려면 "귀신과 나만 아는 걸 가지고 쓰라"는 말이 있다. 어디서 들도 보도 못한 걸 가지고 논문을 쓰라는 말이다. 이렇게 되면 심사할 사람이 없다. 이때 억지로 엇비슷한 사람을 심사위원으로 넣게 되면, 이 사람 역시 공부를 해야 하는 상황이 발생한다. 그런데 누가 자기 논문도 아니고 다른 사람의 논문 심사에 들어가면 서 고시생처럼 공부할 사람이 있겠는가? 예를 들어 논문 주제가 한글 이라면 아는 소리를 할 사람이 많지만, 중국어나 일본어가 되면 아는 사람의 외연이 줄게 된다. 여기에 주제가 희랍어나 인도어가 되면 이 런 현상은 더 심해진다. 아프리카의 우간다어 같은 건 어떨까? 말 그 대로 나도 모르고 너도 모르는 상황이 발생한다. 즉 논문을 쓰는 사람 이나 심사하는 사람이나 모두가 모르는 상황이 된다. 실제로 이런 일 은 의외로 많다. 그중 빈도수가 가장 높은 경우는 외국에서 유학한 사 람들의 학위논문이다. 일본에 불교 공부를 하러 유학을 갔는데 박사논 문 주제는 '한국불교사'다. 또 미국에서 불교전공을 했는데 박사논문 주제가 '원효'나 '지눌'인 경우도 있다. 딱 봐도 이게 뭔가 싶을 정도다.

　　일본에 유학을 갔으면 일본불교에 대한 것으로 박사학위를 받 고, 미국으로 유학을 갔으면 영·미권의 불교와 관련된 것이 주제가 되 는 것이 당연하지 않은가? 그런데 그곳에서 한국불교를 주제로 연구한 다면 뭔가 냄새가 나지 않는가? 일본은 그나마 낫지만 미국 대학에서 한국불교를 아는 사람이 과연 존재하기는 할까? 이런 경우를 '학생이 논문을 쓰면 교수가 배운다'고 하는 것이다. 또 다른 말로는 '학생이 쓰 고 학생이 심사한다'고 하기도 한다.

나만 아는 주제를 찾는 방법

외국에서는 한국불교에 관한 논문 주제가 성립할 수 있다. 이런 경우 한국 학생은 우리나라의 자료들을 토대로 논문을 만들면 되고 외국인

지도교수는 한글도 모르는 상태에서 엄밀한 심사를 진행할 수 없다. 즉 형식만 맞추면 무조건 통과인 셈이다. 그러나 국내에서 이러한 구조를 찾는다는 것은 쉽지 않다. 학생이 우간다어를 연구 주제로 한다고 하면 반드시 하지 말라고 할 것이기 때문이다. 또 학생의 입장에서도 우간다어 자료를 어떻게 정리할 것인가도 문제가 된다. 그러므로 다른 사람들이 모르는 주제 중에서도 타당성이 있는 주제를 찾아내야만 한다.

예를 들어 '조선후기 침굉현변에 대한 연구'를 생각해보자. 바람결에 들어본 이름이긴 하지만 정확하게 이 분의 업적을 아는 사람은 거의 없다. 귀신과 나만 아는 이런 주제를 잡았을 때 논문 통과가 상대적으로 쉬운 것은 맞다. 그렇지만 문제가 아예 없는 것은 아니다. 선행연구 또한 적으므로 지적당할 일이 없는 동시에 각주에 처리할 자료도 없기 때문이다. 즉 한 다리가 길면 한 다리는 반드시 짧은 것이다. 이러한 문제를 극복하면서도 아는 사람이 없는 주제를 가지고 논문을 만드는 방법이 있다. '율곡에게 끼친 이원수의 영향'과 같은 주제다. 율곡은 누구나 아는 인물이고, 이원수는 율곡의 부친으로 널리 알려지지 않은 인물이었다. 따라서 율곡과 관련하여 신사임당이 주로 언급되었지 아버지 이원수에 대한 이렇다 할 연구는 없다. 바로 이 부분을 파고들어 가는 것이다. 그러면 율곡 논문이면서도 심사하기 어려운 논문이 만들어지게 된다. 그러나 이러한 논문 성립의 각을 찾아내는 것은 그렇게 쉽지만은 않다. 이 역시 나름의 정보력과 창의적인 문제의식을 가지고 있어야만 가능한 일이기 때문이다.

현대적인 주제는 심사할 사람이 없다

응용논문에는 정답이 없다

예전에는 인문학 논문이라고 하면 당연히 순수학문을 의미했다. 즉 1차 자료인 원서를 번역하고 이를 통해서 특징적인 관점을 도출해내는 것이다. 그러나 현대에 들어와서는 순수학문보다도 응용의 비중이 증대하고 있다. 즉 원서의 내용이 어떠한지보다 그것을 현대적으로 어떻게 이해하고 활용할 것인지가 부각되고 있는 것이다. 사실 응용의 비중이 확대되는 데는 순수학문에 대한 검토가 거의 일단락되었고, 순수학문만의 활용도가 제한적이기 때문이다. 즉 원효가 무엇을 말했느냐도 중요하지만 그것이 현대의 우리에게 어떠한 필요성이 있느냐가 더 중요해지고 있다는 말이다.

응용논문에는 '틀렸다'는 개념도 없으며 정답도 없다. 그렇기 때문에 분명한 심사가 불가능하다. 예컨대 '원효의 마음에 대한 가르침이 초고령화된 현대의 노인들에게 행복을 줄 수 있다'고 주장했을 때 이를 맞다고 해야 할까, 틀리다고 해야 할까? 신라의 원효로서는 현대와 같은 초고령화 사회가 도래할 것은 상상도 못했을 것이다. 그러나 초고령화 사회 노인들에게 있어서 원효의 마음 조절을 통한 행복론은 현대에는 순수학문보다 응용의 비중이 증대하고 있다.
응용논문에는 '틀렸다'는 개념도 없으며 정답도 없다.
그렇기 때문에 분명한 심사가 불가능하고
논리적인 전개만 잘 이뤄지면 통과를 막기 어렵다.

또한 타당한 면이 있을 것이다. 그러므로 이것은 말이 안 되는 동시에 말이 된다고 할 수 있다. 그렇기 때문에 논리적인 전개만 잘 이뤄지면, 심사위원으로서는 크게 이의를 제기하지 못하고 통과시킬 수밖에 없는 것이다.

응용논문에서 현대적인 부분만이 강조되면 선행연구에 의한 각주를 붙이기가 쉽지 않은 문제가 발생한다. 이는 논문의 형식을 완성하기에 어려움이 있다는 의미가 된다. 예컨대 '불교를 통해서 본 심리상담 기법의 연구'와 같은 주제를 잡았을 경우를 생각해보자. 이런 주제는 1차 전적과 너무 거리가 있어서 논문이 가벼운 느낌을 주게 된다. 즉 논문 주제가 가벼워 보여 소위 날리는 논문이 된다. 이때 같은 주제라면 '유식사상의 인간이해와 심리상담 연구'와 같은 접근 방식이 더 타당하다.

유식사상이란 불교의 심리학에 해당하는 인간의 내면에 대한 분석을 주로 하는 고전학문이다. 그러므로 이러한 고전적인 부분을 바탕에 두고서 현대적인 측면을 접목하게 되면 논문이 가벼워 보이지 않고 무게감이 있어 안정된다. 또한 유식사상에 대한 부분은 이미 정리된 것이 다수 존재하기 때문에 이를 검토해서 집어넣는 것은 크게 어렵지 않다. 바로 여기에 +α로 현대적인 심리상담 부분을 부가해버리면 되는 것이다. 이렇게 되면 고전을 바탕으로 하는 사상적인 분석이지만, 이미 정리된 자료들을 타고 가면 되기 때문에 크게 어려운 부분도 문제될 부분도 없게 된다. 또 현대적인 부분은 아직 완전한 검토가 되지 않은 상황이니 역시 틀리다고 하기 어렵다. 그러므로 이 두 부분을 결합시켜도 심사위원은 특별한 문제점을 발견할 수 없다. 즉 통과가 될 수밖에 없는 것이다.

현대적인 주제는 심사가 불가능하다

일전에 조계종 교육원에서 「승가수행계본(僧伽修行戒本)」을 만드는 데
참여한 일이 있다. 「승가수행계본」은 현대에 승려들이 지켜야 하는 도
덕적인 규칙을 정리한 것이다. 즉 과거와 달라진 생활문화 부분에서 승
려가 청정성을 강조하고 수행자로서의 윤리인식을 함양하기 위한 작업
이다. 나는 이때 「승가수행계본」이 어떤 방향으로 만들어져야 하고 어
떻게 해야 정착될 수 있는지에 관해서 논문을 썼다. 나중에 이 논문이
아까워서 학회에 논문 심사를 의뢰했다. 당연히 결과는 합격이었다. 이
런 논문은 떨어질 수도 없고 떨어져서도 안 되는 불패의 논문이기 때문
이다. 왜냐하면 내가 「승가수행계본」을 만드는 입장이니 이것에 대해
서 심사위원들이 알 수 있는 확률은 전혀 없다. 또 여기에서 다루는 내
용은 현대불교에서 이러한 새 조항이 어떻게 당위성을 확보하며 이를
통해서 승려들이 윤리적일 수 있게 되는가에 관한 부분이다. 즉 도저히
심사대상이 될 수 없는 논문이었던 것이다.

현대적인 것만을 다뤄도 심사가 불가능하다. 그런데 나는 여기
에 소수의 몇몇 사람만 아는 내용을 다루고 있는 것이다. 재밌는 건 심
사위원 중 한 분은 「승가수행계본」이라는 말을 처음 들어보니 그 이전
의 「승가청규(僧伽清規)」와 혼동하는 상황까지 빚어지고 있었다. 응용논
문과 현대적인 논문에서 심사는 형식적일 수밖에 없다. 그러나 바로 그
렇기 때문에 졸업논문에 자신 없는 분들은 한번쯤 도전해보는 것도 가
능하다. 특히 이런 논문은 원전에 대한 이해를 필요로 하지도 않는다는

점에서 분명 누군가에는 한 줄기 빛이 될 수 있다. 즉 이런 경우는 1차 자료인 전공어의 이해 능력조차 필요치 않다는 말이다. 이는 어학에 대한 부담이 없다는 점에서, 능력이 약한 분들에게는 더할 나위 없는 희소식이 되기에 충분하다.

각주를 치밀하게 다는 버릇을 들이라

치밀한 각주는 공부의 흔적이다

내가 생각하기에 논문의 꽃은 각주다. 각주를 통해서 논문을 쓴 사람이 얼마나 많은 자료를 보았는지가 드러나며 논문으로서의 권위를 부여받게 된다. 평소 이런 소신을 가지고 있다 보니 내 논문에는 각주가 무척이나 많다. 보통 학회논문의 경우에도 80~110개의 각주가 달리며 참고문헌도 50종 이상이 된다. 이 때문에 분량이 넘쳐 추가 게재료를 내는 경우도 많지만 그래도 나는 각주를 좀처럼 포기하지 않는다.

내가 각주를 세세한 부분까지 치밀하게 달기 시작한 것은 석사과정 수업 때부터였다. 그때는 각주에 서지사항만 간략하게 단 것이 아니라 해당 자료에서 1줄 이상 인용문을 넣고는 했다. 이것은 내가 해당 책이나 논문을 봤다는 확실한 증거가 되는 동시에 나중에 비슷한 부분을 찾을 때 쉽게 내용을 확인해볼 수 있는 나침반 구실을 하게 된다. 사실 책이든 논문이든 읽어도 기억이 유지되는 기간은 잠시뿐이다. 이후에 해당 부분의 구체적인 내용을 떠올리는 것은 쉽지 않다. 이 문제를 보완하기 위해서 각주를 세세하게 다는 노력을 했고 이것은 이후의 공부가 쉬워지는 배경이 되었다. 전문가로서의 공부는 유효적절한 전문적인 자료를 최대한 빨리 찾는 것에서 내공 차이가 난다. 그런데 각주를 세세하게 달면 내가 지나온 자취가 뚜렷해지므로, 다시 찾아가기가 용이하게 된다. 즉 공부의 효율성이 높아지는 것이다.

각주를 가지고 전문적인 자료를 정리하는 것은 자료가 누적될수록 막강한 힘을 발휘한다. 어떤 의미에서 이것은 전문 영역의 내비게이션 지도를 만드는 것과 흡사하다. 이러한 각주 정리 방식은 누적될수록 논문을 만드는 데 있어서 실로 엄청난 속도와 효율성을 만들어내게 된다. 각주를 꼼꼼하게 달다 보면 페이지를 확인해야 하기 때문에 자료들을 찾고 또 찾아야만 한다. 이 과정이 반복되면 필요한 내용들이 장기기억으로 전환되면서 오래도록 남게 된다. 즉 꼼꼼한 각주를 다는 행위는 일견 생고생인 단순 작업 같지만 실제로는 가장 큰 수확을 거두게끔 인도하는 지름길인 것이다.

각주는 논문의 문제점을 커버한다

논문을 쓰다 보면 아무리 심사숙고해도 조금씩은 틀리는 부분이 발생할 수밖에 없다. 인간은 스스로 겪은 일에 대해서도 기억에 혼란을 일으키는 동물이다. 이런 점에서 과거의 단편적인 자료들을 가지고 명탐정 홈즈와 같은 작업을 하는 상황에서 예기치 못한 오류가 발생하거나 또는 애매한 상황에 직면하게 되는 것은 어찌 보면 필연적이다. 이런 문제를 해결하거나 보완해주는 것이 바로 각주 정리다. 즉 찜찜하다 싶으면 각주를 달고 그 부분은 내 주장이 아닌 인용으로 처리해버리면 되는 것이다. 물론 다른 사람의 주장을 인용했다고 해서 오류가 정당화되는 것은 아니다. 선행연구의 틀린 부분을 바로 잡는 것은 나중에 연구하는 사람의 기본적인 자세이자 의무이기 때문이다.

그러나 능력이 부족해서 정확하게 판단하기 어려운 부분은 계속 붙잡고 있다고 해서 결정나는 상황이 아니다. 이런 때는 각주로 처리하는 것이 가장 바람직하다. 또 나는 아예 각주에서 "A설·B설·C설·D설이 있는데, 이 중에 나는 어떤 것이 가장 타당하다고 생각한다."는 진술 방식을 사용하기도 한다. 이렇게 하면 아무리 복잡한 실타래라도 심사위원은 틀렸다고 할 수가 없게 되기 때문이다. 물론 그 대신 여기에는 여러 설들을 죄다 정리해야 하는 수고로움이 있다. 그러나 이런 정리를 한 번만 해보면 이 부분의 문제의식이 무엇인지에 대해서 분명한 인식을 갖게 된다는 장점이 있다.

각주는 논문의 논지를 전개하는 데 있어서 전거가 되는 서지사항에 대한 표기다. 이런 점에서 각주는 아무리 재활용해도 논문의 본문과 달리 표절이 되지 않는다. 이는 한 번 꼼꼼한 각주를 만들어서 누적시키게 되면 영구적인 자료를 확보한다는 것을 의미한다. 즉 논문의 본문은 개그 프로그램처럼 일회성에 지나지 않지만, 각주는 노래처럼 죽을 때까지 반복 사용이 가능하다는 것이다. 이것을 이해하면 각주에 왜 공을 많이 들여야 하는지 납득할 수 있을 것이다.

물론 논문을 계속해서 쓰지 않는다면 각주 역시 일회성일 수 있다. 그러나 살다 보면 또 어떻게 될지 모르는 게 인간의 삶이 아니겠는가. 나의 처음 공부 목표는 석사 졸업이 전부였다. 그런데 어쩌다 보니 석사 2개에 박사 4개로 국내 최다 박사학위자가 되었다. 이런 것이 바로 인생이다. 이런 돌발 상황을 고려해서라도 각주는 논문에서 가장 꼼꼼하게 작업할 대상이라고 하겠다.

한 편의 논문에 모든 것을 담으려 하지 말라.
논문은 작은 부분에 천착해 집중하는 것이다.

모든 것을 한 논문에서 말하려 하지 말라

너무 많은 내용을 담으려고 하지 말라

논문 쓰기에 익숙하지 않은 분들이 쉽게 범하는 오류가 있다. 많은 것을 말하면서도 짧게 쓰고 싶어 하는 이율배반적인 바람이다. 논문을 쓰려고 여러 자료들을 읽어가며 정리하다 보면 자신이 그 분야의 최고 전문가가 된 듯한 착각에 휩싸이게 된다. 그래서 많은 것을 말하고 싶은 생각이 일어난다. 그러나 막상 논문을 쓰려고 하면 논문이 주는 공포감 때문에 글을 쓰지 못하고 지리멸렬하게 된다. 즉 머릿속으로는 큰 밑그림을 그리고 있는데 실제로는 단순하게 축약하고 있는 것이다. 이렇게 되면 논문이라기보다는 개론서를 축약한 것과 유사한 상황이 연출된다. 즉 논문도 아니고 논문 아닌 것도 아닌 것이다. 흔히 논문 심사 중에 교수님들이 '하고 싶은 말이 많으면 나중에 책으로 쓰라'고 하는 경우가 있는데 바로 여기에 해당한다. 그런데 이 말을 들은 학생은 이를 이해하지 못하고 속으로 '논문 쓰고 있는데 웬 책 얘기를 하고 있지'라며 의아해 하게 된다.

작은 부분에 집중하는 것이 논문이다. 많은 내용을 길게 서술하면 문제될 것이 전혀 없다. 그런데 문제는 많은 내용을 짧게 서술하다 보니 줄거리의 요약처럼 되는 것이다. 그러므로 효율적인 논문 작업을 위해서는 이율배반적인 두 가지 생각 중에서 반드시 한 가지는 고쳐야만 한다. 그런데 석사논문에는 일반적인 분량이 있고 그 이상으로 많이 작업한다고 해서 곧장 박사학위를 주지 않는다. 또 논문이란 작은 부분에 천착하는 것이지, 세계지도를 그리는 것처럼 원대한 호연지기를 기르는 것이 아니다. 이런 점에서 전체를 말하려고 하는 부분을 고치는 것이 맞다. 즉 이것은 선택이 아니라 답이 정해져 있는 문제인 것이다.

전공자의 관점을 이해하라

논문 심사위원은 전공자다. 이들은 논문이 집중적이어야 한다는 생각을 가지고 있다. 이런 점에서 심사위원은 넓고 얕게 벌어져 있는 글에 필연적으로 알레르기 반응을 일으키게 된다. 그러므로 가지를 확 쳐버리고 몸통만을 남기거나 기본적인 몸통은 쳐내고 하나의 가지만 가지고 작업하는 것이 좋다. 그러나 논문에 익숙하지 않은 학생의 입장에서는 이렇게 되면 전체적인 유기적 구조가 무너진다는 생각을 하게 된다. 마치 인간이란 사지육신을 다 갖춰야 한다고 생각하는 것과 같다. 그러나 전공자란 의사들이 육체의 전체를 다루지 않고 치과나 이비인후과처럼 특정 부분만을 다루는 것에 익숙해져 있다. 즉 부분의 합으로 전체를 만든다는 생각을 바탕에 두고 있는 것이다. 심사를 통과해야 하는 심사 대상자는 심사위원의 관점에 맞춰야 할 필요가 있다. 또 심사 대상자 역시 전문가가 되려는 사람이므로 원튼 원치 않든 간에 이와 같은 사고방식에 익숙해져야만 한다.

    동양의 전통적인 학문 방법은 전체를 통해서 부분으로 나아가는 방식을 취한다. 이로 인하여 박사라는 용어의 기원인 고대에 나타나는 오경박사 등은 실제로 관련된 전 분야에 능한 사람들이었다. 그러나 요즘은 박사라고는 하지만 실제로는 아주 작은 부분만을 아는 협사일 뿐이다. 어떤 의미에서는 숲에 가려서 나무를 못 보는 것도 문제지만 역으로 나무에 가려서 숲을 못 보는 것 역시 문제가 된다. 그렇지만 졸업하려는 사람이 제도를 수정할 수 있는 방법은 없다. 그러므로 제도를 이해하고 그것에 맞춰서 졸업할 수 있는 방법을 생각하는 것이 중요하다. 즉 현대의 학교가 요구하는 기본 틀에 맞춰서 졸업하는 것이 우선이라는 말이다. 대학원에는 학문하는 방법의 정당성이나 옳고 그름의 문제가 아니라 보다 분명한 목적 즉 졸업이 존재하는 것이다.

진일보한 논문을 만들어내는 원동력은
착실한 선행연구 정리에 있다.

치밀한 선행연구 정리로
동시에 여러 논문을 구상하라

선행연구를 통한 진일보

집을 짓는 데 있어서 가장 중요한 것은 무엇일까? 여러 가지를 들 수 있
겠지만, 지반 공사와 건축 재료가 아닐까 싶다. 다른 데는 몰라도 여기
에 문제가 생기면 집 건축 자체가 안 되기 때문이다. 즉 멋지고 좋은 집
은 그 다음의 문제라는 말이다. 논문에서 지반 공사와 건축 재료에 해
당하는 것이 바로 선행연구다. 여기에 창의적인 관점이 접목되면 비로
소 논문이 갖춰진다. 창의적인 관점은 디자인과 같아서 타고나는 부분
도 있고, 또 계속된 작업 속에서 감각이 생기는 측면도 있다. 그러나 이
것은 쉽게 한 번에 되지는 않는다.

　　반면에 선행연구 정리는 성의와 노가다 정신만 있다면 누구나
가능하다. 이런 점에서 선행연구에서 무너지는 논문은 변명의 여지가
있을 수 없다. 맥아더 장군의 지적처럼 "작전에 실패한 지휘관은 용서
할 수 있어도 경계에 실패한 지휘관은 용서할 수 없다"는 말이다. 그러
므로 선행연구에 소홀한 사람은 전문가나 학자로서의 자질이 없는 사
람이다.

선행연구만 버무려서는 좋은 보고서는 될 수 있어도 논문은 되지 않는다. 논문은 실제로는 관점의 싸움이기 때문이다. 가우디처럼 창의적인 건축가를 생각하면 된다. 즉 같은 건축 재료를 가지고서도 확연히 다른, 새로움에 입각한 결과물을 도출해내는 것이다. 그러나 우리 모두가 가우디일 필요는 없으며 가우디가 되어서도 안 된다. 그렇게 되면 온통 기이한 건축물로 뒤덮인 이상한 도시가 될 것이다. 그러므로 천재는 천재로 놓아두고 우리는 평범한 우리로 돌아올 필요가 있다.

논문에서 창의적인 관점에 의한 탁견이 있다면 아주 좋다. 그러나 기존의 연구들을 바탕으로 최대한 정확한 사실을 규명해내는 것도 의미가 있는 우수한 논문이다. 바로 이러한 기존의 연구를 넘어서는 진일보한 논문을 만들어내는 원동력이 꼼꼼한 선행연구 정리에 있다. 많은 선행연구들을 정리하고 상호 충돌시키다 보면 진일보한 관점은 저절로 도출된다. 바로 이 부분을 잡아서 다른 사람들이 보기 좋도록 설명해주면, 이것이 가장 탄탄한 논문이 되는 것이다.

넓게 파서 많은 논문거리를 확보하라

선행연구는 최대한 넓게 팔수록 좋다. 즉 관련된 연구까지 전체를 끌어들여서, 마치 태풍이 주변 전체에 영향을 미치는 것처럼 광범위하게 정리할 필요가 있다. 물론 이렇게 되면 투자되는 노력이 상당하기 때문에 결과물인 논문이라는 결실이 상대적으로 적게 느껴질 수도 있다. 그러나 넓은 폭의 정리를 통해서, 5~10편 정도의 소논문을 구상한다는 관점으로 접근하면 문제가 달라진다. 즉 집 한 채만 짓고 마는 것이 아니라 터를 넓게 밀어서 주택단지를 건설하면 된다는 말이다. 나는 이런 상황을 '논문의 광맥'이라고 표현한다. 마치 금광처럼 계속 파고들어 가면서 다양한 논문들을 뽑아내는 것이다. 이런 사고방식이 갖춰지게 되면 이 중 몇 편을 연결시켜버리게 되면 바로 석사논문이 된다. 또 여기에 더 많이 붙이면 박사논문이 만들어지는 진짜 알라딘의 램프가 따로 없는 것이다.

전자회사에서 신제품을 개발할 때 하나에 집중해서 개발하고 그것이 끝나면 또 다른 것을 시작하지 않는다. 그렇게 해서는 빠른 신제품 출시가 불가능하기기 때문이다. 따라서 전자회사는 동시에 여러 가지 신제품을 개발하고, 이 중 완료되는 제품순으로 시점을 정해서 시장에 출시하는 방식을 취하게 된다. 논문도 마찬가지다. 넓은 선행연구 정리를 통해서 동시에 다양한 논문들을 구상해나가는 것이 훨씬 효율적이다. 물론 실질적인 작업은 한 번에 한 가지만 할 수밖에 없다. 그러나 선행연구만 잘 정리되어 있으면, 이러한 작업 과정에서 다른 아이디어들이 계속해서 떠오르게 마련이다. 마치 건축가가 하나의 건축을 진행하는 도중에 '이렇게 해도 멋지겠는데'라는 생각을 하는 것처럼 말이다. 이런 생각이 날 때마다 이를 정리해서 또 다른 구상을 진행하면 된다.

어떤 분들은 '논문과 같은 작업을 하면서 어떻게 몇 가지를 동시에 생각할 수 있느냐?'고 반문할지도 모른다. 이것은 어려운 작업을 하면서 동시에 다른 일을 하기 어렵다는 의미다. 그러나 인간은 숨 쉬면서 밥을 먹고, 먹으면서 떠들고, 그러면서 TV도 보는 존재다. 숨 쉬거나 먹는 것처럼 인간의 삶에 있어서 중요한 일이 또 있을까? 또 대화하고 정보를 모으는 일처럼 우리 삶의 핵심이 되는 일이 더 존재할까? 현대는 멀티플레이어가 아니면 살아남을 수 없는 사회다. 전공 영역이나 전문화된 영역일지라도 말이다. 그러므로 전문가로 살아남고 논문에서도 살아남으려면 동시성의 구축은 결코 선택일 수 없다. 이것은 어떤 의미에서는 생존의 문제이기 때문이다.

05

논문 외전

지그소 퍼즐(Jigsaw puzzle)과 학회논문 쪼개기

학회논문은 작은 조각일 뿐이다

내가 맨 처음으로 학회논문을 쓴 까닭은 대학원에서 BK21사업의 연구비를 받아서 그 결과물을 제출해야 했기 때문이었다. 다른 곳에서도 BK21 연구비를 받았지만, 그때는 학술지에 소논문을 수록하는 방식은 아니었다. 그런데 이곳에서는 논문 수록이 안 되면 이미 받은 연구비를 다시 반납해야 했다. 나의 논문 데뷔 역시 자발적인 것은 아니었던 셈이다. 그런데 하필 내 논문 심사가 지도교수님에게 갔는가 보다. 하루는 나를 부르시더니, "내가 특별히 학회에 전화해서 스님 논문을 떨어트리라고 했습니다."라고 하는 것이 아닌가. 그러더니 "학회논문에서는 너무 여러 가지를 말하려고 하지 말고 작은 주제로 작업하고, 전체적으로 말하고 싶은 것은 조각조각 작업해서 붙인다고 생각하십시오."라고 조언을 해주셨다. 결국 그 논문은 떨어졌고 이후 수정해서 다시 심사를 거쳐 수록되었던 기억이 있다.

그 당시에 당신 마음에 안 맞는다고 학회에 전화까지 걸어 떨어트리라고 했다는 말을 듣고는 무지 섭섭했다. 그러나 덕분에 학회논문은 작은 주제로 쪼개야 한다는 걸 배우게 됐다. 실제로 이 경험이 내가

학회논문은 지그소 퍼즐의 한 조각과 같다.
이러한 소논문들이 모여서 큰 범주를 형성하며 전체를 완성한다.

학회논문을 많이 쓰게 되는 실질적인 계기가 되었다. 그런데 나중에 다시 만나뵈었더니 당신은 내게 그런 말을 한 적이 없다고 하신다. 어쨌든 덕분에 논문을 어떻게 만드는지에 대한 최고의 기술을 터득하게 되었으니 사실이 어떻든 이 정도면 충분히 만족스럽지 않은가?

학회논문이란 지그소 퍼즐과 같다

어린 시절 그림조각을 끼워맞추는 지그소 퍼즐 한번 안 해본 사람은 없을 것이다. 한 번은 누가 파리의 오르세 미술관에 갔다 오면서 르누아르의 〈물랭 드 라 갈레트의 무도회〉 3,000조각짜리 퍼즐을 주는 것이 아닌가. 나는 처음에는 만만하다고 생각하고 시작했는데 이게 말 그대로 보통 일이 아니었다. 유화는 만화와 달라서 조각그림이 되면 색깔을 구분하기가 무척이나 어렵다. 참으로 인생의 쓴맛을 본 기간이었다. 각각의 조각그림은 나름 의미를 가지고 있다. 그렇기 때문에 하나라도 빠지면 전체 그림이 완성되지 못한다. 학회논문이란 이러한 지그소 퍼즐 한 조각과 같다. 그것은 자체적인 완결성을 가지지만 그럼에도 그것은 전체의 완성은 아니다. 이러한 소논문들이 모여서 큰 범주를 형성하며 전체를 완성하고 있는 것이다.

　　이것을 한번 반대로 생각해보자. 그러면 원효나 지눌 같은 거대한 연구 주제 하나면 논문이 적게는 수십 개에서 많게는 수백 개가 나온다는 뜻이다. 마치 항공모함 안에 전투기 백여 대가 올라가고, 그 주변에 호위 함정 수십 척이 따르는 것을 생각하면 되겠다.

　　지그소 퍼즐 맞추기에서 가장 중요한 것은 전체 그림을 정확하게 숙지하는 것이다. 이게 되지 않으면 작은 조각들의 대략적인 위치를 비정할 수 없기 때문이다. 실제로 지그소 퍼즐 중에 어려운 것은 전체 그림을 별도로 주지 않는 경우다. 착실한 선행연구 정리를 통해서 거대한 그림을 하나 그릴 수만 있다면 논문 십여 편은 그냥 줍는 것이 된다. 말 그대로 잭팟이 터지는 것이다.

　　지그소 퍼즐은 다양한 형태로 그림을 분할한 것에 불과하다. 이렇게 되면 개개의 조각그림은 독립적인 완결성을 가지지 못한다. 그러므로 논문 쪼개기를 이런 식으로 할 수는 없다. 논문 쪼개기는 그림 속 인물의 하나하나를 따거나 상황들을 나누고 분절한다고 이해하면 된다. 즉 소논문에서는 전체 그림을 작게 나누는 것은 맞지만 거기에는 자체적인 완결성이 존재해야 한다는 말이다. 논문은 드라마처럼 다음 회에 이어서 갈 수 있는 구조가 아니기 때문이다.

학회논문 하나를 둘로 나누는 방법

학회논문을 보다 보면 제목 뒤에 Ⅰ이나 Ⅱ가 붙어 있는 경우가 있다. 즉 연속된 논문이라는 의미다. 논문을 쓰다 보면 하나의 주제임에도 분량이 도저히 한 소논문으로는 감당할 수 없을 때가 있다. 이런 경우 부득이하게 자르게 되는데, 이때 Ⅰ, Ⅱ와 같은 로마 숫자를 제목에 붙이게 된다. 그런데 이때에는 수박 쪼개듯이 무턱대고 가운데를 자르면 안 된다. 어떤 분들은 그냥 가운데를 자르는데, 이는 소논문의 완결성이라는 입장에서 봤을 때 매우 무책임한 행동이다. 그렇기 때문에 일반적인 심사위원들의 입장에서 이런 논문은 탈락 점수를 주게 된다. 즉 소나 돼지의 각 부위를 해체하듯이 좀 더 기술적인 분리를 통해서 완결성이 담보될 수 있도록 해야만 하는 것이다.

나도 이런 연속 논문을 쓴 경우가 여러 차례 있다. 「고려 〈관경서분변상도〉의 내용과 의미 고찰 Ⅰ-'관경서분'의 내용분석과 역사적 배경을 중심으로」와 「고려 〈관경서분변상도〉의 내용과 의미 고찰 Ⅱ-〈관경서분변상도〉의 내용표현과 해법제시를 중심으로」를 일례로 들 수 있다. 그런데 자세히 보면 이 논문들은 부제를 통해서 '역사적 배경'과 '내용표현의 분석'으로 나뉘어 있다는 것을 알 수 있다. 사실 나는 이러한 효율적인 쪼개기를 위해서 당시 작업 중이던 논문의 상당 부분을 재구성해야만 했다. 즉 순서에 따른 구성 방식을 내용에 따른 구성으로 재편한 것이다. 이런 논문 쪼개기는 어떤 의미에서 작업의 난이도가 상당히 높다. 그러나 이 정도의 노력은 보여야 논문 수록이 용이해지는 것이다. 그런데 이런 경우는 본래 하나의 논문을 둘로 쪼갠 것이기 때문에 이러한 두 논문을 기술적으로 결합시켜 하나로 만드는 것도 가능하다. 그래서 이런 경우는 잘만 하면 석사논문 정도는 쉽게 만들 수 있다. 그러므로 어떤 의미에서는 쉬운 석사논문을 쓰는 차원에서는 이와 같은 논문을 찾는 것도 하나의 기술이라고 하겠다.

논문의 인용지수를 높이는 방법

제목과 부제목을 활용하라

학회논문에서 인용지수가 화두가 되면서 인용지수를 어떻게 하면 올릴 수 있는가에 관심이 있는 분들도 있다. 실제로 각 학회에서는 학회지의 정부 심사에서 인용지수 비율이 들어감으로 인해 이 부분에 많은 신경을 쓰고 있다. 그러나 학회논문 인용지수를 올리려고만 하면 그 방법은 생각보다 어렵지 않다. 가장 위력적인 방법은 많은 사람이 관심을 가지는 주제의 논문을 쓰는 것이다. 아무래도 연구자가 많은 주제의 논문은 검색되어 인용될 확률이 높기 때문이다. 그러나 이를 위해서 자신의 관심 분야를 틀어간다는 것은 쉬운 일이 아니다. 논문의 달인이 되기 전까지는 자신의 전공과 관련된 주제로부터 벗어나기가 만만치 않다. 이런 점에서 이 방법은 가장 위력적이지만 동시에 쉬운 일은 아니다.

인용지수와 관련해서 주목해야 할 방법은 논문의 제목이다. 논문의 제목을 좀 더 크게 잡고 부제목을 작게 붙이면 보다 유리해진다. 사람들이 관련 자료를 찾을 때 당연히 제목을 가장 먼저 본다. 이때 약간 범범한 제목은 선택될 확률이 좀 더 높다. 물론 이런 제목만으로는 학회의 심사를 통과할 수 없다. 이를 보완하는 방법으로 부제목을 작게 잡아야만 한다. 이렇게 되면 학회의 심사도 통과되면서 인용될 개연성도 증대된다.

또 이와 함께 어떤 논문이든 부제를 붙이면 검색에 도움이 된다. 오늘날은 선행연구를 검토하는 과정에서 누구나 포털사이트나 논문검색 사이트의 도움을 받게 된다. 이때 많이 노출되기 위해서는 제목만 있는 것보다 부제까지 있는 것이 더 유리하다. 왜냐하면 검색에서는 보통 제목 말고도 부제목까지 잡히기 때문이다. 노출 빈도수가 높으면 선택될 확률도 높아진다. 그렇기 때문에 인용지수를 높이려면 어떻게 하면 더 쉽게 노출될 수 있을까에 대한 고민이 있어야 한다. 내가 제시하는 제목과 부제목의 문제는 바로 이 부분을 말하고 있는 것이다.

주제어를 최대한으로 많이 넣어라

학회논문에는 '주제어'를 제시하는 부분이 있다. 이는 논문의 전편을 일괄하는 핵심어를 의미하는데 보통 학회지에 따라서 5개에서 10개까지 넣는다. 이때 최대한 많은 주제어를 넣도록 해야 한다. 왜냐하면 이 주제어 역시 논문검색 사이트에서 제목 및 부제목과 함께 검색되기 때문이다. 그러므로 학회지에서 주제어를 5~7개 사이로 넣으라고 되어 있으면 무조건 7개를 넣어야 한다. 또 이때 너무 특이한 단어는 주제어로 넣으면 안 된다. 왜냐하면 이런 단어는 상대적으로 검색량이 적을 수밖에 없기 때문이다. 즉 최대한 검색에서 걸릴 수 있는 단어를 많이 배치하는 것이 관건인 것이다. 이 방법의 연장선상에서 주제어의 선정에 제목에 들어가는 단어를 넣으면 절대 안 된다. 제목은 어차피 논문검색 사이트에서 검색 대상이 된다. 그러므로 제목에 들어간 단어를 주제어에 넣게 되면 검색 대상 단어가 줄어들게 된다. 따라서 제목과 주제어는 무조건 겹치면 안 된다. 즉 주어진 조건 안에서 영역을 최대한 넓히는 것이 관건인 셈이다.

인용지수를 늘리는 것이 중요한 목적이라면 지금까지 말했던 순리적인 방법 말고 특수한 변칙도 가능하다. 그것은 논문의 전개에 있어서 아주 불필요한 게 아니라면 좀 더 대중적인 부분으로 논문의 흐름을 틀어가는 것이다. 예컨대 선덕여왕이 논문의 주제라면, 굳이 필요하지 않더라도 황룡사에 대한 부분을 한 페이지 정도 넣고 황룡사라는 단어를 주제어로 뽑는 것이다. 선덕여왕은 황룡사구층목탑을 건립한 임금이다. 그러므로 황룡사와 관련이 있는 것은 사실이다. 그러나 논문의 주제에 따라서는 굳이 황룡사 얘기가 들어가지 않아도 된다. 그럼에도 황룡사라는 보편적인 주제가 들어가면 당연히 논문의 외연이 넓어진다. 바로 이점을 노려서 논문 일부를 비틀어가는 것이다. 이렇게 되면 선덕여왕만 다룬 것에 비해서 인용될 가능성이 증대된다. 이 방법은 분명 권장할 만한 것은 아니다. 그러나 크게 문제될 만한 것도 아니라는 점에서 만부득이한 분들은 활용해 보는 것도 무방하다.

인용에 좋은 학회지

학진 등재지를 가지고 있는 학회라고 해도 다 같은 학회는 아니다. 마치 생필품을 파는 곳에 구멍가게부터 대형마트까지 있는 것처럼 학회도 그와 같다. 어떤 학회는 아는 분들끼리 친목을 도모하는 정도로 이루어지면서 근근이 등재지 수준만을 유지하는 경우도 있고 어떤 학회는 회원만 천 명이 넘는 조직적인 곳도 있다. 대부분의 학회는 규모가 작으며, 이 때문에 학회의 일을 전문적으로 보는 유급 직원이나 학회 사무실이 없다. 학회의 임원 중 젊은 교수가 실무적인 일을 처리하거나 그 교수의 조교가 노동력을 착취당하는 경우가 많다. 또 학회사무실은 실무 책임교수의 연구실이 되는 경우가 대부분이다. 즉 교수 연구실 밖에 학회 간판 하나만 더 걸리는 경우다. 이렇게 되면 당연히 학회가 원활하게 운영되지 않는다.

이에 비해 학회의 업무만 전담하는 유급 직원과 학회 사무실이 있는 학회는 상황이 매우 다르다. 전담 직원이 있으니 당연히 학회의 효율성이 높아질 수밖에 없다. 이 부분은 '학회지의 발간 날짜가 정확한가'와 '발표된 논문이 학술진흥재단에 빨리빨리 탑재가 되느냐'의 문제다. 즉 규모가 큰 학회에 발표한 논문일수록 검색엔진에서 검색될 확률이 보다 큰 것이다. 이런 점에서 인용지수와 관련해서는 다양한 검색엔진에서 효율적으로 검색될 수 있는 학회가 좋다는 결론에 도달하게 된다. 그리고 이러한 학회는 규모가 큰 학회이며, 이는 각 분야의 가장 대표적인 학회라고 이해하면 되겠다.

현대는 전공의 세분화와 전문화가 더욱더 강조된다.
그러므로 박사논문 제목은 전공이 분명하게 드러나야 한다.

명확한 논문 제목으로 전공을 분명히 하라

누구도 부정할 수 없는 논문 제목 만들기

그 사람의 전공은 박사논문으로 결정된다. 사실 박사논문으로 그 사람의 평생 전공이 결정된다는 것은 오늘날처럼 오래 사는 시대에는 맞지 않는다. 그러나 옳고 그름의 문제를 떠나서 제도적으로 그런 것이니, 일단은 수긍할 수밖에 다른 방법이 없다.

　　90년대 말까지는 전공이 일치하지 않아도 교수가 되는 일이 종종 있었다. 그때까지만 해도 박사학위자가 상대적으로 적다 보니 인맥이 전공보다도 우선시되는 현상이 발생했던 것이다. 이런 환경에서 유리한 것은 박사논문 제목이 크고 범범한 것이었다. 이렇게 되면 전공이 다소 불일치하더라도 억지로 우기고 들어가기가 좋았기 때문이다.

　　2000년대부터는 우리사회가 선진국화되면서 보다 전문화된 시대가 열리게 된다. 또 박사학위자도 대폭 늘어나다 보니, 전공 일치자가 아니면 임용된다는 것은 말 그대로 언감생심이다. 또 선진화가 진행될수록 전공의 세분화와 전문화는 더욱더 강조될 수밖에 없다. 이런 점에서 취업이나 임용에 있어 적합하고 세분화된 전공을 확보하는 것은 매우 유리한 상황이 된다. 즉 예전에는 전공을 범범하게 해서 그물

질을 하는 형태였다면, 현재는 물고기의 어종에 맞춘 맞춤 낚시의 시대다.

현대가 전공이 뚜렷한 시대라는 점에서, 박사논문의 제목은 전공이 분명하게 드러날 수 있도록 하는 것이 좋다. 즉 제목만 들어도 이사람이 무슨 전공이라는 것이 부각될 수 있어야 유리하다는 말이다. 나 역시 박사논문을 쓸 때 전공이 쉽게 드러날 수 있도록 노력했다. 물론 내가 이렇게 한 이유에는 취업에서의 유리함 때문이 아니라 나의 다른 박사논문과의 차별을 두기 위한 것이었다. 즉 내 입장에서는 다 전공자로서의 분명한 영역 분리가 존재해야 했던 것이다. 그러나 일반적으로 1개의 박사학위를 가지는 사람은 적실(適實)한 자리에 유리한 조건으로 취업하기 위해서 전공을 투명하게 만들어야 할 필요가 있다. 그렇지 않으면 과거와 달리 전공이 모호하다는 이유로 불이익을 받게될 수 있기 때문이다. 오늘날 전문가를 필요로 하는 곳은 전공이 반드시 일치되는 사람만 지원을 받는다. 이런 점에서 박사논문의 제목을 명확하게 하는 것은, 현대를 사는 데 있어서는 선택이 아닌 필수라고하겠다.

시장의 흐름을 파악해서 박사논문 제목을 정하라

전공이 세분화되는 사회를 사는 상황에서 전공이 일치한다는 것은 대단히 유리한 고지를 점령한다는 것을 의미한다. 그러나 반대가 되면 만회하기 어려운 치명적인 상황에 직면하게 된다. 게다가 사회의 변화가 점차 빨라지는 상황에서, 시대가 요청하는 세부적이고 적합한 전공에 맞춘다는 것은 보통 어려운 일이 아니다. 이런 점에서 박사논문을 쓰려는 사람들은 자기 전공 안에서 어느 주제와 제목이 가장 유리할 것인가에 대한 깊은 고민이 있어야만 한다. 즉 단순한 졸업이 목적이 아니라면 평생 명함에 박힐 수식어에 대한 사려 깊은 안배가 있어야만 한다.

물론 이것은 쉽지 않은 일이다. 여기에 박사논문이라는 눈앞에 넘어야 할 거대한 산이 놓여 있으면, 이런 생각을 하기는 더욱더 어렵다. 즉 쉽사리 '졸업만 해도 좋겠다'는 타협적인 생각을 하게 되는 것이다. 그러나 어떤 의미에서 박사전공은 차나 집보다도 더 중요하다. 차나 집은 마음에 안 들면 바꿀 수 있지만, 한번 박힌 박사전공은 마치 낙인처럼 평생을 따라다닌다. 그러므로 아무리 힘들더라도 박사논문에 박히는 세부전공의 제목만큼은, 깊은 고민 속에서 이뤄져야만 한다. 그리고 이것은 때론 내 관심 분야나 논문 작업이 용이한 측면보다도 우선적으로 배려되어야만 할 필요가 있다.

관심이 있으면 학문의 영역은 넓어진다

한 우물만 파는 시대는 지나갔다

불과 한 세대 전만 하더라도 공부는 철저히 생계와 직결된 수단일 뿐이었다. 학교를 졸업하고 취업하게 되면, 직장과 관련된 필요한 공부 외에는 공부랑 담을 쌓는 것이 일반적인 관행이었다. 그러나 이제 100세 시대가 되면서, 공부는 삶의 만족을 높여주는 최고의 반려 수단이 된다. 실제로 내 주위에만도 나이 들어 대학원에 가는 분도 다수가 있을 정도다. 이런 공부는 수단이 아닌 지적인 낭만이자 삶을 윤택하게 하는 취미라고 하겠다. 굳이 만학도가 아니더라도 전공자 역시 예외는 아니다. 100세 시대에 하나의 전공만을 70년을 파고 있을 수는 없다. 현대처럼 빠른 사회의 변화 속도라면, 예전과 같이 한 우물만 평생 팔 것이 아니라 여러 우물을 파고 여기저기를 기웃거리는 것이 맞다는 말이다.

실제로 교육부는 정책적으로 학제적 연구나 융복합 학문을 크게 강조하고 있다. 이는 학문의 풍토가 일변하고 있음을 의미한다. 다만 학교라는 조직이 고지식하고 사회 변화에 적응이 늦어, 이와 같은 변화에 발 빠르게 대처하지 못하고 있을 뿐이다. 앞으로는 현대의 변

100세 시대에 공부는 삶의 만족을 높여주는 최고의 반려 수단이다.
대학원 공부 또한 직장 생활과 병행하는 사람들이 늘고 있어,
그들의 편의를 배려해 수업 시간표를 작성하는 추세다.

화에 순응하는 학교와 전공은 살아남고 그렇지 못하면 무너지게 될 것이다. 현대에 들어와서는 나처럼 복수의 다전공자들이 점차 늘어나는 양상을 보이고 있다. 이는 대학원이 대학 다음의 대학원이 아닌 직장과 병행하는 대학원으로 변모하는 것과도 맥을 같이 한다.

예전의 대학원 수업은 교수들이 일부러 요일이 겹치지 않도록 짜곤 했다. 즉 월요일부터 목요일까지 하루에 1과목씩만 배정했던 것이다. 그런데 요즘은 학생들의 편의를 위해서 하루에 2과목을 몰아주는 것이 일반적이다. 또 때로는 화요일과 수요일처럼 이어지는 이틀 동안 전체 과목을 배정하기도 한다. 그리고 어떤 경우에는 전 학기에 학생들에게 가장 편한 시간을 물어봐서 그날에 수업을 배정하거나, 직장인을 위해 야간수업을 개설하기도 한다. 이러한 학교의 변화는 대학원이 반드시 전문적으로 학교만 다니는 학생들만을 위한 공간이 아니라는 점을 분명히 해주고 있다. 즉 전문적인 공부 역시 이제는 점차 취미의 영역으로 이동하고 있는 것이다.

전공의 영역을 끊임없이 확대하라

박사논문으로 전공이 결정되었다고 하더라도 그것은 학문이 아닌 인간의 영역일 뿐이다. 이런 면에서 전공에 갇힌 삶보다는 전공을 넘어서려는 또 다른 도전이야말로 진정으로 학문을 사랑하는 사람으로서 견지해야 할 자세다. 이렇게 끊임없이 도전하고 넓혀가면서 바다와 같이 넓은 지견(知見)을 이루는 것이 학자의 이상이며 참 행복인 것이다.

참된 공부인이라면 공부는 언제나 일이 아닌 유희가 되어야만 한다. 이와 같은 관계가 성립하지 않는다면, 그 사람은 진정한 전공의 낭만을 아는 사람은 아니다. 전공이란 나의 내면에서 발아된 씨앗의 싹과 같다. 이 싹이 성장해서 나무가 되면, 주변에 다수의 씨앗들을 뿌리면서 점차 숲이 만들어지게 된다. 즉 숲을 목적으로 나무가 존재하는 것이 아니라, 나무가 성장하면 저절로 숲이 만들어지는 것이다.

이와 마찬가지로 전공에 충실한 사람은 점차로 전공의 영역을 확대하면서 외연을 넓혀나가게 된다. 마치 땅따먹기를 하듯이 그렇게 주변을 자신의 전공 속에 밀어 넣으면서, 점차 거대한 전공의 영역을 만들게 되는 것이다. 그리고 이러한 거대함 속에서 양의 축적을 통한 질적인 변화에 따른 진일보된 새로운 관점이 솟아나게 된다.

나와 맞지 않는다면 전공도 버려라

불과 2세대 전만 하더라도 결혼은 평생 함께할 사람과의 축복된 길이었다. 이 길은 어떤 일이 있어도 무너져서는 안 된다고 여겼다. 이것도 하나의 정당한 삶의 방식이다. 그러나 집단의식이 약화되고 개인화가 강조되면서 이제는 결혼을 통한 만족보다 희생이 더 크면 이혼하는 것이 일반적이다. 인간이 행복을 위해서 사는 존재라는 점에서 이와 같은 선택 역시 충분한 타당성을 확보한다. 전공 역시 마찬가지다. 젊은 시절 선택한 박사전공이 굳이 평생을 함께할 필요는 없다. 부부도 이혼하는데 죽을 때까지 전공이 함께할 필요는 없는 것이다. 종교를 바꿀 수 있는 것처럼, 전공도 얼마든지 나의 새로운 관점에 의해서 바뀌어갈 수 있어야 한다.

공부의 목적이 수단에만 얽매여 있는 것이 아니라면, 보다 자유로운 공부를 통해서 지적 유희를 통한 행복으로 다가가야 한다. 그리고 또 다른 전공에 관심이 있다면 그것에 도전하는 것도 충분히 의미 있고 즐거운 일이다. 우리가 또 다시 사랑할 수 있는 것처럼, 그렇게 언제나 자유로운 공부를 한다면 그것으로서 전공의 가치는 충분하기 때문이다.

쫄지마
얼지마
숨지마,
스님의 논문법
ⓒ 자현, 2017

2017년 12월 8일 초판 1쇄 발행
2024년 8월 16일 초판 8쇄 발행

지은이 자현
발행인 박상근(至弘) • 편집인 류지호 • 편집이사 양동민
편집 김재호, 양민호, 김소영, 최호승, 하다해, 정유리
디자인 쿠담디자인 • 제작 김명환 • 마케팅 김대현, 이선호 • 관리 윤정안
콘텐츠국 유권준, 정승채, 김희준
펴낸 곳 불광출판사 (03169) 서울시 종로구 사직로10길 17 인왕빌딩 301호
        대표전화 02) 420-3200 편집부 02) 420-3300 팩시밀리 02) 420-3400
        출판등록 제300-2009-130호(1979. 10. 10.)

ISBN 978-89-7479-372-2 (03800)

값 17,000원

잘못된 책은 구입하신 서점에서 바꾸어 드립니다.
독자의 의견을 기다립니다. www.bulkwang.co.kr
불광출판사는 (주)불광미디어의 단행본 브랜드입니다.